本书受到云南省哲学社会科学
学术著作出版专项经费资助

清代云南
诗学研究

李潇云 ◎ 著

中国社会科学出版社

图书在版编目（CIP）数据

清代云南诗学研究/李潇云著 . —北京：中国社会科学出版社，
2017.3

ISBN 978 - 7 - 5161 - 9640 - 3

Ⅰ.①清⋯　Ⅱ.①李⋯　Ⅲ.①诗学—研究—中国—清代
Ⅳ.①I207.2

中国版本图书馆 CIP 数据核字（2017）第 005162 号

出 版 人	赵剑英
责任编辑	张　潊
责任校对	张依婧
责任印制	李寡寡

出　　版	中国社会科学出版社
社　　址	北京鼓楼西大街甲 158 号
邮　　编	100720
网　　址	http://www.csspw.cn
发 行 部	010 - 84083685
门 市 部	010 - 84029450
经　　销	新华书店及其他书店

印　　刷	北京明恒达印务有限公司
装　　订	廊坊市广阳区广增装订厂
版　　次	2017 年 3 月第 1 版
印　　次	2017 年 3 月第 1 次印刷

开　　本	710×1000　1/16
印　　张	15.25
字　　数	215 千字
定　　价	56.00 元

序

云南古代文学理论研究的
一次重要推进

　　上世纪九十年代初，我奉业师张文勋先生命，参加了由其任主编的《滇文化与民族审美》一书（云南大学出版社 1992 年出版）的编写工作，承担了该书第十二章"汉文化浸润的滇云文学理论"的撰写任务，因此而有机会对云南古代文学理论进行了一次相对比较全面、深入的考察。撰写任务完成后，即有一清楚意识：作为中国古代文学理论的一个有机组成部分，云南古代文学理论事实上是有其自身的价值的，不仅有相当的数量而且有一定的质量和自己的特色，可是却尚未得到国内相关学术界应有的重视和评价。国内学术界对云南古代文学理论有较多认识并曾给予积极评价的，基本上只有中国古代文论研究泰斗郭绍虞先生，其他有所认识者、给予关注者并不多。这一状况，令我深以为憾，思绪难平。于是，决定从整理、提供相关基础资料入手，以推进国内学术界对云南古代文学理论的认识和研究。经过几年努力，我编选的《云南古代诗文论著辑要》于 1996 年完稿，于 2001 年由中华书局出版。应该说，这是对云南古代文学理论基础资料的一次比较集中的整理出版，而之后的情况也表明，此书在推进国内学术界对云南古代文学理论的认识和研究方面的确起到了一定的作用。近些年来，我在主要研究《二十四诗品》、《文心雕龙》的同时，仍对云南古代文论的研究保持着兴趣和关注。2009 年，萧云开始在我的指导下攻读博士学位，三年后，她以一篇关于云南古代文论的研究论文通过答辩并获得博士学位。现在，潇云对此论文作了一定的修改润色，形成一部题为《清代云南诗学研究》的专著，此著在云南省哲学社会科学学术著作出版专项经费的资助下即将付梓。今应潇云嘱，欣然为之序。

云南古代文学理论肇端于明而繁盛于清，其中绝大部分为诗歌理论，文章理论相对较少，潇云将之纳入狭义"诗学"的范畴，应该是可以的。简言之，潇云《清代云南诗学研究》的研究对象，是处于繁盛时期的云南古代诗学或文学理论。相应地，此书的研究就主要不是微观的而是宏观的，不是个别、局部的而是整体、全局的。总的看来，此书所进行的，是对清代云南诗学的一个富有特色的整体研究。书中的绪言和第一章，对学界关于清代云南诗学的研究作了综述，对清代云南诗学的总体风貌和清代云南诗学的社会文化背景作了考察，对清代云南诗学发展的一般状况及其显著特点（后发性和速成性）作了考察和讨论，……所有这些都很必要，也显出了"整体研究"的基本特点。然而此书的特色和重心却并不在此，而在后面三章对清代云南诗学的正面考察和研究之中。在后面三章中，潇云没有采取对清代云南诗学之各部（篇）重要著作和文章、或者所涉及的各个重要理论问题作分别研究然后再聚而论之的研究途径，而是经过仔细考察和认真分辨，从清代云南诗学中提取出其关于三个诗学基本问题的相关讨论或理论来进行综合而深入的考察剖析，并希图由此而探究到和揭示出清代云南诗学的基本风貌与精神。

本书考察的三个基本问题依次是：清代云南诗学中的诗歌本体论，诗歌创作论和诗歌批评论。关于第一个问题，作者指出：对于"诗为何"这样一个关于诗歌本体的提问，清代云南诗学的基本回答是"诗是主体性情的艺术外显"。清代云南诗学家认为诗歌本体呈现为"气"、"心"、"性"、"情"、"性情"等概念，并与"真"有莫大关系。在中原诗学那里，这一艺术观念早已存在并得到广泛运用或申说，但在清代云南诗学这里，此艺术观念得到格外集中、强烈的阐发，并由此形成了既源于中原诗学又与其有所区别的自家特色。关于第二个问题，作者指出：清代云南诗学中的诗歌创作论，特别集中于对根柢与兴会、有法与无法、师古与变通独创三大问题的讨论，其显著特色就是把根柢、兴会、性情与学问统合起来论述；强调诗法的必要性和重要性，然后又通过"无法"与"活法"等实现对法的超越，从而达到"至法无法"这一诗歌创作的自由境界；而在师古与变通独创之间则更强调后者。总体来看，清代云南诗学重视性情和学养，体现出诗歌是基于根柢与兴会的审美创造这一特征。关于第三个问题，作者指出：道德批评与审美批评是清代云南诗学关于诗歌批评的两个主要向度。道德批评有两种主要表现形式，即诉诸于直觉的判断和诉诸于日常积累的知识、经验的判断。前者主要是关于诗歌文本的道德直觉判断，后者则包括对日常生活中诗人道德品行的判断，以及对文学艺术活动中其是否符合"温柔敦厚"、"思无邪"等的判断。审美批评则主要以"真"、"清"、"中和"为重要标准来构建其诗歌批评理论并展开其诗歌批评实践。

本书从诗歌本体论、创作论和批评论三个方面对清代云南诗学进行的考察，应该说抓住了清代云南诗学的主要内容和特征，是有见地的；本书的相关讨论，也大体反映出了清代云南诗学的主要风貌和精神，是比较切实的。可以说，本书是由特定理论视角切入的关于清代云南诗学一个富有特色的整体研究。从学术史的角度看，迄今关于云南古代文论（诗学）的研究基本都还是具体的、局部的，真正堪称整体性研究的著作大约尚未出现。就此而言，本书的出版，将会是对云南古代诗学研究的一次重要推进，具有比较重要的学术和学术史的意义。

本书历时数年完成，作者在研读资料、把握全局、提炼论旨、结构篇章等等方面都下了不小的工夫。其具体写作有不少优长之处，也有一些小疵，兹不一一细说。

　　这里要引申开去，对云南古代文论（诗学）的总体研究工作的进一步开展谈一点简单的看法。自上世纪八、九十年代以来，云南古代文论（诗学）的研究取得了不小的成绩，出现了较为引人注目的张文勋先生等《许印芳诗论评注》和蓝华增先生《云南诗歌史略——赵藩〈仿元遗山论诗绝句论滇诗六十首〉》等著作，出现了杨开达先生关于朱庭珍《筱园诗话》的系列研究论文，以及出自不同研究者笔下数量日渐增多的进行专题研究的单篇论文，并各种古代文学理论史、批评史著作中关于云南古代文论（诗学）的评介……然而对于云南古代文论（诗学）的总体研究来说，已有的工作、成绩还是远远不够的。我以为，至少还要在如下三个方面继续努力。首先，是基础资料的发掘、整理工作还需要进一步去做。我在编选《云南古代诗文论著辑要》时，在相关的基础资料方面是做了一番认真的披沙捡金的工作的。然而，限于个人的和当时的视域，没有发现或没能捡拾到的金子还是很多的。比如，清代云南诗学大家方玉润除了有研究诗经的名著《诗经原始》传世外，又曾有为他人之各类著作所提及的《方黝石诗话》一部，此书向来认为已经散佚。但据《中国文学批评通史》第七卷（黄霖著，上海古籍出版社 1996 年版）称，方氏"《星烈日记汇要》的论诗部分，实可视为一部日记体的诗话"。虽然尚不清楚这部"日记体的诗话"是否就是据认为已经散佚了的《方黝石诗话》，但它以往的确是为一般研究者所不大注意的。又比如，云南近现代文人、著名学者袁嘉谷的《卧雪诗话》，主要是以诗话的形式存人存诗，理论成分不很多，故向来不为理论研究者看重，然而随着近年《袁嘉谷文集》的出版，人们才发现，袁氏对经学和桐城派文论是有着较为精彩的论述的。再比如，云大中文系青年教师杨园博士四年前去云南保山师范学院支教，回来后告诉我：发现了云南古代文论方面的一些新材料！总之，未经发现、发掘、整理的有价值的基础资料尚有不少，相应的发掘、整理工作仍然可以有所作为，这方面的工作需要长期努力去做，以便为云南古代文论（诗学）

的总体研究打下完整坚实的地基。其次，是微观层面的具体研究需要广泛开展。要对云南古代文论（诗学）有很好的总体把握，其前提是微观层面的具体研究要普遍展开，且踏实深入。过去，我们在这方面有了不少很好的研究，比如张文勋、蓝华增和杨开达等先生的相关研究，但整个看来却还是非常不够的。对于相关的重要著作、文章、问题、理论范畴，都应该分别予以仔细的考察和踏实的研究，这才能为云南古代文论（诗学）的总体研究打下又一个坚实的基础。最后，是在夯实前面两个良好基础的同时，要开展更多的宏观层面的整体研究工作。潇云在本书中对清代云南诗学进行了富有成效的宏观整体研究，但对于真正宏观、整体地把握好整个云南古代文论（诗学）来说，却又还只是一个初步的尝试。换言之，对云南古代文论（诗学）的宏观整体研究，并非在此研究领域现有学术基础上从一个角度做一次尝试即可完成，而是需要在逐渐具备上述两个良好基础的情况下经过从多个角度展开的多番探究才可大致完成。总之，如果以上三个方面的工作都做好了，我们对云南古代文论（诗学）的认识将更加清晰深入，把握将更加准确全面，可以说云南古代文论（诗学）的总体研究工作也就真正做好了。相信到那时，作为中国古代文学理论有机组成部分的云南古代文论（诗学）将向世人真正展现出自己特有的全部价值和风采！

多年前，《云南古代诗文论著辑要》对云南古代文论（诗学）的基础资料作了一次比较集中的整理，今天，《清代云南诗学研究》对清代云南诗学进行了一次富有特色的整体研究。在同一研究领域中的这一师生呼应，令我格外高兴。其实不仅是潇云，而且还有潇云的师兄师弟、同样在云南高校任教的几位博士（或在读博士生），近年都对云南古代文论（诗学）研究抱有兴趣。其中，有的对方玉润的诗学思想已有了不错的研究，有的正在撰写关于朱庭珍《筱园诗话》的博士论文，有的拟对其所发现的云南古代文论（诗学）新材料进行整理，有的倾向于探究儒学与云南古代文论（诗学）之关系。似乎有些迟暮却又是刚刚兴起不久的云南古代文论（诗学）研究领域一时间闯进许多中青年才俊，实在令久居此域而略觉寂寞的我感到欣慰乃至兴奋。

美丽的云南是我的家乡，也是我的学生们的家乡或第二故乡。滇云自古不仅有物候之和山水之美，而且于人文精神方面也有卓然的发扬和深厚的沉淀，这令我们深感自豪。让我们以及更多有志于推进云南古代文论（诗学）研究的同仁们携起手来，共同努力，克尽绵薄吧！

张国庆

2016 年 11 月 9 日

前　言

　　"诗学"是贯穿本书的重要概念，也是理性化同时偏于线性的"意图式"存在，它介于"想象界"和"符号界"之中①。而清代云南诗学则是一个偏于结构化的空间存在，其涉及以下几点内容："清代"界定了研究的时间阈限，也把论题置于清代这一特定的政治、思想及学术背景之下；"云南"则显示了论题研究的特定地域范围，确定了研究对象的地理疆界；"诗学"则是就清代云南诗文论著中所呈现的诗学问题而言，即研究对象主要是清代云南诗文论著中所呈现的诗学问题。具体而言，本书中的"诗学"主要是指在诗歌相关的理论和批评中所呈现出来的诗歌美学问题，包括诗学观以及审美创造和批评的一般规律等方面内容。之所以不采用"云南古代文论"这一表述，源于云南古代文学理论主要出现在清代，并且主要是诗歌理论，故行文中选用"清代云南诗学"这一表述。

　　就体量和内在性而言，"诗学"有两层含义：一是清代云南的诗歌美学问题，"非指古希腊哲人亚里士多德所说的包括一切文艺理论在内的广义的'诗学'，而是现在通常所说的狭义的'诗学'，即有

_____

　　① 诗学研究难以完全进入拉康所说的"实在界"，精神分析话语里的"欲望""凝视""剩余""小客体"等语词除去语言学的角度，更多是偏向主体意识的分析，沿此追溯，西方哲学话语的几次转变，方法上都隐含了"为什么"的寻思，这种动机论的叙事分析方式在面向审美性质的诗学时未尝不是一种强迫。

关诗歌这一特定文本的理论"①；二是清代云南诗文论著中所包含的文学理论问题。在研究清代云南诗歌美学问题的同时，不放弃对清代云南诗文论著中"文"论的研究，即是说，在论述"清代云南诗学"这一概念时，由于论述对象常涉及"文"，却又在"诗学"范畴之内。实际上，清代云南诗文论著主要是对诗歌美学的探讨，这也构成了云南诗文论著的主流，关于文论的并不太多。而"性情"和"学养"则是云南诗文论著所探讨的较为显在问题，也是云南诗文论著予以较多篇幅集中讨论的问题，所以把它们抽取出来做重点探讨。为论述方便，行文中的清代云南诗文论著，一般表述为"清代云南诗学"。

绪论部分首先从文学批评史、诗学研究专著、研究云南诗学的专著与单篇论文这几个方面对清代云南诗学的研究状况进行概述，并指出其成就与不足。然后勾勒清代云南诗学的总体风貌，并初步判断清代云南诗学的价值和意义。最后就研究思路与方法加以说明。在试图阐绎每个诗学观念内涵的同时，与中原主流诗学进行比较，从而有利于彰显清代云南诗学的某些地域化特征。

第一章首先在社会文化层面对清代云南诗学的存在状态做一番粗线条刻画，特别突出移民、儒学教育和士阶层兴起、科举制度等对清代云南诗学的重要影响。接着对清代云南诗学发展状况进行考察，说明其后发性与速成性特征。

第二章结合中国传统诗学中的情、志观念，对清代云南诗学本体论进行考察。清代云南诗学家认为诗歌本体呈现为"气""心""性""情""性情"等概念，并与"真"有莫大关系。总体上看，清代云南诗学认为诗歌是主体性情的艺术外显。在中原诗学那里，这一艺术观念早已存在并得到广泛运用或申说，但在清代云南诗学这

---

① 萧华荣：《中国古典诗学理论史》（修订版），华东师范大学出版社2005年版，第1页。

儿，此艺术观念得到格外集中、强烈的阐发，并由此形成了既源于中原诗学又与其有所区别的自家特色。

第三章探讨在本体论决定下的诗歌创作论。分根柢与兴会、有法与无法、师古与变通独创三大部分对清代云南诗学中的创作观作详细观照。清代云南诗学的显著特色之一就是把根柢、兴会、性情与学问统合起来论述，强调诗法的必要性和重要性，然后又通过"无法"与"活法"等实现对法的超越，从而达到"至法无法"这一诗歌创作的自由境界。而在师古与变通独创之间则更强调后者。总体来看，清代云南诗学重视性情和学养，体现出诗歌是基于根柢与兴会的审美创造这一特征。

第四章探讨批评论。清代云南诗学对"温柔敦厚"推崇的背后，离不开传统社会里的儒家底色。道德与审美自然是其潜存的两个批评向度。道德批评有两种主要表现形式，即诉诸于直觉的判断和诉诸于日常积累的知识、经验的判断。前者主要是文本角度不反思的道德直觉判断，后者则包括对日常生活中诗人道德品行的判断，以及文学艺术活动中对是否符合"温柔敦厚""思无邪"等思想内容的判断。审美批评则主要从以"真"为美、以"清"为美、以"中和"为美三个重要方面来论。清代云南诗学一方面呈现了道德批评的焦虑，一方面又展示了审美批评的自觉，二者并行不悖，故能"兼擅今古名大家之美"，从而成为颇具特色的诗学存在。

结语部分对诗歌本体、诗歌创作、诗格诗法、诗歌批评、诗歌功用诸方面加以总结。总体看来，清代云南诗学最突出的特点是认为：诗歌是主体性情的艺术外显，是缘于根柢与兴会的审美创造。就诗歌批评而言，道德批评和审美批评共同构成了清代云南诗歌批评的主要话语。

总之，无论从本体论、创作论、风格论还是批评论来看，清代云南诗学有对中原主流诗学的合理继承，也不乏独立的思考与见解，是滇人诗性智慧的结晶。它虽比不上中原主流诗学的博大精深，但其价值却不容忽视。可以说，清代云南诗学是中国古典诗学的一部分，也是其必要补充，诗学的地方性叙述话语恰恰是中国诗学的重要构成元素。实际上，也正是多区域性、多重的叙述结构共同构建了中国诗学的总体。无论如何，在中国古典诗学史上，清代云南诗学自有其存在价值，也是地域性诗学颇具特色的存在。

目　　录

绪　　论

　　云南古代汉语言诗文论著发生发展比较晚，至明代才有一定发展，清初至清中叶以后渐趋繁荣。"确切地说，滇云文论的相对繁荣，不是出现在滇中风雅刚刚兴起并且其'文采风流，极一时之选'的明代中叶，而是出现在滇云汉文学获得了持续、稳固、长足发展进步的清代乾嘉及以后。与中原相较，滇云文论的发展表现出明显的滞后性，它发展、繁荣既迟而结束得也晚。它的尾声，大致在本世纪三十年代前后。"① 云南古代文学理论发生于明繁盛于清，综观整个云南古代文论，其文本出现在清代者居多，其书写语言亦为汉语，大多谈论诗歌中的诗学问题。缘此，本书主要把清代云南籍诗文理论家的汉语言诗文理论著作列为考察对象。依据张国庆先生《云南古代文学理论概览》一文中的界定，云南古代文学理论是指"云南古代汉文学理论"，所以研究范围界定为清代云南汉语言诗学。

　　如前所述，本书"诗学"有两层含义：一是主要就体裁而言，从研究对象的体量特性出发，观照清代云南的诗歌美学问题。狭义上的诗学往往不具备现代文艺理论意义上宽泛的涵摄性，而更多偏向一种诗性化的思维方式，这即是古代中国的文化传统在现代学术理论视野下呈现"技"的面目。对清代云南地域化的诗人而言，其

_____

① 张文勋主编：《滇文化与民族审美》，云南大学出版社1992年版，第432页。

诗学话语也不妨以回溯性眼光，看作建立在诗人自我与他者互为式存在性构建的同乡相携、切肤相感的生存状态和自为式构建的诗人自身与家国、故乡与异乡、审美与道德的若即若离情怀之上。二是清代云南诗文论著中所蕴含的诗学问题。普泛地说，除了体大虑周的《文心雕龙》，古人往往论诗多论文少，即使是论文，多重感性一侧，理性倚重的论证推理常被感性裹挟的类比所代替。这样，文论中呈现的理论问题自然会带有诗学性质，有时甚至会逸出通行的狭义"诗学"概念。云南诗文论著关于文论的论述不是太多，多见于"诗文集序、跋、与友人论诗论文书，专题论文，论诗诗，论文赋，以及诗话"① 等中。而"性情""学养"与诗歌的关系问题，则是云南诗文论著较为显在的问题，也是清代云南诗学应以较多篇幅集中讨论的问题，所以把它们抽取出来作为切入点加以重点探讨。

第一节　清代云南诗学研究综述

20 世纪八九十年代到 21 世纪初这段时间，清代云南诗学渐渐受到学界关注，尤其 20 世纪 90 年代以来，论著迭出，推断中肯。以下为其观点概略。

一　批评史著作中的云南诗学

纵观种类众多、卷帙浩繁的中国文学批评史类著作，古代中原汉民族的主流文论话语被反复言说，而对于在地缘、政治和文化上都处于边缘的云南文学理论研究，长期以来却付诸阙如，近年来，才渐渐为人所关注，虽然为数不多，但对清代云南诗学却意义重大，至少这意味着清代云南诗学开始走入了研究者的视野。

---

① 张国庆：《云南古代文学理论概览》，《楚雄师范学院学报》2001 年第 4 期。

（一）《中国文学批评通史》——近代卷

1996 年，上海古籍出版社出版了王运熙、顾易生主编，黄霖著的《中国文学批评通史》——近代卷。其中给予云南诗文理论一定篇幅，设方玉润、朱庭珍一节，介绍两者并对其批评态度、批评方法、识见、勇气等予以相当评价。

方玉润论《诗》的另一特色是强调读者当充分调动自身的积极性，开动联想的机器，展开想象的翅膀，与阅读对象（作品）进行思想交流，以进行新的创造。《诗经原始凡例》第一则即指出，读诗在"涵咏全文，得其通章大意""上窥古人义旨所在"的基础上，"则读者之心思与作者之心思自然默会贯通，不烦言而自解耳"。凭藉这种默会贯通，就能创造出一种新的意境。他对《芣苢》一诗的批评就典型地贯彻了这一主张……方玉润认为，此诗为读者留有广阔的想象余地，若读者涵咏此诗，与作者之心思默会贯通，就必然对这首诗的意境有所领悟。他说：

"此诗之妙，在其无所指实而愈佳也。夫佳诗不必尽皆征实，自鸣天机，一片好音，尤足令人低回无限。若实按之，兴会索然矣。读者试平心静气，涵咏此诗，恍听田家妇女，三三五五，于平原绣野，风和日丽中，群歌互答，余音袅袅，若远若近，忽断忽续，不知其情之何以移，而神之何以旷，则此诗可不必细绎而自得其妙焉。即汉乐府《江南曲》一首"鱼戏莲叶"数语，初读之亦毫无意义，然不害其为千古绝唱，情真景真故也。知乎此，则可与论是诗之旨矣。今世南方妇女登山采茶，结伴讴歌，犹有此遗风焉。"

这段论述，不仅在《诗经》研究史上给人以耳目一新之感，而且在整个中国文学批评史上颇有意义。它不是司空见惯的由读者感悟而作点睛式的品评，而是对读者与作品主客观交融后产生的一种新意境的阐释，这种文学批评对原作来说无疑是一种新的开拓和升华。而方氏所用的文笔又是那么生动、优美和富有诗味，故这段批评本身也可谓是"千古绝唱"了。①

这里，方氏的批评无疑有着某种现代意味，显然，《中国文学批评通史》的编著者给予积极认可与高度评价。除了"对读者与作品主客观交融后产生的一种新意境的阐释"之外，方氏这段文字透露出的另一重要思想也非常值得关注，那就是对虚、实问题的讨论。他认为《芣苢》之妙，"在其无所指实而愈佳也。夫佳诗不必尽皆征实，自鸣天机，一片好音，尤足令人低回无限。若实按之，兴会索然矣"。可见，无论对于诗作者或者内容，方氏并不太重视证实，似乎也无意通过考证作者生平来读解作品，而是通过想象活动，与作者心意"默会贯通"，设身处地、同情式地"涵咏"诗意。这似与他"原诗人之始意"的宗旨相违背，因为，绕开诗人本身去追究诗人作诗之本意，理论上讲并不太恰当，而实际上，对诸如《芣苢》之类作品而言，适时的"默会贯通"与"涵咏"，恰恰更能贴近诗之本来面目。尽管如此，其读解标准也明显地表现出游弋性，即是说，"无法指实作者时，就不必硬要去找。反之，倘若他觉得能找时，他也不会放弃拉一位作者来亮相的机会"。② 可见，一面是"佳诗不必尽皆征实"的审美标准，一面是"原诗人之始意"的学术自觉，游弋于作品与作者之间，方玉润之夹缠正在于此。但对于文学艺术的欣赏而言，他对虚、实问题的探讨显然是值得重视的，实际上，这也是清代云南诗学所关注的重要问题之一。

然而，批评的声音依然存在。

---

① 黄霖：《中国文学批评通史》（七），上海古籍出版社 1996 年版，第 236—237 页。
② 龚鹏程：《汉代思潮》，商务印书馆 2005 年版，第 58 页。

　　不过，必须指出，方玉润的《诗经原始》尽管在摆脱《序》、《传》的桎梏，用文学、心理学的眼光批评《诗经》的道路上作出了可贵的努力，比之晚明孙明、孙矿、锺惺等人的评点更为系统、严谨、详密，但他的经学思想还是相当浓重，很难完全摆脱旧传统的沉重束缚。在《诗经》研究史上，真正"认真把它当文艺看"（闻一多《匡斋尺牍》之六），那是"五四"新文化运动之后的事了。①

　　这与蓝华增先生对方氏的评论似有交集："总之，《诗经原始》瑜瑕互见，成败均甚突出，并不像他所自评的'以为二千余年说《诗》疑案，至是乃可以息喙而无争耳'。"②尽管如此，在经学笼罩下的有清一代，而能有如此眼光、识见与勇气，也的确难能可贵，作为滇云批评家的方氏，尤为难得。

　　黄霖先生《中国文学批评通史》亦给予朱庭珍《筱园诗话》相当笔墨。朱氏对历代诗话曾做过系统钻研，在批判继承前人诗论的基础上取长补短，融会众妙，形成了自己的诗学理论："他的诗论特点就是观点较全面和平允，多折中、辩证之见。这突出地表现在以下几个方面：（一）关于诗歌的特质，他认为当是言志与缘情的结合，情志与声辞相统一，其灵魂在于真。（二）关于诗人的条件，他认为当才、学、识三者并重，而识为先。（三）关于论诗的标准，他并不偏执一端，'自然'、'超妙'、'温柔敦厚'、'中'、'有我而无我'等都是他标举的诗歌极诣，多角度地表述了他的美学理想。"③黄氏所论可谓的评，也道出了朱氏文论的重要特征，也正因为朱氏生活在道光辛丑（1841）至光绪癸卯（1903）之间，

---

① 黄霖：《中国文学批评通史》（七），上海古籍出版社1996年版，第237—238页。
② 蓝华增：《诗论》，云南人民出版社2010年版，第122页。
③ 黄霖：《中国文学批评通史》（七），上海古籍出版社1996年版，第239—243页。

其近代性亦表明了他可以统观中国古典诗学全貌、考察其得失，得出相对而言更靠近诗学规律的认识，所以也更"全面和平允""辩证"。至于说"多折中"，恐怕得依据《筱园诗话》的诗学思想详加考证，这一点，我们可以通过考察他关于"中"的论述来分析。

> 孔子曰："过犹不及。"又曰："中庸不可能也。"《尚书》亦曰："允执厥中。"释氏炼妙明心，归于一乘妙法；道家九转功成，内结圣胎，同是一"中"字至理，盖超凡入圣，自有此神化境界。诗家造诣，何独不然！人力既尽，天工合符，所作之诗，自然如"初写《黄庭》，恰到好处"，从心所欲，纵笔所之，无不水到渠成，若天造地设，一定而不可易矣。此方是得心应手之技，故出人意外者，仍在人意中也。若夫不及者，固不足道，即过者，其病亦历历可指。是以太奇则凡，太巧则纤，太刻则拙，太新则庸，太浓则俗，太切则卑，太清则薄，太深则晦，太高则枯，太厚则滞，太雄则粗，太快则剽，太放则冗，太收则蹙，皆诗家大病也，学者不可不知。必造到适中之境，恰好地步，始无遗憾也。（朱庭珍《筱园诗话》）

先来说"中"。张国庆先生通过"执两用中"考察"中"的含义，认为："'中'是'正确'之意，那么'中'也便是'两'端间的正确之点。既是正确之点，就不必是'两'端间的正中央之点或某一固定之点，依据具体情况的不同和变化，它在两端间的位置是变化着的、移动着的。此种情况下，它可能在两端间的正中央处，如孔子所主张的不退不进、亦进亦退的正确处世态度，就可说是处于'退'与'兼人'两端间的正中央处（《论语·先进》）。彼种情况下，他又可能极大地偏向两端中的某一端，如'见善如不及，见不善如探汤'（《论语·季氏》），在善与不善两端之间，'中'显然靠向一端而远离另一端。"① 也就是说，"中"乃一动点，在两个端点之间移动，其具体位置的决定因素就是"正确"，在此，"正确"是和朱氏"必造到适中之境，恰好地步"中所云"适中"与"恰好"意义相通。显然，朱氏亦是在对历代诗歌盛衰变化细致考察基础上，标举"适中"这一诗家极境，由此而来的十四个"太"字，也恰恰道出了诗歌美学的一般规律。即便如此，要达到他所说的"恰好地步""天造地设""超凡入圣"的"神化境界"，却并非易事，故此，他又提出了一系列的具体解决方法："大约朴厚之衰，必为平实，而矫以刻划；追刻划流于雕琢琐碎，则又返而追朴厚。雄浑之弊，必入廓肤，而矫以清真；及清真流于浅滑俚率，则又返而主雄浑。典丽之降，必至饾饤，则矫以新灵；久之新灵流于空疏孤陋，则又返而趋典丽。"② 如此看来，朱氏确实"折中"③ 众说，虽未能摆脱循环论的嫌疑，"但在理论上标举'适中'，对于矫正偏颇，追求和谐，还是有意义的"。④

　　朱氏这种"后设式"的诗学理论和"操千曲而后晓声、观千剑而后识器"的认知方式有异曲同工之妙，思维模式上却似乎有互逆之处。遍览其诗话，朱氏求"中"，"中"而有"化"⑤，化而有境，并不具备本体论的意义，而是诗歌创作中的工具化技巧，也是诗人"成家"的前提之一。

　　清代滇地诗话多不涉佛经，朱筱园算是援引佛语稍多的一个。其求"中道"不落两边的思维架构与《坛经》最后一品"付嘱"颇有相通处："出语尽双，皆取对法，来去相因，究竟二法尽除，更无去处。"⑥ 虽然两者"中道"胜义各有不同。

---

①　张国庆：《古代美学要题新论》，中央编译出版社 2010 年版，第 4 页。
②　黄霖著：《中国文学批评通史》（七），上海古籍出版社 1996 年版，第 244 页。
③　此处，"折中"的意思即为调和各方面意见使之适中。
④　黄霖著：《中国文学批评通史》（七），上海古籍出版社 1996 年版，第 244 页。
⑤　诗随情随景随事因人而变，变而通神，神而化之，这里明显具有价值论的倾向。
⑥　惠能：《坛经》，李明译注，岳麓书社 2015 年版，第 178 页。

《中国文学批评通史》给出的评价简言之即为《筱园诗话》渗透着艺术辩证法的思想，颇能道中诗歌创作的奥秘，论述的范围相当广泛，从诗歌本质到具体技法几乎都一一论及。作者似乎有对前人诗论做一总结的意图，但由于才力时代所限，未能达到圆满的境地，不少观点也只是承袭前说。不过，从总体来看，它不失为一部有分量的诗话，值得我们重视。

（二）《中国诗学批评史》

江西人民出版社于 2007 年出版的陈良运先生的《中国诗学批评史》，主要就两个方面来谈朱庭珍的《筱园诗话》：一个是"作诗之人"；另一个是审美创造。

关于"作诗之人"，陈良运先生认为朱庭珍受宋诗派影响，认为诗人重在"积理养气"的"根柢"修养①。在此基础上，朱庭珍进一步按创作实绩把诗人分为"大家""大名家""名家""小家"四种类型。

　　大家如海，波浪接天，汪洋万状，鱼龙百变，风雨纷飞；又如昆仑之山，黄金布地，玉楼插空，洞天仙都，弹指即现。其中无美不备，无妙不臻，任拈一花一草，都非下界所有。盖才学识俱造至极，故能变化莫测，无所不有，孟子所谓"大而化，圣而神"之境诣也。

　　大名家如五岳五湖，虽不及大家之千门万户，变化从心；而天分学力，两到至高之诣，气象力量，能俯视一代，涵盖诸家，是已造大家之界，特稍逊其神化耳。

　　名家如长江、大河、匡庐、雁荡，各有独至之诣，其规格壁垒，迥不犹人，成坚不可拔之基，故自擅一家之美，特不能包罗万长，兼有众妙，故又次之。

---

① 参见陈良运《中国诗学批评史》，江西人民出版社 2007 年版，第 574 页。

　　小家则如一丘一壑之胜地，其山水风景，未始不佳，亦足怡情悦目；特气象规模，不过十里五里之局，非能有千百里之大观，及重岭迭嶂，千崖万壑，令人游不尽而探不穷也；然其结撰之奇，林泉之丽，尽可擅一方名胜，故亦能自立，成就家数也。（朱庭珍《筱园诗话》）

　　家数之别，中国古代文论早已有之。如，以"才"言，钟嵘《诗品》有"陆才如海，潘才如江"之说。《诗品》上溯各家源流，并分上、中、下三品，然后编进人伦秩序，以辨优劣。在方法言，与朱氏以自然界之高妙大小，兼诗人才、学、识之造诣深浅区分诗家家数，异曲同工。

　　本体意义上，"大家"、"大名"家是"黑暗的黑暗，阳光的阳光"①。

　　此外，他还将历代各家加以列举，除对"不止冠一时一代"的"大家"给予至高评价，对"小家"也多有肯定。于生发意义，他似乎更重视独创性，不屑于"专学古人一家，肖其面目而自己并无本色，以及杂仿前贤各家，孰学孰似不能稍加变化者"。之所以有机会总结历代诗歌创作规律并不乏创见，还因朱氏偏居滇南一隅，"与内地直接的联系交流不多，《筱园诗话》中有很多独立思考而得的创见"②。说《筱园诗话》"有很多独立思考而得的创见"无疑是符合实际的，但考察朱庭珍生平，发现他到中原的游历以及与中原诗家之交游联系却还是不少。③

　　关于审美创造，陈良运先生对《筱园诗话》做了重点分析，并给予较高评价④。总体看来，主要是认为朱氏论诗，虽然"学与悟"

---

① 伍蠡甫、胡经之主编：《西方文艺理论名著选编》中卷，北京大学出版社2011年版，第82页。

② 陈良运：《中国诗学批评史》，江西人民出版社2007年版，第574页。

③ 参见袁嘉谷撰《朱孝廉小园墓碑》，载张国庆编选《云南古代诗文论著辑要》，中华书局2001年版。

④ 参见陈良运《中国诗学批评史》，江西人民出版社2007年版，第581页。

的话语系统并不一致，但理论上多处与严羽诗论自觉对接，如其理论基点"积理养气"和严羽的"兴趣""妙悟""读书""穷理"等概念，其本质实有诸多交叠之处，尤其关于情景虚实、有我无我、有法无法等的论述，颇多精彩之笔，比如关于情景虚实的论述云：

> 夫律诗千态百变，诚不外情景、虚实二端，然在大作手则一以贯之，无情景虚实之可执也。写景，或情在景中，或情在言外。写情，或情中有景，或景从情生，断未有无情之景，无景之情也。又或不必言情而情更深，不必写景而景毕现，相生相融，化成一片。情即是景，景即是情，如镜花水月，空明掩映，活泼玲珑。其兴象精微之妙，在人神契，何可执形迹分乎？至虚实尤无一定。实者运之以神，破空飞行，则死者活，而举重若轻，笔笔超灵，自无实之非虚矣。（朱庭珍《筱园诗话》）

事实上，关于情景的论述已是老生常谈，很难出新意。朱庭珍的情即景、景即情以及上文所论"情在景中""情在言外"或者"情中有景""景从情生"等，显然并未脱离中国古典诗学情景说的藩篱，其稍后的王国维"一切景语皆情语"可谓与其一脉相承。

由于凭借的理论资源有限，朱氏论情景两端，新意不多，入手多从法，高妙多从悟，也是不得已，倒是情景与律诗形式美的结合反而见其匠心。不过，陈先生认为，朱庭珍把"神"引入诗论之中，见解也"不失一分精彩"①"神"这一概念的引入确是自出心裁。这里的"神"，某种意义上可以理解为灌注了作者性情的诗的内在生命与灵魂，如此为诗，方能达到"超妙天成"。"超妙天成"，可解读为："诗之妙谛，在不即不离，若远若近，似乎可解不可解之间。即严沧浪所谓镜中之花，水中之月，但可神会，难以迹求，司空图所谓

---

① 陈良运：《中国诗学批评史》，江西人民出版社 2007 年版，第 582 页。

'超以象外，得其环中，是也'。盖兴象玲珑，意趣活泼，寄托深远，风韵泠然，故能高踞题巅，不落蹊径，超超玄著，耿耿元精，独探真际于个中，遥流清音于弦外，空诸所有，妙合天籁。"（朱庭珍《筱园诗话》）此境界，如画家之"神品""逸品"，乃是"神来之候，其著想立意，用笔运法，无不高妙"。（朱庭珍《筱园诗话》）而这显然又和诗的"有我""无我"联系起来，也和他标举诗的独创性密切相关。其他精彩之笔甚多，留待下文详述。

在清代大量诗话繁荣发展的大背景下，"论诗的审美创造比较系统的，要数朱庭珍的《筱园诗话》。这部诗话的理论价值，庶几可与叶燮的《原诗》相并列"。① 陈良运先生给予《筱园诗话》相当高的评价，而考察朱氏的诗学体系，这种评价显然是较为恰切的。

（三）《清诗话续编》

从辑录诗话文本本身来讲，对清代云南诗学的关注，出版较早的著作就是郭绍虞先生所编选，富寿荪校点，上海古籍出版社 1983 年出版的《清诗话续编》。该书搜罗甚广，其中收入了滇人王寿昌《小清华园诗谈》和朱庭珍《筱园诗话》。在序言中，郭先生提及《筱园诗话》，并将之与贺贻孙《诗筏》、吴乔《围炉诗话》等相提并论，认为其"颇有真知灼见，足资参考"②。郭先生是较早关注清代云南诗学中这两种诗话的学者，《筱园诗话》亦可谓《清诗话续编》的压卷之选，一方面可能是因其晚出，另一方面可能是考虑到其独特的诗学价值。此评价显然比较含蓄，但"真知灼见"本身也可以见出其独特价值所在，实际上，也正因郭先生的搜罗之功，这两部诗话尤其《筱园诗话》才日益受到关注，研究者也与日俱增，沉寂已久的清代云南诗学也才渐渐进入研究者的视野。

综观王运熙、顾易生先生主编，黄霖著《中国文学批评通史》；

---

① 陈良运：《中国诗学批评史》，江西人民出版社 2007 年版，第 581 页。
② 郭绍虞编选：《清诗话续编》，富寿荪校点，上海古籍出版社 1983 年版，第 1 页。

陈良运先生《中国诗学批评史》；郭绍虞先生所编选、富寿荪校点《清诗话续编》，我们发现，研究者所关注的有方玉润《诗经原始》、朱庭珍《筱园诗话》、王寿昌《小清华园诗谈》，其中，交集即为《筱园诗话》。《中国文学批评通史》和《中国诗学批评史》就其一些重要诗学问题加以探究分析，《清诗话续编》则将诗话本身录入其中。这使得清代云南比较有分量的诗话著作得以置诸当下诗学研究，从而为清代云南诗学全面走进研究者的视野创造了某种可能，也为系统开展云南古代文论研究打下了良好基础。

二 当代云南学者及其他学人的研究

上文谈到，《清诗话续编》搜罗之功使得王寿昌《小清华园诗谈》和朱庭珍《筱园诗话》日益受到关注，尤其值得注意的是，大多数研究集中于后者。随着张国庆先生《云南古代诗文论著辑要》出版，我们才得以一览滇云诗文论著之大略。

比较集中的、与论题直接相关的文献资料见于 2001 年中华书局出版的张国庆先生的《云南古代诗文论著辑要》，以及同年《楚雄师范学院学报》第 4 期张国庆先生发表的《云南古代文学理论概览》一文。二者对云南古代文论做了全景式的概览。另外，张文勋先生文集里也有关于许印芳的专著及论文。① 而从对云南文学的研究角度来看，成果有：《明代云南文学研究》（孙秋克，云南人民出版社 2010年版）；《云南地方文学史》古代卷（张福三主编，云南人民出版社1997 年版，第十章"诗歌理论"）；《云南诗歌史略——赵藩〈仿元遗山论诗绝句论滇诗六十首〉》（蓝华增著，云南人民出版社 1988 年版）等。此外，尚有张文勋先生主编、1992 年出版的《滇文化与民族审美》第十二章"汉文化浸润的滇云文学理论"。这些专著和论文对云南的社会政治、经济、文化等各个方面情况均有一定程度的分

---

① 张文勋：《许印芳的诗歌理论》，《思想战线》1989 年第 2 期。

析，对云南古代文论产生的渊源、原因、影响及其特点等方面进行了较为深入的研究，成为本论题研究的重要参考资料来源，可资从整体上了解、把握清代云南古代文论的情况，同时也为下面的研究提供了不同视角和更为广阔的运思空间。

（一）《云南古代诗文论著辑要》

2001 年，中华书局出版张国庆先生的《云南古代诗文论著辑要》，从该书可以看出，清代云南诗文论著中诗话占有相当突出位置，其价值亦是多方面的。

> 从一个特定的方面反映出云南古代文化发展状貌；它保存了明清时期滇中乃至全国众多诗人的大量诗作、轶闻、掌故；它在对众多诗文的品评赏鉴中清晰地展现出了自己的艺术眼光；它通过对文学艺术规律和文学中一系列重大问题的探讨而在理论上有所建树，并以此对中国古代文学理论做出了自己的贡献。所以，无论从云南地方文化史、文学史还是从中国文学史、文学理论史的角度看，云南古代诗文论著都有着十分宝贵的价值。[①]

显然，滇中地处西南一隅，空间的阻隔使得他们与中原诗学的交流极其有限，这也带来了两方面的问题：其害在于，也正因为交流有限，很大程度上，他们未能及时感知主流诗学的发展变化，未能敏锐地捕捉来自诗学浪潮前沿的鲜活气息；其利在于，他们可能更有机会独立思考，从而使其展示出独特的审美品位与审美判断。此外，也正因云南诗学晚出，他们更可以纵观历代诗学的升降浮沉、兴衰更替，总结诗歌发展数百年的审美规律，独立思考，得出自己的见解。我们可以看出，正是在这个意义上，清代云南诗学才显示出了一定的独创性。在综观云南诗文论著的基础上，张国庆先生给予了其恰切评价。

---

① 　张国庆编选：《云南古代诗文论著辑要》，中华书局 2001 年版，第 2 页。

在不同的历史境遇中我们与滇中历代先辈贤哲相遇，走进他们的精神产品，感受其思想、情感的碰撞、交流与律动，触摸其诗思世界独特的审美理想与品位，倾听来自他们心灵深处的袅袅哲思与歌吟。

（二）《云南古代文学理论概览》

张国庆先生此文发表于 2001 年第 4 期《楚雄师范学院学报》，文章全景式地呈现了云南古代文论的概貌，对于清代云南诗学研究较为重要。文章认为，云南古代文学理论有一定的规模，是中国古典文学理论的有机组成部分，丰富了中国古代文学理论的宝库，其中一些特出的论述，置于整个中国文论史上亦是"富有特色的佳作"。

张国庆先生进一步指出云南古代文论深受儒家思想的影响，然而，"却并非其应声或影子，它有着自己丰富多彩的理论内容和相对独立的理论价值。对于诗文艺术、美学方面的问题，例如对于诗文的本质、诗文创作与主体胸襟性情、阅历学养的关系，诗文的章法布局，诗文的艺术表现，诗歌艺术风格，诗境诗律，诗歌的继承与发展创新等问题，有更广泛的探讨，其中不乏真知灼见"①。

总之，这篇文章为我们了解云南古代文论的发展概况、大致规模、数量、思想基础、重要的美学问题等，提供了一个很重要的参考。

（三）《云南地方文学史》（古代卷）

云南虽然地处边陲，但也有着古老文化与灿烂文明。在这片神奇土地上，世代生息繁衍的人们创造了物质财富，同样也留下了情感浮沉的历程，而这即表现在历代大量的文学作品中，无疑它是滇人的一部精神史。其中，比较突出的是，呈现在这些文学艺术作品中的地域性和民族性，这也为清代云南出现独具特色的诗文论著提供了实践基础和理论依据。

无论如何，文学理论的发生、发展建基于文学活动发展到一定程度的基础之上，清代云南诗学亦莫能外。已有千年历史的中原文论，

---

① 张国庆：《云南古代文学理论概览》，《楚雄师范学院学报》2001 年第 4 期。

至清时期，其文学理论本身已经极其成熟甚至正趋末路穷途，诗学话语亦几乎为历代论者道尽，而清代云南的诗学却像山寺桃花，在中原诗学的流光余韵中次第绽放。

张福三先生主编，1997 年由云南人民出版社出版的《云南地方文学史》（古代卷），先是对各种文学艺术现象加以叙述，而第十章"诗歌理论"，则是对云南诗学的大致发展脉络加以勾勒。

云南诗歌理论的相对繁荣，是出现在清代乾嘉以后。当时已获得持续、稳固、长足发展进步的云南汉文学，为这一相对繁荣提供了良好的实践基础。与中原相较，云南古代诗歌理论发展繁荣既迟，而结束得也晚。它的尾声，大致在本世纪三十年代前后。现在所能见到的云南古代诗歌理论，基本上都是乾嘉至本世纪三十年代这一期间的产物。①

传统诗歌至清末，其道已穷，传统诗学之道亦穷。若不在诗歌中注入新"消息"，不在诗学中注入新生命，便无法"陈言务去"了。②

接着本书又具体介绍了清代云南出现的几部著名的诗歌理论著作：《论傣族诗歌》、师范《荫椿书屋诗话》、严廷中《药栏诗话》、王寿昌《小清华园诗谈》、许印芳《诗法萃编》、朱庭珍《筱园诗话》，为我们勾勒出几部重要诗话的轮廓，也让我们得以了解云南古代文论中一些重要的美学命题。

当然，清代云南诗学的繁荣，离不开明代汉文学的发展，这为清代云南诗学的发展奠定了良好基础。

---

① 张福三主编：《云南地方文学史》（古代卷），云南人民出版社 1997 年版，第577—578 页。

② 同上书，第608 页。

2010 年 7 月，由云南人民出版社出版的孙秋克教授的《明代云南文学研究》，是云南地方文学史研究的重要成果，也是一项具有创新性和学术个性的成果。除了文学史的地域性视角，这部专著另外一个突出特色就是对明代云南文学理论的探讨、分析和研究，史论结合，颇见功力。在内容提要里，作者认为：

> 云南文学崛起于明代，并以诗文的繁荣为标志，融入了中国传统文学的主流。明代滇云文坛群星丽天，这时期文学的空前成就，是各民族精英的共同创造。本书共八章，在全国文学视野中，立足于明代云南文学的特点和实际，以诗文为主体，以宦滇职官、宦游仕子、隐逸诗人、谪戍文士、遗民作家、文学家族为基础，构建论述的基本框架。从历史语境与文学发展、个案研究与综合阐述、传统内涵与当代视角、文学交流与地域特色等角度，把文本赏析、史料考辨和理论概括作为三个重点，立体地呈现明代云南文学的基本风貌。最后以二十首绝句作为结束，对重要文学现象和作家的人格与风格，进行了简明形象的概括。①

在明代云南文学发展的大背景下，才有清代云南诗学的发展和繁荣，表征着在多种地域文化、多种民族文化碰撞、交流与融合中，其诗学呈现与传统诗学有着千丝万缕联系的独创性。这种判断看似矛盾，实则建基于其诗学理论实践，与其实际发展状况密不可分。其研究成果为我们提供了诸多新思路、新方法。

（四）《云南诗歌史略——赵藩〈仿元遗山论诗绝句论滇诗六十首〉》

蓝华增先生著《云南诗歌史略——赵藩〈仿元遗山论诗绝句论滇诗六十首〉》，1988 年由云南人民出版社出版。

---

① 参见孙秋克《明代云南文学研究》，云南人民出版社 2010 年版，第 279 页。

　　赵藩活动于 1851—1927 年，这一阶段，实属清代云南诗学发展的夕照余晖。论诗诗始于唐代杜甫《戏为六绝句》，此后仿效者不绝，大致分品评作家作品和表达理论见解两种。该书将"仿元遗山论诗绝句论滇诗六十首"的突出优点概括为四点：一、热爱祖国，维护统一；二、寥寥数语，准确中的；三、勾勒意境，以境状诗；四、不囿俗见，心裁自出。其中，第三、四两点颇能道出赵藩论诗诗的美学特征及鲜明个性，第二点显然是历代论诗诗的共性，体现了其简洁、精要的特色。由蓝华增先生对第一点的分析不难看出，其品评艺术的标准多少带有时代及政治色彩，然而，在"热爱祖国，维护统一"这一大前提下，亦为我们暗示出基本事实：蓝氏是在对云南历代文学艺术梳理考察的基础上得出这一结论。这至少也表明两点：一是云南自秦汉以来，受汉文化影响，文学艺术不断发展，唐至清文学艺术进一步发展繁荣，云南诗学也悄悄萌生、滋长，及至开出一些闪烁着个性光彩的小花；二是所梳理出的脉络只是云南文学发生发展的基本事实，披着"热爱祖国，维护统一"这一华服延宕至今。蓝华增先生对滇地文学、诗学的热爱及其多年来对滇诗滇文的搜罗、研究与评介之功非常值得肯定，通过这种努力，这些封藏已久的"精神史"才得以次第展现于我们面前。

　　（五）单篇研究

　　此外，尚有一些单篇个案研究可供借鉴，现以时间为序简要介绍。如：《担当大师的艺术观》（杨开达《云南师范大学学报》1991年）；《丑与怪诞：担当暮年的审美倾向》（杨开达《云南师范大学学报》1992 年）；《论朱筱园〈论诗绝句五十首〉》（杨开达《云南师范大学学报》1994 年第 6 期）；《朱筱园的"气论"内涵与溯源》（杨开达《云南师范大学学报》1996 年第 3 期）；《海天波浪翻银屋，一缕焉能掣巨鳌——读兰茂的论诗诗》（杨开达《云南师范大学学报》1997 年第 3 期）；《从李含章的〈论诗〉看其审美倾向》（杨开达《云南师范大学学报》1998 年第 3 期）；《云南古代文学理论概览》

（张国庆《楚雄师范学院学报》2001 年第 4 期）；《论袁嘉谷的〈卧雪诗话〉》（杨恬、杨开达《云南师范大学学报》2002 年第 6 期）；《论〈筱园诗话〉的诗学价值》（陈良运《思想战线》2003 年第 3 期）；《赵藩的文艺思想》（杨开达《云南师范大学学报》2003 年第 6 期）；《朱庭珍〈筱园诗话〉之诗法说》（何世剑《南昌大学学报》2004 年第 1 期）；《"自然无处不有真我在"谈"筱园诗话"的诗法辩证观》（李正爱《乐山师范学院学报》2004 年第 3 期）；《许印芳的诗歌理论》（张文勋《张文勋全集》卷 1，云南大学出版社 2005 年版）；《筱园诗话和近代诗话的过渡性》（秦秋咀《文山师范高等专科学校学报》2006 年第 1 期）；《论朱庭珍对严羽诗学的接受》（何世剑《理论月刊》2008 年第 1 期）；《清代滇人学者朱庭珍的〈筱园诗话〉及诗法主张》（徐萍《云南民族大学学报》（哲学社会科学版）2008 年第 1 期）；《朱庭珍"杜诗学"综论》［何世剑《广西师范大学学报》（哲学社会科学版）2008 年第 1 期］；《论〈升庵诗话〉对明代中期文学复古思潮的修正》（张明明《皖西学院学报》2009 年第 1 期）；《朱庭珍诗歌创作浅论》［侍静睿《淮北煤炭师范学院学报》（哲学社会科学版）2009 年第 6 期］；《朱庭珍〈筱园诗话〉的修辞特色谈》（刘毛娟《淮北职业技术学院学报》2010 年第 4 期）；《诗论》（蓝华增，云南人民出版社，多篇个案研究集成，2010 年）等。

以上所列，或概览全貌，或就思想性、艺术性加以探讨，或就某一诗学思想详加阐释，或对诗格诗法品评鉴赏，或从修辞和语言看其审美倾向，等等，多重视角对云南古代文论加以研究，除张国庆先生的《云南古代诗文论著辑要》《云南古代文学理论概览》和孙秋克教授的《明代云南文学研究》之外，基本属于单篇个案的研究，是一些散的闪光"点"，至于这些点如何成"线"成"面"，则有待进一步的研究和发现。那么，纵向的梳理与横向的比较研究就显得尤为重要，这也是本论题力争实现的重要目标之一。

较为集中探讨的研究成果，目前笔者检索到五篇相关硕士论文：

《方玉润〈诗经原始〉的文学批评方法研究》（肖力，湖南师范大学硕士学位论文，2003 年）；《朱庭珍诗学理论研究》（司保峰，复旦大学硕士学位论文，2004 年）；《〈方玉润诗经原始〉研究》（李春云，福建师范大学硕士学位论文，2004 年）；《担当诗文中由儒入释的思想精神和艺术观》（胡佳，云南大学硕士学位论文，2008 年）；《云南古代文学理论对中原文论的接受与发展》（郭林红，云南大学硕士论文，2010 年）。

这些研究在深度上有所掘进，整体上比较薄弱，有待从全面动态角度系统地认识云南古典诗学的价值。

总的看来，目前对云南古代文论的研究数量较少，大家所关注的也往往多集中于朱庭珍、许印芳和方玉润担当的论述上，而对清代云南古代文论作家群这一整体研究还不够，有的即使有所涉及也是面上的探讨，缺乏区域性的深入研究，以致有人怀疑清代云南诗学的存在，甚至质疑云南古代文论的存在价值和意义。所以目前学界对清代云南诗学的研究还远远不够，不妨试举两例：譬如大家往往只注意到袁嘉谷记录性的《卧雪诗话》，而对其文集里诸多闪光的论述视而不见，但正是这些蕴藏了他对经学和桐城派文论的精彩论述；① 再比如，云南古代文论的发展离不开科举时文的作用，这在云南古代文论里均有不同程度的涉及，但是目前尚未见到相关研究论著涉及这一方面的问题。

纵观 20 世纪末到 21 世纪初这段时间的清代云南诗学研究，我们发现，成果虽然不太多但已经有一定的基础，特别是 20 世纪 90 年代以来，清代云南诗学引起了学界更多地关注，尤其受到多年来一直致力于此的滇地专家、学者的关注，并逐渐成为云南古典文学、诗学研究的重要内容之一。同时，我们也不能忽略存在的问题。通过以上叙述不难发现，清代云南诗学的事实层面和理论层面

---

① 　袁嘉谷：《袁嘉谷文集》卷 1，云南人民出版社 2001 年版，第 390 页。

都没有得到足够重视，研究话语也没有现代意义上的转换。由于体例原因，在王运熙先生、顾易生先生主编的《中国文学批评通史》中，方玉润、朱庭珍也仅为其中一节内容；同样，陈良运先生的《中国诗学批评史》中，朱庭珍及其《筱园诗话》也只是其中的一小部分；蒋寅先生的《清诗话考》里提到的清代云南诗学著作数量上相当全面，对每部云南诗话也做了颇为简要精当的介绍与恰切评论，因作者重点在"考"，研究深度似乎没有进一步展开。由今视之，清代云南诗学的理论化研究仍处于基础阶段。这一方面是由于研究对象尚没完全敞亮，另一方面我们似乎也没有把清代云南诗学放诸现代学术谱系中去观察。传统转换的乏力，研究对象事实层面的价值和意义就难以跃出，中国古代诗歌史的建构就会缺乏抽象角度方面的微观性结构支撑。如果说历史研究不应该忽视民间地方历史或口头历史，那么文学诗歌的研究也同样不应该忽视地域性的存在，虽然其在体量上不够庞大，但在中国诗学史上的构成上却是必不可少的一环。如同概念不只是线性的存在，而应该是空间的存在一样，清代云南诗学也是有其空间性的范畴网络。在此情形下，本论题将在广泛收集资料的基础上，对清代云南诗学相关问题做一番深入探讨，以整体性研究来认识清代云南诗学的发展状况，以期为深入认识清代云南诗学提供新的视角、新的维度。

鉴于此，本书将在前辈和同行研究的基础上，希望站在一个新的角度，以更宽阔的视野观照清代云南诗学，从以下几个方面对此问题进行一些探索：一、在前人研究的基础上，对清代云南诗文论著进行深入细致地梳理；二、对清代云南诗学中突出而重要的命题以及一些突出的审美范畴进行深入的探索研究；三、对清代云南诗学的发展脉络、特征以及影响因素等问题进行分析；四、对清代云南诗学的批评观加以探究。

第二节　清代云南诗学的总体风貌

　　滇地自元代设行省，兴建学校、建造孔庙、传播儒学，使少数民族子弟习知礼仪风化，明清际，已纳入民族统一的大背景之下，接受中央集权政府的直接统治。进而移民屯戍、商贾往来、广置学校推行儒学教育、开科取士，历经五百多年的积淀，经济、社会、文化都有了相当的发展。随着明代汉族移民的大量迁入，在多民族的文化碰撞、交流与融合中，已经形成了独具特色的滇地文化与文明，他们原有的生活方式、感知方式、思维方式、也逐渐发生变化，突出表现就是汉语诗歌及其他文学作品的大量出现，这就为其文学理论的发生发展提供了实践基础。此外，随着明清科举制度在云南逐渐施行，汉文化教育也自然造就了一批知识者，这便是文学艺术及其理论得以发生发展的实践主体。实际上，翻阅明清云南相关资料，能够明显看到，比较突出的诗论家，一般都具有汉文化甚至科举经历的背景，更有像杨一清这样身居显位又文采风流之人，他们在诗文创作与理论上均有建树。那么，清代云南诗学的发展与繁荣，其内因是具备这一修养的人，另外就是明、清两代诗学浪潮推动的必然结果。

　　要考察清代云南诗学的总体风貌，必须首先对其主要论著有清楚地认识和了解，在此基础上，归纳抽绎出清代云南诗学的主要论题。

一　关于清代云南诗话

　　首先在数量上，张国庆先生在《云南古代诗文论著辑要》中对其所见到的云南古代诗文论著做了统计：现存的云南古代诗文论著尚有：各种诗文集的序言跋语近千篇左右；论诗文的专题论文十数篇；论诗诗数种百余首；论文赋一篇；与友人论诗文的书信若干……该书"选择有一定代表性的、较有真知灼见的六部诗话及部分诗文集序跋、专题论文、论诗诗、论文赋、与友人论诗文的书信"① 合而辑之，该书共辑有诗话六部，其他文论、诗论、序跋等四十篇。对比该书所收诗话和单篇文字的数量，我们发现，前六部诗话约占全书篇幅的 80%，而另外四十篇文字却仅占约 20%。由此可见，诗歌理论在清代云南诗文论著中突出的主流位置，且均出自清代尤其乾嘉以来，而这也正是本论题的主要考察对象。

另外，蒋寅先生《清诗话考》收录的清代云南诗话也占一定篇幅。该书搜罗甚广，并对涉及诗话有简要介绍及评述，眼光独到，颇多真知灼见。以下就清代云南诗文论著中几部重要诗话做大略阐述，除《味灯诗话》外，均参考自《云南古代诗文论著辑要》与《清诗话考》。

师范，《荫椿书屋诗话》，此书应是滇中现存最早之云南人所著诗话，共六十三则，记事至乾隆五十五年（1790）庚戌，应当是撰于乾隆末。全书卷帙不多，以记载应试、交游中提携奖掖诸师及云南同时诗人为主，② 诗话罗列诗人故交、旧友、同乡据笔者统计大约七十人。

由于地域性质诗话里的主体难免涉及作者日常接触的族人、同乡或友人，所以，作者与诗人的关系多是世俗化的伦理式共在和互为倾听式的精神存在。解读此类诗话，道德和存在的力量似乎大于审美的力量。实际上，书写诗话的同时，师范似乎也是在书写自己家乡的精神族谱。《荫椿书屋诗话》开头，有一颇富启示性话语的段落。

> 家大人以辛酉第二魁于乡，由丙辰挑选训导晋宁，量移长芦石碑厅，屡兼越支、归化三护分司篆。事上接下，不激不随；两人荐剡，俱辞而让之他人。至义利取与之界，尤为斤斤。尝戒范

---

① 张国庆编选：《云南古代诗文论著辑要》，中华书局 2001 年版，第 2—3 页。
② 蒋寅：《清诗话考》，中华书局 2007 年版，第 434 页。

曰："吾辈干事读书，俱不可任天而弃人。予幼时，性颇钝。年十四，汝祖父以应试卒于楚郡。无叔伯昆弟之助，因自思舍此案头物终无以报吾亲。奈日夜呻唔，旋得旋失，遂虔祷于所供大士，并作一疏焚之炉中。甫就寝，见一人持刀启胸提予心，三洗之而去。醒后汗淫淫在，胸鬲间且犹负创痛。自是心境豁然，日有进机。予之得以承先启后，弗坠家声，皆有神佑。然亦非予之积诚，无以致此。汝其识之！"（师范《荫椿书屋诗话》）

这种道德神话般的梦境传承俨然从祖父—家大人—师范的凝视或回视下变成了诗话叙述现实的一部分，诗人透过家大人的梦境审视诗歌背后、审视诗人所处的当下。从西方精神分析学的角度分析，这种家族史上的梦境无意识已经悄悄融进了诗人师范的精神建构之中，他者意识的客体化存在延续成了诗人自己的存在。与拉康的精神分析学不同的是，这种"噩梦"，不是诗人主体欲望的真相，而是家大人这一他者欲望的真相。"从这个意义上说，现实是最大的'幻象空间'，梦境包括（噩梦）才是真正的'现实'。只有在'幻象空间'中，我们才能得知自己欲望的真相，展示自己欲望的真相。欲望之'真'不同于现实之'真'。"[①] 梦境与现实的连接，就像拉康文本里的莫比乌斯纸带，内外相通，内亦内亦外，外亦外亦内。

诗话对梦境的叙述，既不属于"想象界"，也不属于"符号界"，而是属于"实在界"。只不过，西方精神分析学里的欲望"实在界"在这里要置换成中国传统文化框架下的伦理"实在界"。当然，从历时性看，伦理"实在界"自然也是中国传统"仁"的一部分。所以，师范之后即云："一切激烈感叹矫饰之词俱无可著，所谓'仁人之言，其意蔼如'也。"（师范《荫椿书屋诗话》）

---

① ［斯洛文尼亚］斯拉沃热·齐泽克：《斜目而视》，季广茂译，浙江大学出版社2011年版，第307—308页。

审美层面，《荫椿书屋诗话》论诗风格多用偏于阴柔的词，如清、浅、真、妙、新、韵、生、豪逸、凄艳、疏峭、明丽等，也偶用生、辣、慷慨等字眼；论诗技巧和声韵多用词：工、炼、虚、实、声调、音响、可诵。相比较的古代对象，诗话提及唐音最多，如"清转明丽，大似初唐风格""愈浅愈真，宛然唐人声口""七字可敌唐人"等；个体化的诗人，多提及元好问（遗山）、虞集（道园）、许浑、刘沧、潘安、谢榛、王维等诗人。

在文本叙事角度，《荫椿书屋诗话》的叙述方式往往在三种情况下展开：近于或高于古代诗人描写的相似之境，侧重比较与审美；辑录诗人或居或游状态的情景相契诗句，侧重诗境或存在；启示类的有两面——侧重道德约束和暗寓诗人的苦难不幸，甚至早亡①。

王崧，《诗说》，分上、中、下三篇。上篇主要论述诗乐由来，然后引用孔孟"思无邪"和"以意逆志"之言，剖析学诗方法。王氏以人为出发点，认为人莫不有性，性动为情，情分喜、怒、哀、乐、爱、恶、欲。情，有辞有声，和之，则为有器之乐，如"雅、颂"；不和，则为无器之乐，如"风"。乐要正，作用在于：防民之情教之以和。这些论述总体上并没有逸出理学和佛学的心性传统，确如蒋寅先生所说殊无新见②。

中篇从两个角度论述诗乐关系：诗为乐之辞，故论乐诗在其中；乐为诗之用，故论诗义不关乎乐。论据则以《春秋》为主，辅之《论语》。由于所举事例材料本身具有较强的公共空间性或现代学术话语的主体间性，包容量较大，越出了诗乐关系的藩篱，所以中篇文

---

① 如：漱亭同年，为游戏陆公仲子，能书喜画，结社碧峣别院。有"船载波光直到门"之句，梦楼太守极赏之，广为延鉴。遂作波光图，遍索诸名人题咏，且自号"波光"，以付于赵倚楼、鲍孤雁之后。前岁暴卒，年未五十，则"波光"二字，早寓不寿之征。参见张国庆《云南古代诗文论著辑要》，中华书局2001年版，第13页。不过，须辨别此处"早亡"和《筱园诗话》里多次出现的"早死"文化意义上的不同，后者仅仅是对诗艺未精状况的一种感喟，前者明显具有一种启示性的审美意义。

② 参见蒋寅《清诗话考》，中华书局2007年版，第460页。

意似犹未尽。

乐与诗，中西方古典美学源头均以乐为本，以诗为用。

先说中国古典传统。己，关乎情；人，关乎事；情雅、事和，都离不开存在论意义上"乐"的作用。所谓"诗断史续"，断的并非语言表层之"诗"，而是存在意义之"乐"，所以，才须"史"中之"事"来续。因为，事，是"在……之中"或"在……期间"。事像烛芯，乐像烛光，有微言大义在。

再说西方。"在古代希腊，音乐不仅是指一种实践的艺术形式，也是包括了哲学在内的一切技艺的总称，甚至是存在本身的自发呈现。因此，前柏拉图的哲学家们无不相信，音乐是存在的最佳表现和理想状态。……同时也悲哀地指出：'人们既不懂得怎样去听，也不懂得怎样说话。'……简而言之，那就是一种双重倾听的能力，即在捕获声音的同时（这是一般人都具有的能力）去听出另外一种声音，在声音之后的和谐和回响，以及其所蕴含的全部意义。"[1] 在此意义上，柏拉图想把诗人逐出城邦。

简言之，乐比诗更富于源初性。乐必有诗，诗不必有乐。

下篇论述礼、乐、诗、事和圣人的关系，寓有作者的政治理想，也是有清一代士人（不论汉宋）之治学鹄的。王崧试图让诗承担"经"和"理"的作用，以弥补古今之别及知识与现实世界的某种断裂感。因为，诗是诗意的栖存。"礼乐非圣人在上不能作，故《记》曰：'虽有其位，苟无其德，不敢作礼乐焉。虽有其德，苟无其位，亦不敢作礼乐焉。'周衰而王迹熄，天子仅亦守府，有其位而无其德。孔子终于下位，有其德而无其位。礼乐崩坏，作者无人；采诗之官既废，为诗之人渐渺。孟子曰：'诗亡然后春秋作'言王迹熄则礼乐不兴，礼乐不兴则诗无事于采。"（王崧《诗说》）

诗和理在礼乐中，独言义理，看似不落言筌，实则过于高蹈。当

---

[1]　耿幼壮：《倾听》，北京大学出版社 2013 年版，第 11—12 页。

下日常生活如何安顿？这是个问题。清代士人言礼乐，是把虚理引入生活世界，使虚学成为实学。言礼须言经，所谓礼在经、理即礼、六经皆史，就有此意味。只是《诗说》过于简短，诗人没有进一步生发而已。而《答邓方辅书》《与陈海楼书》《豹斑集序》《退思斋学吟序》均是论道、文、事、辞的关系，没有接着说。

这已经有把诗本体化的嫌疑，同时也让诗承担了过多的不属于自身的重负。《诗说》下篇看似论诗实则论道，重点落在学习诗、承载道或弘扬道上，类似于孔子的述而不作，因为只有圣王在土，才会作诗采诗。"在中国的道人关系中，形而上的道，没有意义，要靠圣人的经书来体现。"① 求解圣人之道，方东树认为，经典考证，难以全尽，否则我们将圣人看小了；方法上，乾嘉考证还有着某种"诠释学循环"的影子②，而王崧实际上用诗解决了这个问题。

王寿昌，《小清华园诗谈》，分上、下卷。上卷总论部分，着重树立诗法诗格。具体来说，有四正、六要、四清、三真、三超、四高、四近、三深、三浅、三严、三宽、三留③正面论述；也有四不可、四勿伤、三不尽、三可借、三不欲胜、五不可失、五可五不可、四能四不可不能④等正反面缠绕式的粗略简论。

作者论诗，基本以古为主，次以高为上、次自然、次浑然、次超然、次纯粹精炼、次清新秀逸壮健、次奇丽瘦淡。但是，不论上卷还是下卷，整体判断，诗话所举诗例与概念似乎不尽相合。"条例"中的"性情""志向""本源""忠厚"等概念的比喻式梳理也不太切近。

严廷中，《药栏诗话》，分甲、乙两集。初看之下，论述较为琐

---

① 詹福瑞：《学者的魅力》，《读书》2016 年第 6 期。
② 参见王汎森《中国近代思想与学术的系谱》，吉林出版集团有限责任公司 2011 年版，第 17 页。
③ 涉及主体、文本、风格、格律等层面。
④ 涉及主体、风格、现实世界、技巧等层面的关系。

碎。细细深思，却也不大尽然。作者说，其论诗主"柔"，对"柔"究竟是什么并没有给出明确答案。严氏对盘空硬语皆不看好，认为非正格，故其视唐之昌黎，宋之东坡、山谷皆不甚好，由此可见其论诗趣味之一斑。[①] 另外，作者也没有完全抛弃阳刚一途。如："诗以气骨为主。有句无章者气弱，有格无调者骨弱，兼之者，其惟阮芸台相国（元）乎！"（严廷中《药栏诗话》）

严廷中多以审美之眼看待诗歌，《药栏诗话》里有"偶得古今人名篇什，辄手录而口诵之，虽当时亦未能尽解，而自觉心悦口适，莫之所以然也"（严廷中《药栏诗话》）的叙述。并自认为此作为诗话自序的一部分亦无不可。

我们探讨中国古代诗歌的魅力："要么停留在'想象界'的层面上，强调它的'意境'价值"；要么停留在"符号界"的层面上，强调它的本质意义。我们无法回答一个问题：在阅读古代诗歌时获得的快感（特别是摇头晃脑时获得的快感）究竟来自何处？来自"想象界"的层面（创造了美妙的意境），来自"符号界"的层面（反映生活的本质或抒发了本真的情感），还是来自实在界（与我们的欲望的实在界相关）？[②]

《药栏诗话》没有给出答案。谈到诗歌妙处，清代云南诗家多用口诵心悦，至于悦在何处，妙在何处，则不知所以然。严廷中如此，朱筱园也是如此。

这里的诗之妙诗之悦，其实涉及美的问题。在西方，柏拉图认为美是难的。维特根斯坦认为，对"我们不能思考的东西，我们就不能思考；因此我们不能言说我们不能思考的东西；但是不能思考和不能言说的东西并不就等于不存在；甚至这种东西能够以某种方式得到

---

① 蒋寅：《清诗话考》，中华书局 2007 年版，第 528 页。

② ［斯洛文尼亚］斯拉沃热·齐泽克：《斜目而视》，季广茂译，浙江大学出版社 2011 年版，第 305 页。

指明。……能够被指明的东西，不能够被讲述……对不能够讲述的东西就应当沉默……"① "可以讲述的是我的世界，因此，语言的界限就是我的世界的界限；而可以指明的是'世界是我的世界这个事实。……'被说和被看的是一方面，它们也就是维特根斯坦所说的可讲述、可言说的东西；而另一方面则是说者和看者，它们言说着或讲述着某些东西，但自己却不被言说和讲述，甚至不能被推导出来，它们只能以某种方式被指明。"②

换言之，诗歌之妙、之悦、之美和主体有关。在西方传统哲学里，对主体意识的分析，是形而上学的一部分；现象地看，妙、悦、美是自足的；用海德格尔的话说，妙、悦、美类于"持存"；用佛经的话说，妙、悦、美类于"圆融"。卡尔纳普认为，这种陈述或指明，是虚假的，毫无意义，因为它没有逻辑形式。③ 实际上，"心悦口适"的"指明"意义，不在知识，而在人生。它更多地指向一种对待人生的态度和善意提醒，就像罗素说明归纳法时的"罗素火鸡问题"④，我们人，不能做一只自作聪明的火鸡，上了主人餐桌还不自知。它是否定性的肯定，是书和画的飞白与虚空。

妙、悦、美本身是结构性的存在，若仅就心悦口适而言，它偏向于身体一侧，是"自然"，不是"明见"。"自然"有身体经验属性，"明见"有理性逻辑属性。⑤ 自然先于明见。

在道德与审美关系上，严氏态度较为通达。

李易安词足与李后主并肩。予尝戏谓："使易安得配后主，可称词君词后。"一老儒作色曰："此等失节妇人，虽有数篇佳

---

① 转引自倪梁康《自识与反思》，商务印书馆 2006 年版，第 607—608 页。
② 倪梁康：《自识与反思》，商务印书馆 2006 年版，第 609 页。
③ 参见王巍《科学哲学问题研究》，清华大学出版社 2013 年版，第 52—53 页。
④ 王巍：《科学哲学问题研究》，清华大学出版社 2013 年版，第 78 页。
⑤ 倪梁康：《自识与反思》，商务印书馆 2006 年版，第 62 页。

句，亦何可取！"予笑曰："君亦知妇女再醮固是常事乎？《凯风》之什，孟子以为亲之过小，此圣贤之不持苛论也。国家立法，守节者有旌，改嫁者无罚，此法度之近情也。君休矣！无轻诋词人。"时王侪峤先生在座，掀然大笑曰："是故恶乎佞者，然吾不能谓此语之尽非。"（严廷中《药栏诗话》）

如果借此认为《药栏诗话》完全无视道德，也非中肯。如甲集中有诗评："'一点淄尘流素衣，斑斑驳驳使人疑。纵教洗尽千江水，何似当初未浣时。'诗佳矣，而阻人迁善之心。"（严廷中《药栏诗话》）

从缪尔纾《严廷中传》来看，作者生平以词得名，但得意处仍在诗。所以，诗话甲集开篇即是论词，以词中佳句为论据，把词分为隽品、神品、逸品。但，论词的篇幅极小，随之转向论咏柳诗等，并以交游（与师范不同，严氏诗话里所交之人大都为宦游异乡人）为线和诗人当下的存在境遇为背景。诗话对"境"着墨极少，只有一处提到"未经人道之境"，其余多用偏向主体侧的审美之语、偏向客体侧的存在之语和偏向文本侧的风格之语。如：抱负语、旷达语、一往情深、凄然悲怀、下笔有情声、沈著严整中仍复风流自赏、宛转真挚、性情诗、雅人吐属、自写性灵、名士风流、伤心独绝、别有感慨、多情语也、哀婉、真、新、风韵、格调、高浑、寄托、新巧、蕴藉、雄放等。尤其以偏向主体侧的审美之语为多。

存在之语多是作者与诗话辑录诗人的交往，难以句摘。与师范有别，严廷中更倾向当下存在对诗歌评价的作用，有时，甚至超越了诗歌本身的审美价值。如：

先生在山左爱才如渴，在六琴壁上见予诗，大加称赏。后予奉程月川中丞（含章）檄调赴省，将有所委任，忽有季布之毁，中丞惑于人言而止。时全家栖迟历下，进退皆难。先生一力维持，极为剖白，予亦自此得受知于月川中丞。尝记一日，先生谒中丞出，执予手与人曰："此少年名士也，无轻视之。"时多官济济立阶下，莫不惊异。噫！知己之感，何日忘之？故予呈先生有"肯因小吏羁迟日，费尽怜才宛转心。若使衔环酬凤愿，全家都是报恩禽"之句。结句人每谓太过，缘不知当日情事耳。（严廷中《药栏诗话》）

这一方面是因为存在必是主体的存在，另一方面也和严氏"多情"（缪尔纾评语）的个体精神特征密不可分。多情往往导致文本审美依附于描述存在过程的"事实"和当时的主体情怀。

王宝书，《味灯诗话》，收入《云南丛书》。诗话分为二卷，共约一百四十则。王氏学识广博，著作亦不少。论诗主张性灵，多随袁简斋。和其他云南诗话相比，《味灯诗话》较多的记录了道光以来云南诗人的逸闻轶事，这一点和师范《荫椿书屋诗话》有某些相似。不同之处在于，相比师范，王宝书论诗境较少论诗法较多。如："律诗最争起结，中间情景相生，自足动目，若一起便平，虽有佳句，亦不出色；一结无力，则通首散漫无着，故起不可占实，须善于留，恐说尽也；不可蹈空，须善于蓄，恐滑过也。结语或推开，或返深，或插入，奇波余趣，以束得住全势为佳。"谈到对仗，认为"诗中对句必须铢两悉称，不可偏重偏轻"。主张押韵应如兵法所云"实者虚之，虚者实之"，认为凡诗情景逼真，而语未足动人者，皆因不能选韵，因此应把握"虚韵宜实押，实韵宜虚押，生韵宜熟押，熟韵宜生押，正韵宜反押，反韵宜正押"，庶几才能"耳目一新，音节更入妙处"。[1] 论咏史诗，认为应有新意，才成绝唱。

---

① 李孝友、张勇、余嘉华：《云南丛书书目提要》，中华书局 2010 年版，第 320—321 页。

　　王氏以上所论，落脚处皆在新、妙和动人，形式美学方面的论诗技巧如声韵等，和有清一代学术思潮方向也基本相符①，至于论诗细节方面似乎创新并不太多。

　　陈伟勋，《酌雅诗话》，共三卷。酌雅之名，后跋说得很明白："大意在抵派异学，黜落淫辞。而凡有益于世道人心者，以各因所触而推衍其说。至如吟风弄月等词，苟其有得于比兴之意，有何于风雅之旨者，亦取而附焉。"（陈伟勋《酌雅诗话》）蒋寅先生对诗话有较为中肯的评价：取朱子《感兴》诗于卷首；又斥《西厢记》《聊斋志异》《红楼梦》为淫书，比于妓馆之污；又谓"除却三代井田之法，而欲使天下无一夫不得其所亦空言"，其议论之迂腐为清诗话中所罕见。然卷中所论，却多与二者无关，而斤斤于伦理道德观念、出处行藏，唯不及诗艺而已。行文尚平和，议论亦不务苛刻，末多以己诗作论断，于有清一代诗话中可谓创体。可惜文字每流于冗长，为清末由云龙所诟病。②

　　陈氏基本上是目的论者。论诗，常常意在论人心，归风雅。诗话内容多在儒家范围打转，如友情、亲情、世情、官情、民情等。提及物情、农情、理情的诗例，着眼点也不在诗的审美属性上，感性的美有被作者解构的嫌疑。换言之，诗歌本身在陈氏看来，是工具化的存在，不具备独立意义。由于强烈的"淑世"情结和忧患意识，面对家中长辈教诲，陈伟勋的反应和师范也有差异。

　　犹忆丙戌年将应朝考前，字临柳帖，先君子命改临赵松雪。勋窃语云："其人不足学。"先君作色曰："做其字耳，岂效其人

---

　　①　清代滇地诗家论诗多重法，法中多重韵，如重韵者许印芳、袁嘉谷即是。此皆源自顾炎武提出的"读九经自考文始，考文自知音始"的训诂治经主张，建立以经学济理学之穷的学术藩篱。参见陈祖武、朱彤窗《乾嘉学派研究》，人民出版社2011年版，第64页。

　　②　蒋寅：《清诗话考》，中华书局2007年版，第546页。

乎?"彼时方壮,所见谨严中未免固滞,故尝鄙薄其人,并其字亦弃之。今则有持平之论,即论其人亦不作冷讽直骂语。于其书《归去来辞》也,赋诗以正之曰:"翩翩浊世佳公子,柔脆偏逢见节时。当时只消'归'一字,风流今尚耐人思。"(陈伟勋《酌雅诗话》)

陈氏认为,论书当论人;其先君却主张,人是人,书是书,学其书也可不效其人。作者后来所谓的持平之论骨子里仍近忍气吞声。存在意义的割裂感必然带来心理上的痛苦,不得已,在诗话稍后的部分,作者以宋儒程子之言来弥补这种分裂:"君子论人,当于有过中求无过,不当于无过中求有过。"(陈伟勋《酌雅诗话》)论书如此,论诗和论史事就苛刻多了——这一方面源于陈氏认为有才不可无节,另一方面也源于陈氏所处道光年间,国势衰微,诗人难免会产生忧患意识和沦落之感。据记载:诗人"晚年归里,值滇乱,忧愤成疾,卒于家。著作皆道德经济之言,兵燹散佚"。(陈伟勋《酌雅诗话》)生活史和思想史虽不同,但生活的毛细血管对思想还有诸多影响。王汎森认为:"人既是悬挂在意义之网上的动物,同时也是悬挂在生活网络上的动物。"[①] 明乎此,陈伟勋《酌雅诗话》看似迂腐之主张也就不足为怪了。

当然,审美判断上《酌雅诗话》还是提出了一个值得注意的诗学概念"时景":杨仲宏诗"风雨五更鸡乱叫,江湖千里雁相呼",不过直言直语耳,而其中有无数时景,无穷心事。诗中佳境妙处,不可胜言。(陈伟勋《酌雅诗话》)可惜的是,作者并没有对这一重要诗学概念做进一步的阐述。

许印芳,《诗法萃编》。该编体裁大略可分为以下几种:辑录古今诸家诗话,按实际时序纂而成书;辑录近代诸家诗话,按实际时序

---

① 王汎森:《中国近代思想与学术的系谱》,吉林出版集团有限责任公司2011年版,第522页。

纂而成书；取诸家诗话，分类编纂而成书；截取诸家部分诗话，标举门目纂而成书；举一代诸家诗话，或全录或摘抄，综合排列纂而成书，以上几种体例均不甚完备，得失互见。然而，"其能综赅古今，索隐探颐，不限时代，不拘门户，不流庞杂，不挂遗漏，自三百篇以降及有清一代，源源本本，撷要荟萃，勒成一书者，当推许印芳之此编"。① 此评价确为符合实际。

蒋寅先生认为：《诗法萃编》于诗话丛书中尤有独创性，堪称今人编纂古代文论资料之前驱。许印芳论诗以古为宗，于六朝诗论之演进，时或有保守见解；然论及唐宋以来诗学流变与得失，皆能明其大端。故其跋语揭示作者论诗宗旨，每有发明；指摘其偏颇失误，议论持平，使学者不为方隅之见所蔽。②

细思之，《诗法萃编》论诗应有一个潜在的参考——伪体。伪体之伪，应有三方面：无己、无古、无时。无己不真，无古不雅，无时不新。诗话在"序言"开篇即已透露。许印芳强调诗法之法，不在拘泥于法，而在乎得法之意，以此而推，法之意当贵乎人意。诗法本身表面看是属于客观侧的概念，具有强烈的形式美学意味，内在最高形式却是"贵得乎法外意"。许氏和大多数滇地诗论家一样崇古，以诗骚汉唐为极则，至宋已是古意浸微，到明代七子，更是古意全无，满目优孟衣冠，遂成伪体。无时即无变，无变即不符合《易》道。这一点和《酌雅诗话》的范畴"时景"、师范《荫椿书屋诗话》的诗境相比更接近前者。诗话里作者用"实景"一词来表述。

《诗法萃编》虽不及《筱园诗话》的理论水平③，但涉及诗学概念远较前面几部多。如：气、真气、义、言、声韵、天机、乐、比

---

① 李孝友、张勇、余嘉华：《云南丛书书目提要》，中华书局 2010 年版，第 283 页。
② 参见蒋寅《清诗话考》，中华书局 2007 年版，第 627—628 页。
③ 袁嘉谷评"滇人诗学，蔚如孙菊君孝廉，清如任秋舫明经，朴如许广文印山先生"，一个"朴"字很是精当，许氏诗学内外可谓一览无余。参见张国庆编选《云南古代诗文论著辑要》，中华书局 2001 年版，第 328 页。

兴、赋、奇、正、理、情、情状、物状、事状、意、真意、识、根柢、胆、真景、实境、变、格调、自然、新、清新、稳等。

若以《坛经》里惠能大师嘱弟子们的对法而言，许印芳基本探讨了下列问题：古与今、诗与文、诗与乐、题与诗、事与诗、法与诗、道与诗、真与诗、情与诗、言与诗、经与诗、史与诗、理（宋学）与诗、情与景、专与博、辞与身、正与变、李白与杜甫、局部与全集、律诗与绝句、唐诗与宋诗。

朱庭珍，《筱园诗话》，共四卷。卷一多阐述朱氏诗学观。探讨诗法与许印芳所论相近。又引严沧浪的妙悟说，认为学中须有悟，学悟一贯，天分、人力各主其半，人力不同，所以有"变"。变是法中之变，变随势，势中含理，理中蕴势，才导致有常有变，有源有流，有"丹"有"素"。有"流"难免有短长，诗人不能囿于门户之见，聚讼不已。要取长弃短，吸神髓遗皮毛，熔铸真我求得诗的"大成"境界。

关于学的主体结果，朱氏认为，诗人以培根柢为第一要义。这也是众多清代云南诗学家的一贯主张。根柢之学，首先在于积理养气。积理不是以理语入诗，而是明白事物的所以然之理，和所读之书互参互观，和古人心心印证，如此方能耳目所及皆是理境。就方法途径而言，这颇像王阳明《传习录》所说："人心须在事上磨炼，才能站得住，才能静亦定，动亦定"①。王学落脚于良知，朱氏落脚于理境。

养气之说，《筱园诗话》分为客气与真气。客气有动无静，真气有动有静，静为其根，以静主动。静则能酝酿涵养，动则易发而难收，一览无余。一味求动，就会如王阳明批驳朱熹："方其壮时，虽暂能外面饰，不见有过，老则精神衰迈，终须放倒。譬如无根之树，移栽水边，虽暂时鲜好，终究要憔悴。"②

朱氏诗话自然不同于阳明心学，一则偏于技，一则偏于道。除了

---

① 王阳明：《传习录》，沈顺葵译注，广州出版社2006年版，第27页。
② 同上书，第177页。

表面词语上的"理"和"客气"与阳明心学相同外，其他再无相近之处。但在由技求道，对根柢的向往上，二者似乎也有相通之处。

评价神韵说，朱筱园从用典使事和议论入手，认为诗歌不在于不贵用典或不著议论，而在于用典议论，其妙处当如镜花水月。就效果而言，某种意义上这有接近严廷中论诗主"柔"的地方，只是朱氏论述更为详尽，更为圆融。

清代云南诗家大都会注意到诗的体例特征，朱氏也不例外，如论述五古、七古、五律、七律的基本风格，然后再从其形式美学的法的要素：情景、虚实、格调、风神、用笔等转而论述主体方面的人转法、明心见性、才学识。

> 故积理养气，用笔运法，使典取神，皆仗识以领之。识为诗中先天，理法才气为诗之后天。有先天以导其前，有后天以赴于后，以先天为天功，以后天为人力，能合天人功力，并造其极，斯大成矣。亦如二氏之门，未得道则师度，既得道仍是自度，迨功行圆满，然后能证果飞升，其理一也。个中消息，非言语所能尽，亦不敢尽笔于书，泄露造化之秘。姑述大致于此，有志者宜自求之。（朱庭珍《筱园诗话》）

朱氏把"识"归为先天，把理法才气归为后天，时间序列上，先天在前，后天在后，一天功，一人力，天功行导人力，才能入妙造大成境界。之后的论述越来越有神秘主义倾向。学理上看，识和理法才气应有内在的呼应关系，先天后天、天功人力之分，也属勉强。

《筱园诗话》卷一后半部分论述了"诗题""中庸""自然""超妙""根柢""咏物诗""诗中有我"等诗学概念。论诗题的切入角度是形式美学。认为诗家用笔须一刀见血，直刺题心，然后难者易之，易者难之，平者奇之，薄者厚之，浅者深之。语言上要能警动，或正言或反言，或实写或虚写，或譬喻言之或借宾主言之。朱氏为重比兴轻赋体提出了三个理由：比兴为难题立法，比兴近古，比兴诗品贵温柔敦厚。论中庸，纯从用笔技巧入手；论自然，以伪体为潜在参照，不论述风格化的自然，只论"然"从何来，由根柢、性情、理气、酝酿、涵养、天机等方面进行分析；论超妙、咏物诗、诗中有我，从其流弊入手——超妙与俗相对，咏物诗与无我相对，诗中有我与自占身份相对。

朱氏有很重的古雅情结，论诗多从古体入手，由源观流。

卷二提出"诗为天地元音"的说法，某种意义上应视作《筱园诗话》的元概念。所以，学古诗和汉乐府，目的在于培根本、遗貌取神和酝酿涵养。世事人情和格物纵游是作诗之前诗人"兴"的主体"事件"，不应是文本"事件"。言之有物的物是"大地山河，无非妙谛"。

以上多是诗话评论历代诗家、诗作、诗论和本朝诗家、诗作的内在规范。如评袁枚，大抵才子心粗气浮；评张船山《宝鸡题壁》诗十八首，叫嚣恶浊，实非雅音；评钱牧斋，七古好以驰骋为豪，五言亦好征引涂泽，精华竭矣；评吴梅村，国变前不过一艳才耳；评岭南三君梁药亭，七古雄放简练未足，堕入空滑一路；评岭南三君屈翁山，五古七古萎靡不振，平冗拖沓；评陈元孝，神骨俊而坚，格调高而壮，才气肆而醇，气魄沉而雄，风韵清而远，真诗家全才也。（朱庭珍《筱园诗话》）评前后七子、杨慎、沈归愚、常州四子等历代诗家，大都如是。

朱氏论诗本身，妙处虽有神秘化的倾向，但评诗家之诗并不从空处而从法处着手，执相求禅，推尚正眼法藏，不尚神通，譬如佛家的拈花微笑，万法俱化。

卷三、卷四摘句论诗，形式上似乎取诗体风格和作诗技法角度。如精切、雄厚、空声、生辣苍凉、深情远韵、秀媚工巧、刚柔相调、风骨等。但论述过程理周辞简。蒋寅先生认为，《筱园诗话》评论本朝诗家，尤多胜解，历数名家之短，鞭辟入里。其论本朝诗话及诸家论诗宗旨，尤多所诋斥，少有许可，其间评骘虽不无过刻，然亦深中其弊。金武祥《粟香四笔》卷八谓其论诗绝句及诗话皆见卓识，唯诋诃前辈有过当语，颇得其实。[①]

统而观之，《筱园诗话》多在大小、刚柔、远近、雅俗、空实、深浅、常变、薄厚、逆顺之间游离，气象宏大，博众家之长，深化了传统诗学命题的内涵，这一点在清诗话中并不常见。

当然，《筱园诗话》论诗并非没有瑕疵，如认为诚斋诗浅俗鄙滑，颓唐粗硬，纯堕恶趣，真江西派中魔魁，竟负虚名，浪传至今，殊不可解。（朱庭珍《筱园诗话》）即朱筱园认为，诚斋诗不够雅。以现代学术眼光来看，朱氏不是站在他当下生存的河流之上去探寻诗歌的精义，而是以当下生存体验为契机返求更远更古的中国古典诗学传统。这实际上有把日常生活排除在诗外的风险。逻辑上看，这也是他一味强调诗的纯粹性的必然指向。

另外，诗话论诗本身固然通达圆融，但在审美趣味上仍能看出作者的偏好：高古雄浑。朱氏本人隐埋在文本叙述的逻辑是理性的，依据是儒家传统文化，出发点是以古为高以今为卑，以源为上以流为下。换言之，诗话对诗人所处当下的存在关注不够。而清代云南另一位诗家陈伟勋，在《酉雅诗话》里提出的"时景"诗学概念，可与之形成补偏关系。

总体看来，《筱园诗话》无论创见及见识，均可为晚清诗话之翘楚。

论诗诗一直是中国古典诗学的独特存在。前诗之意，应是诗学，后诗之意，当属形式，反之亦是。以此而推，理论意义上，最早的论诗诗也许是《文心雕龙》篇末的赞曰。试举一例："断章有检，积句不恒。理资配主，辞忌失朋。环情草调，宛转相腾。离合同异，以尽

---

① 蒋寅：《清诗话考》，中华书局 2007 年版，第 601—602 页。

厥能。"① 之后最有名的莫属唐代司空图《二十四诗品》，次则元代诗人元好问的论诗诗。而滇云诗话中论诗诗一是朱庭珍、一是陈伟勋。朱氏论诗诗五十首左右，陈氏则把论诗诗融合在诗话之中。

存在论意义上，论诗诗企图以诗解诗。诗属现象界，论诗诗属理念界；前者是呈现，后者是反思；诗是"是其时"，论诗诗是"非其时"②。用海德格尔哲学解读：诗是相遇，是在……期间。诗难以用来计算和预期。现象的存在，最好感受，无法肢解，肢解之后，光已非光，花已非花。哲学视野内，这里暗含了时间和自由的分裂问题，"时间不仅是现象存在的条件，且是本体（质）存在的条件，也是就说，是人的整体存在的条件"③。论诗诗企图用诗的整体性来缓解生命存在的断裂感，换言之，论诗诗是要在两界之间搭一座桥梁，互相"转化"。

这是论诗诗的存在论解读，也是朱氏论诗诗的学理所在。

朱氏论诗诗，以诗为道，精妙处"半由人事半天功"，出之心性，讲究对举。所论有流派、有风格、有高下、有汉宋。

比较许印芳与朱庭珍，前者朴实，受汉学影响；后者深虚，受宋学影响。

袁嘉谷的《卧雪诗话》，共八卷。蒋寅先生认为：卷一论唐以前人无不以从军为乐者，谓律对之法为吾国之独创，皆见胸襟气局之大。又论古诗中含有科学道理。其于诗也，则上至六朝，下及明清诸家，浏览涵咏，各得其奥，故其论诗皆有精意，不屑拾前人牙慧。而存近人诗，亦以其所知者精审而存之，无有徇情滥收之弊，大体亦是，唯录诗精审尚有所歉焉。然而所举人物多称字号，时过境迁，令后人无从考索。④

---

① 张国庆、涂光社：《〈文心雕龙〉集校、集释、直译》下册，中国社会科学出版社2015年版，第625页。

② 黄裕生：《时间与永恒》，江苏人民出版社2012年版，第18页。

③ 同上书，第34页。

④ 蒋寅：《清诗话考》，中华书局2007年版，第673—674页。

概括而言，文学理论的发展有赖于文学活动的发展繁荣，清代云南诗文理论亦如此，其发展大致经历了这样一个过程：明代特别是明中叶以后，随着文学实践的发展，文学理论也渐次出现；明中叶，滇中风雅促进诗文理论的进一步发展；明中叶至康熙时期，云南诗文论著出现频率增大，诗学著作逐渐为人所见，比如赵士麟《诗论》、《文论》，谢履忠《文论》以及赵元祚《我轩诗说》等，这可算是滇云文论获得初步发展的一个时期。清乾嘉以后，云南诗学迅速发展，呈现繁荣兴盛的局面，这才出现了《筱园诗话》《诗法萃编》等一些颇具代表性的诗学著作。

二　清代云南诗学的总体风貌

清代云南传统士大夫的生存状态仍然是宦游和回乡后或隐或无奈的生存之居。其诗学之作多肇于宦游之时，时代存感较强。对中国古典地域性诗学而言，清代云南诗学只是一抹回光倒影，整体上也没有逸出传统诗学的框架。地域性空间视角和片段性时间视角的选择，看到的是相对体量较小的诗学样本，所以，宏观的描摹反而容易见其小，微观的刻画反而容易见其大。

大致而言，清代云南诗学对诗的探求在五个层面展开：存在性的美、形式性的美、启示性的美、风格性的美和依纯性的美。而从清代云南诗学著作体现的潜在逻辑命题观察，其隐含了两个诗学命题：诗为何；何以为诗。前者偏于本体论命题，后者偏于存在论命题。对"诗为何"的探讨，不管是诗与道的关系，还是情志的辨析，清代云南诗学基本上都是在儒家诗学的框架下进行，并没有越出前人的藩篱，而对"诗为何"偏于主体部分的论述则多有创新。"何以为诗"命题下的清代云南诗学多和形式性的美、风格性的美及依纯性的美有关，也是清代云南诗学论述的着力点。

为了清晰表述清代云南诗文论著中相关的核心群体诗学概念，笔者做了一幅简略性的示意图。

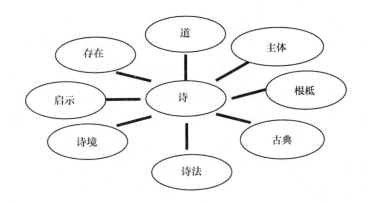

　　儒家框架下的清代云南诗学的诗歌本体追寻呈现两种面目——道和道德。王崧《诗说》和陈伟勋《酌雅诗话》对此有隐晦的表述。严格说，"诗本体"和"诗"是两个不同概念，类于《坛经》所谓灯芯、灯光之别。探讨诗本体是形而上的范畴，探讨诗本身则属器的范畴。陆游说"汝果欲学诗，工夫在诗外"即类此。但，中国古典美学中向来也有道器不离的传统，所谓"超以象外，得其环中"。所以，诗本体的追寻，靶子还是诗歌本身。在一定限度内，诗本身颇类似柏拉图所说的影子。影子是幻象，也是如露亦如电的色界。诗本体的追寻，不论道还是道德，最后还是要落在主体自身。古语云：道不远人，人能弘道。道器两端，道的魅力，不在道在器；正如风的魅力，不在风在花。

　　清代云南诗学本体追寻的思想资源有两个来源：先秦儒学和宋明理学。① 释、道两家所占比重很少，偶有涉及，也不甚了了。更有极力抵佛者，如《酌雅诗话》作者陈伟勋。即使相对其他清代云南诗人援引佛家语相对较多的朱筱园而言，也是寥寥数语而已。内在地说，儒家的心性路径，给清代云南诗学指明了为诗所以然的方向，而道家的审美心胸，妙处则往往是法迹难觅。② 这在看重"诗法"的清

---

　　① 技的方面，所凭应是清代朴学。
　　② 佛学在清代云南诗学中所占比重较少的原因，可能和滇地士大夫的仕宦之途以及所受的儒学教育有莫大关系。明代诗僧担当的诗禅之说在清代滇地已然笼罩在诗法之中，执法求禅，当是清代朴学使然。

代云南诗人眼里是难以描摹和把控的。朱筱园和许印芳谈到诗法妙处，前者多用严沧浪的"悟"来搪塞，再进一步的论述就会带有明显的神秘主义倾向；后者多用法谈妙，妙是法外之意，这也许就是袁嘉谷评价许印芳诗话"朴"的原因所在。

诗学概念里的主体是清代云南诗文论著中较有特色的部分。由于主体内在性的差异，同是积理养气，承"气"而来的诗歌风貌却呈现不同的风格，这也是诗人们试图为品评诗歌找到内在的合理依据。如许印芳诗话里的气，一是文气；一是道气，后者有本体意义。朱筱园诗话里的气，不论是"客气""真气"或"养气"，更多只具有工具意义上的倾向，本体意义上已经弱化了许多。其次看"心"，清代云南诗学直接论述"心"的并不多，而是主要表现在对"情""志""性情""真性情""怀抱语"等的论述中，也就是对"心"的探讨被置换为"情""志""性情""真性情""怀抱语"等的探讨。这一内容主要是从主体的性情、修养方面来谈，而性情、修养抑或学养也恰恰是清代云南诗学家所重视的重要内容。有人主张诗以"气"为主，有人则认为诗主要表达"性情"。在对诗歌本体的认识上，朱庭珍的观点比较新颖，有人认为他重"气"，有人认为他重"性情""根柢""学问"。实际上，我们参阅其所有论著，考察他的思想，将会发现他是"气""性情""根柢""学问"一体论者，只不过他用"养气"这一概念传达出对"气"的重视，表述为"根柢之学，首重积理养气"和"诗所以言志，又道性情之具也"等。《筱园诗话》的这种认识不仅深入、细致，也比较系统。清代云南诗学家大都重诗法、重主体、重学问，把抽象的神秘的诗歌本体论具象化。

清代云南诗学家对诗歌创作主体的重视继承了中国古典诗学传统。其诗歌创作论层面的认识也无疑体现了诗人对中国古典诗学的承接与发展。就创作原则而言，虽然把学古放在第一位，但比之祧宋尊唐，他们更重视变通独创。而对清代云南诗学家来说，一面对前人的认识表示赞同，一面又把这些条件的主次地位或在创作中所起的作用的大小加以再思考，他们重视性情和学养，对"根柢""兴会""学问""性情"等叙述话语系统的论述，也标识了这一特征，这在朱庭珍的《筱园诗话》中体现得尤为集中、充分。再比如他们对"性情之正"的要求，以及对人生阅历、遭际、游历之"境"的拓展与阐发，无不表现出主体性情、学养的自觉意识。也就是说，他们重视主体内在性的提升对诗歌所以然的作用，也不摒弃重视人生阅历、遭际、游历等人生体验对诗歌创作的积极作用，二者交互为用提高诗歌创作水平。清代云南诗学家尊奉伦理性的感发意味，同时亦不废对真性情的张显与追求。这既与诗之为诗的《诗经》传统有关，也与"至诚无息"的礼学传统有关，同时也与宋明心性之学的浸淫有关①，自然也与更迭代变的诗学浪潮丝丝相连。

　　清代云南诗学家尊古为先，溯源参变。纵深有了，距离有了，但今人非古人，今世非古世，要有足够的变化，还需"时景"的参与，否则，还是"七子"式的伪体，所以，他们也重视写"现前真景"、②按切"实境"。此外，还强调构思过程中"悟"③与"物感"的重要性，认为，诗歌创作的"悟"是建立在学养基础上，由于外界事物的感发而心有所动、有所悟，以及在内在涵养基础上，对外在世界的独特感发与体悟。这也就引出了另外一个概念"兴会"，作为"物感"说基础的"兴会"，是中国古典诗学中具有鲜明特色的审美范畴，它包含着丰富的美学内涵，涉及创作灵感，美感体验以及审美

---

　　①　钱穆先生认为，清代并非理学衰世，即使乾嘉经学考据之盛，实亦在理学演进范围。其《清儒学案》分四阶段述理学：晚明遗老、顺康雍、乾嘉、道咸同光。参见陈祖武、朱彤窗《乾嘉学派研究》，人民出版社 2011 年版，第 541—542 页。

　　②　参见张国庆《云南古代诗文论著辑要》，中华书局 2001 年版，第 171—172 页。即云："天地人物，各有情状。以天时言，一时有一时之情状；以地方言，一方有一方之情状；以人事言，一事有一事之情状；以物类言，一类有一类之情状。诗文题目所在，四者凑各，情状不同，移步换形，中有真意。文人笔端有口，能就现前真景，抒写成篇，即即是绝妙好词，所患词不达意耳。"

　　③　同上书，第 259 页。如："少陵云'读书破万卷'，非谓学乎？'下笔如有神'，非谓悟乎？味此二句，学与悟可一贯矣。"

心理等诸多方面的内容。师范认为："尝闻之诗之道有二，一曰'根柢'，一曰'兴会'。'空山无人，水流花开'，'羚羊挂角，无迹可求'，兴会也。葩骚史汉，南华楞严，诸子百家，九经三传，根柢也。根柢本于学问，兴会关乎性情。"（师范《簪岩近集》叙）然而这样说似乎还有些玄，或者云与严沧浪之妙悟空灵一样仿佛显得不切实际、难以把捉，许印芳借助"实境"与"真境"加以纠正，许氏认为兴会并非凭空而来，而是"必有事物，感触于心"，然后才产生兴会，继而产生作品。如此，诗人的创作就是根柢、学问、性情、学养与兴会的结合。就此，许印芳说：

> 诗家用典，各有兴会。盛宏之记峡江之迅速，少陵目睹其事而兴会不佳，诗只挨抄盛记原文，以写长年行舟之能。太白身历其境而兴会猋举，诗能熔盛文，自铸伟词。"千里一日"之句，可谓等闲言语变瑰奇，此句写足迅速之意。后二句点染衬托，并写迅速之状，真入神笔。较之杜诗，固胜一筹。（许印芳《诗法萃编》）

此段论述饶有趣味，即是说没有真切的感受、体验，就没有"兴会"，或者说，"兴会不佳"。事不同于文，相不同于法，语不同于意，二者总有间隔。诗歌相对生活中的事件，有某种"超越性"——"一直来临，却从未抵达"[①]。"海德格尔察觉到：诗具有某种超越感，它不在寻常意义上编造诗句，而要努力捕捉并滞留神奇；诗也不仅仅传送某种确凿之义，好诗通常会暗示某种意境，并在诗句与这意境之间形成内在共鸣。"[②] 等闲语变瑰奇，要凭借生命，

---

① ［美］罗杰·奥尔森：《基督教神学思想史》，吴瑞诚、徐成德译，上海人民出版社 2014 年版，第 597 页。
② 生安锋：《霍米·巴巴的后殖民理论研究》，北京大学出版社 2011 年版，第 169 页。

凭借根柢、兴会才能超越。

对诗格、诗法的讨论是清代云南诗学的重要内容，其中蕴含了滇云诗歌创作及表达理论的深入探讨。在历代诗格、诗法的基础上，滇云诗论家对之加以阐述、发挥，其代表著作首先是许印芳的《诗法萃编》，继而是朱筱园的《筱园诗话》，其他就是散见零星的议论。我们可以看到这些关于诗格、诗法的论述，出现频率较高的关键词就是"有定法""无定法""死法""活法"以及"至法无法"等。可以说，这些议论几乎代表了滇云诗格诗法理论的最高水平。因此，本书对诗格、诗法的讨论，不再停留在平仄、对偶、声韵、格律、字法、句法等规范性的描述层面，而是在综观清代云南诗学诗格、诗法论的前提下，从中提炼出其重要的诗学观念。

综合对比中原主流诗学我们发现，滇云诗学论诗格、诗法最显著的特点就是注重"法"之为法[①]，同时注重对"法"的超越，即是所谓的"活法"（但"活法"也是"法"），此"活法"又与传统诗学中所谓"活法"不大相同，不同在于它更尊重客观侧物态的事实与艺术规律。这从许印芳和朱庭珍的论述中我们可以看出。

> 妙取筌蹄弃，高宜百万层。诗高妙之境。迥出绳墨蹊径之外，然舍绳墨以求高妙，未有不坠入恶道者。故知诗文不可泥乎法之迹，要贵得乎法之意，且贵乎法外意，乃善用法而不为法所困。（许印芳《诗法萃编》）

即是说，为诗要"不拟于法"，得"法之意"尤其是"法外意"，才能达到诗之"高妙之境"，即由于另辟蹊径、变通独创而来

---

① 即诗法本身似乎有了某种独立性，客观性，这是清代云南诗学逸出以往诗学传统的地方，也是清代朴学笼罩下的必然指向。方法论上，如阮元释"仁"，运汉学之法由字明理，理虽未明（参见陈来《仁学本体论》，生活·读书·新知三联书店 2014 年版，第 161—167 页），但法与理、法与诗的关系值得探讨。

的创见。

　　朱庭珍说得更为详尽，他也特别重视诗法，所以在《筱园诗话》卷一的第一句就说"诗也者，无定法而有定法者也"，接着详细论述，可以看出，他以"崇山峻岭，长江大河之中，自有天然筋节脉络，针线波澜，若蛛丝马迹，首尾贯注，各具精神结撰"来比附"起伏承接，转折呼应，开合顿挫，擒纵抑扬，反正烘染，伸缩断续，此诗中有定之法"，来说明诗有定法；又以"诗人一缕心精，蟠天际地，上下千年，纵横万里，笔落则风雨惊，篇成则鬼神泣，此岂有定法哉"来比附，用以说明"无定法"，统筹并整合两者，最后得出"始则以法为法，继则以无法为法，能不守法，亦不离法"的结论。原则上要"以人驭法"而不能"以法驭人"，即凸显出创作主体的主动性与能动性，从而进一步认同"无法之法"为"活法妙法"，这是创作的审美境界、自由境界。可见，朱筱园不是抽象地描述诗格、诗法，而是结合具体创作和艺术规律言之，有较为深刻的认识。

　　如果说，由法而道而美，偏向了主体，但法之初，则偏向客体。"晚近著名学者王国维先生论清代学术，有一段言简意赅的归纳，他说：'国初之学大，乾嘉之学精，而道咸以来之学新。'王先生以一个'精'来概括乾嘉学术，实为得其肯綮。乾嘉学术，由博而精，专家绝学，并时而兴。"① 这段论述放诸清代云南诗学，也是成立的。譬如许印芳《诗法萃编》里对诗韵的讨论，《袁嘉谷文集》里对经的讨论，基本都符合清代学术的大趋势。不过，"道咸以来之学新"的论断，除了《袁嘉谷文集》有所体现外，滇地诗学并没有出现梁启超所谓"诗界革命"的类似主张。②

　　也就是说，滇地诗家对诗学的考察秉持了一种近似回溯性、客观

---

　　① 陈祖武、朱彤窗：《乾嘉学派研究》，人民出版社2011年版，第336页。
　　② 个中缘由：一则云南地处边陲；二则滇地诗家往往希冀维持诗歌的某种纯粹性或济世性。

性的理性立场，这也是他们探讨诗学形式因素的学术理径。某种意义上，诗歌审美形式本身，就是诗之为诗的原因之一。

在清代云南诗学家眼里，诗格、诗法虽是派生，但具备一种独立价值。就如海德格尔哲学里的花瓶，围住的是空无，却带来意义的生发。假如抛去超验的因素，并把海氏哲学的"自身"置换成诗歌，诗格、诗法似乎执行了某种现象学意义上的还原功能，"也就是把人的经验存在掏空。从传统的人（主体）的角度来说，超验活动的这种空无化就是一种退让（Lassen），而在海德格尔的现象学眼界里，这种空无化恰恰是走向自身，为了自身而生存"。①

清代云南诗学对诗法的认识饱含了极其丰富的美学思想，是对以往诗格、诗法的提升，已经超越了以"法"论"法"的表层，而具有近代辩证的、变通的特征和更为宏阔的、开放的理论视野，所以应该受到应有的关注。

每个时代都有其独特的审美风格，清代云南诗歌自然也不例外。考察清代云南诗学我们发现，由于受儒家诗学思想的影响，"温柔敦厚"成为其主流审美风格，这在诸多诗家们的论述中可以看到。但这并不意味着他们排斥或放弃别的风格，相反，他们的审美趣味表现了多元的特征，这从王寿昌的《小清华园诗谈》可以明显看出，例如对"奇""曲""秀""逸""清""瘦""豪宕""俊爽""明净""沈雄"等的欣赏，便是显例。即便如此，总体来看，"温柔敦厚"仍当仁不让地成为其主流审美风格。

清代云南诗学家，由于对"温柔敦厚"审美风格的推崇，所以诗歌批评中的道德批评便成为其显在的批评话语，或者说，成为被普遍关注的批评标准。当然，由于同时标举多元的审美风格，所以审美批评也是他们的重要批评维度。道德批评和审美批评共同构成了清代云南诗歌批评的主要话语。从诗歌功用上讲，清代云南诗学对言志抒

---

① 黄裕生：《时间与永恒》，江苏人民出版社2012年版，第42—43页。

情、以诗教化的论述与前代差别并不大，但由于其地域的独特性和社会文化发展的后发性，滇人论诗的功能更强调"以诗教化"和"教人诗法"的特性，诗歌"遣兴娱情"的功能却明显地被削弱了。

在现代学术谱系里，清代云南诗学是深思和返原的，前者与逻辑相关，后者与体验相关。作为方法，二者均如阳光而无须证明，具有自明性；作为存在，二者则如海水和火焰，有待呈现。从自明性存在的双重视角出发，如前有述，清代云南诗学蕴含两个主要诗学命题：诗为何？何以为诗？即，诗之为诗，以何为诗。一则关乎本体与形式，一则关乎主体与性情。

时间上来看，乾嘉至 19 世纪末，滇云文论随滇汉文学的兴盛进入了它的繁荣时期，不仅数量可观，质量亦足称道，滇云文论中有分量的诗文论著，大多出版在这一时期。20 世纪初，滇云文论失去了前一时期的发展势头，已成强弩之末。尽管如此，也仍出版过袁嘉谷《卧雪诗话》、由云龙《定庵诗话》等专门著作。[①] 张国庆先生认为："总而言之，与中原相较，云南古代文学理论的发展表现出明显的滞后性，它发展繁荣既迟而结束得也晚。它的尾声，大致在本世纪三十年代前后。"[②] 由此，我们可以清楚看出清代云南文学理论发展的大致脉络。

由以上论述可以见出清代云南文学理论的总体风貌及其大致分期，究其原因主要有：一、明代以前，云南虽然有神话、史诗、歌谣等书面或口传文学，然而，观其风貌，无论是选题、内容及语言，其民族特色比较显著，也出现过像《论傣族诗歌》这样的诗学著作。但我们所研究的是汉文学理论，这需要一批有相当汉文化、汉文学修养的主体进行文学创作，进而进行文学理论的建构，这对于地处西南边陲交通闭塞、人员流动不便的当时云南来说，显然不易实现。那

---

① 张国庆：《云南古代文学理论概览》，《楚雄师范学院学报》2001 年第 4 期。
② 同上。

么，具有一定素养的主体这一维度的缺失恰恰是造成这一局面的重要原因，也就是说，具有较高汉文化修养甚至学术修养的主体付诸阙如，这毫无疑问地展示给我们：一、当时的云南，没有汉文学理论发生发展的合适土壤；二、鉴于当时云南文学本身的发展状况，似乎也没有文学理论存在的必要，至少没有对它提出明确要求，甚至也错过了对中原文论大规模的采撷与汲取，当然，这样说，并不意味着它与主流没有任何交流与对话，只是据表现在文学理论中的现象加以总体地描述；三、元明以来，汉移民逐渐迁入，在两者的交流沟通与互动中，逐渐形成了新的格局，同时也为地域化的汉语言理论提供了文化上对话的可能；四、由明至清，随着政治上进一步经略云南，文化上也有一定经营，表现就是儒学教育在云南逐渐兴起，汉文化也被接受甚至普及。云南在科举制的催生下形成了一批有较高汉文化、汉文学修养的知识阶层，这恰恰也促成了文学创作及文学理论创作这一主体维度的发生甚至逐渐成熟。那么，清乾嘉以后，文学理论在滇地的繁荣局面就不难理解了，其发生、发展、繁荣均后发于中原，我们也可就此见其一斑。

考察清代云南诗学总体特征不难知道，虽然清代云南诗学具有明显的后发性，但在以上论述中，无论从本体论、创作论、风格论还是批评论来看，滇云诗学有对中原主流诗学的合理继承，也不乏独立的思考与见解，是滇人诗性智慧的结晶。它虽比不上中原主流诗学的博大精深，但其价值却不容忽视。

第三节　论题价值与意义

近年来，中国古代文学批评史研究取得了令人瞩目的成就，不但有规模宏大的通史著作和史料汇编，亦有不少针对中国古代审美范畴的著作。具体到清代诗文理论研究，一方面成果斐然，另一方面亦存在明显不足。不足主要表现在已有研究大都着眼于"主流诗学"，而

"非主流诗学"乃至地域性的诗学却常处于被边缘化或被遮蔽状态，譬如云南古代诗学，就关注者寥寥。"从总体上看，云南古代文论被人们忽略了，或者说，它尚未真正进入人们的视野。"① 当前的情况下，要将清代文论研究推向前进，一个重要的着力点就是：对从前较被忽视了的"非主流诗学"或地域性诗学予以格外的重视和深入的研究。相信这样的研究，对于清代诗文理论的研究，乃至整个中国古代诗文论的研究，都将是大有裨益的。

清代是云南政治、经济、文化大发展时期，在儒学兴起、科举普及的大背景下，逐渐形成了一批汉文化修养较高的知识阶层，其著述无论在作家、作品数量还是著述水平上均达到了相当的高度，逐步形成了比较繁荣的局面。以上几节考察了云南古代诗学在批评史著作及当代学者、学人的研究，大致勾勒出其整体风貌。清代云南诗学有其自身的特点和价值，就像袁嘉谷所说：

> 夫所谓滇之文派者何耶？积理深，禀气厚，修学富；阅历宏而达，音节谐而畅，义法严而明、而正。不必不相师，而性灵自发；不必不抚古，而真我自铸。而不见夫滇池乎：汪汪然，浩浩然。荇藻交清，疑其浅也，绠而测之，几不知几寻尺矣！从流而下，沛莫之御；洄溯西郭，则势又若倒流矣。汇金、银汁、盘龙、宝象诸河之流，揽从陬、太华、金马、碧鸡诸山之胜。旱不涸，霪不潦，渔焉、航焉者不险不阻。虽雄不若东海，阔不若洞庭，秀不若西子湖，不能不称为宇内之一奇。适成为滇之水，适肖乎滇之文。②

袁氏本论滇文，但究其实质，滇之文论与诗学亦差可比拟。

---

① 张国庆：《云南古代文学理论概览》，《楚雄师范学院学报》，2001年第4期。
② 袁嘉谷：《袁嘉谷文集》卷1，云南人民出版社2001年版，第330页。

我们知道，比较有分量的云南诗文论著出现在清代，而清代学术思潮虽在钱穆所云理学之演变环节，但清代朴学的确不同于宋明理学是无疑的，清代云南的诗歌批评家们，显然亦置身于这一学术场域。"有清二百余年之学术，实取前此二千余年之学术，倒卷而缫演之；如剥春笋，愈剥而愈近里；如啖甘蔗，愈啖而愈有味；不可谓非一奇异之现象也。此现象谁造之？曰：社会周遭种种因缘造之。"① 由是观之，明清时期尤其是清代，云南文学理论表现出独立的创造与思辨色彩，除了地理环境带来的沟通障碍因素之外，显然就与整个清代的学术背景及中国学术思想发展趋势和社会变动密不可分。这在云南相关的论述中可以约略见出。

　　时论尊汉魏，学六朝，廷中终以古人言情太直太浅未若后人之曲之深。又谓韩苏皆以文为诗，短于言情，刚而不柔，非诗之正格。（缪尔纾《严廷中传》）

　　书凡百卷，可称诗海。学诗而不沉潜游泳于其中，必为后世声律所困，习气所拘，徒驰骋乎末流，终身无出人头地之日。然古人文章，皆有为而作，乐府创始，各有来历。学者沿流溯源，得其意旨之所在，于是讽而诵之，以审其音节；摇而曳之，以会其神理。观其叙事，而知用笔之法；观其写景，而知换笔之妙。观拟者之异同，而悟参变之术；观创者之美恶，而悟制奇之方。然后酌古准今，可拟旧，可制新，并可借旧题以写新事。（许印芳《诗法萃编》）

　　大约朴厚之衰必为平实，而矫以刻划，迨刻划流于雕琢琐碎，则又返而追朴厚。雄浑之弊必入廓肤，而矫以清真，及清真流于浅滑俚率，则又返而主雄浑。典丽之降必饾饤，则矫以新灵，久之新灵流于空疏孤陋，则又返而趋典丽。势本相因，理无

---

① 梁启超：《清代学术概论》，岳麓书社2009年版，第4页。

偏废。……善为诗者，上下古今取长弃短，吸神髓而遗皮毛，融贯众妙出以变化，别铸真我以求集诗之大成，无执成见为爱憎，岂不伟哉。（朱庭珍《筱园诗话》）

由此可见，正是由于云南诗文理论晚出，其"登高望远"之势使之更有机会站在时间的纵深处，游历过历代文学艺术的长河，在漫溯中回望，在回望中反思，在反思中构建自己的审美理想，在历代文学艺术的风起云涌与兴衰变化中，变换、升级甚至建构或重构属于自己的文学艺术世界。总体上讲，无论文学艺术本身是萧条还是繁荣，文学理论、识见议论则日益精进，这也正源于诗道与其他学问门类一样，积累越久而越精深，自然会后胜于前。

我们先通过当代论者的观点来看论题的价值意义。

《筱园诗话》是清代最后一部理论价值较高的诗学著作，作者赋予了"积理养气"说的"理"与"气"以新的内涵，提出了"真气说"，由此从"诗贵有我"又"须无我"而标举"真我"，指出"真我"不是"自身份"，而应是具人类之心、表现人性之美的"上下古今，神而明之，众美兼备"。作者又以宏观诗史的目光，列"大家""大名家""名家""小家"为历代诗人之"家数"，此种具有审美判断的命题，优于清代已有的多种品评法，为后人沿用。……尚可以说，它是自《六一诗话》始的诗话史上，最后一部最具理论价值的诗话，其中提出的"真气""真我""真意""真诗"学说，以及对诗人的分级评价，承传前人之说更有新的发挥，对于当今的诗歌理论建设，有一定的启迪意义。①

---

① 陈良运：《论〈筱园诗话〉的诗学价值》，《思想战线》2003 年第 3 期。

朱筱园以宏观诗史的目光，创造性地提出一些诸如"真气""真我""真意""真诗""大家""大名家""名家""小家"等具有审美判断的命题，陈良运先生对《筱园诗话》给予较高评价，认为"它是自《六一诗话》始的诗话史上，最后一部最具理论价值的诗话"，这判断无疑是符合事实的。

朱庭珍在《筱园诗话》中所论述的几个问题，诸如创作诗格、诗法问题、诗人性情、学养问题、主客观结合问题、批评原则和标准问题、崇尚真实自然风格的问题、诗风变迁问题等，都是中国诗歌批评史上极为重要又是基本的理论问题。对于这些问题，很多人都谈论过，但多是散见于诗学著作中的片言只语，理论深度与系统性并不足称道。然而朱庭珍的诗学理论，建立在对中国古典诗学整体把握基础上，能够辩证地看待传统的诗学问题，参悟前代诗学与当代诗学，提出自己的看法，因其宏观诗学的眼光，从而使其论述颇具近代意义。对本体论、创作论、风格论、鉴赏论等进行了富于思辨性的探讨，极具理论深度。研究他的诗学理论，对于了解清代云南诗学的发展状况、理论水平、研究深度等不无意义；此外，也有利于我们考察清代以来特别是作为总结晚清诗坛的文论发展，认识其在中国文学批评史上的地位和影响，以及对于我们今天的文学创作和理论批评都具有重要理论意义。

许印芳、方玉润的诗歌理论价值也不容忽视。

许印芳诗歌理论的价值，在于他吸取了传统理论的精华，批判了前人理论中的一些谬误。对一些重要的诗歌理论问题，有不少精到的阐发和创见。因此，引起学术界的重视，他的一些见解，常为学人们所征引。①

---

① 张文勋：《许印芳的诗歌理论》，《张文勋全集》卷1，云南大学出版社2005年版，第119—120页。

　　许印芳对诗格、诗法的探讨，对真实、兴会问题的分析的确较有特色，亦不乏独立思考的见解，倘谈及对具体问题研究的完整性与系统性，恐怕还得让位于朱庭珍的《筱园诗话》和方玉润的《诗经原始》。方玉润的《诗经原始》似乎不在乎文本层面的鲜活生动、清新活泼的幻象世界，而是试图通过"原诗人之始意"来阐释《诗经》中所蕴含的儒家经义和诗学思想。诗人之始意存不存在暂且不论，方氏欲图由文本通道从接受主体到达创作主体，却也能建立在"主体间性"或"共在"这一现代学术话语之上。"从仁学的角度看，我们可以由'恻隐'来做说明。……他人对我的显现在这里成为存在论的关系，我与他人是紧密的关联在一起的，而不是漠不相关的。"①

　　不难发现，在"清代云南诗学"这一大论题之下，相关的个案研究显然仅属于这棵大树上结出的一枚枚果实，或者说，对个别诗论的研究，仅仅相当于一个长链条的其中一环，对单人、单篇诗论的评价是构成清代云南诗学价值判断的基本元素，但终究无法就此对清代云南诗学下综合的价值判断。倘想一探全貌，必须进行系统、综合、深入的探讨，清代云南诗学全貌也才可能全方位地呈现给我们，从而对之做出全面综合的价值判断。这也是本论题想要实现的重要目标之一，试图在已有的文献资料与比较分散的研究资料之间，找到一个合适的路径，挑出清代云南诗学中一些突出的又比较集中的问题，点面结合，以基本的诗学文本为基础进行探究归纳，以期揭示出清代云南诗学的特征和重要诗学问题。具体而言，就是：清代云南诗学的生成土壤、诗学观、审美创造、批评论。然而，这并不意味着清代云南诗学仅仅是这几个问题，正如上文所云，只是这几个问题比较突出、比较集中地含蕴着其诗学规律，也是其理论体系中至关重要的几个问题。

----

　　① 陈来：《仁学本体论》，生活·读书·新知三联书店2014年版，第88—89页。

　　生成土壤是清代云南诗学发生的前提，它是文学艺术理论生存发展的大背景；这里诗学观即诗的本质，是其他论题的客观基础，或者说其他几个论题以此为基点，弄清楚这一点，才能保证其他论述沿着正确的方向平稳运行；当然，审美创造是文学及文学理论的实践活动，也是文学理论中一个至关重要的命题，涉及审美情感、审美想象、主体修养等诸多方面的问题；另外就是批评的标准，这显然是一个比较难缠的论题，不同时代、不同修养的人、不同诗学观的人众说纷纭、莫衷一是，但总体来讲，可将其概括为两种：审美批评和道德批评。本书对清代云南诗歌批评论的考察，也主要是从道德批评和审美批评这两个维度展开论述。

　　区域性文学理论的存在自有其不可取代的价值和地位，它根植于该地域的文化与文学土壤中，为该地区的文学发展服务。云南古典诗学是清代的产物，在与主流文化与文学观念的碰撞交流中，逐渐形成自己的审美趣味。总体而言，清代云南文学理论有一定规模，也有着不应忽视的理论价值，其中一些特出的论著，置诸整个中国古代文学理论史中，也称得上是富有特色的佳作。"云南古代文学理论是中国古代文学理论的一个有机组成部分，它的存在，丰富了中国古代文学理论的宝库，它理当在后者中占据应有的一席之地。迄今它的被忽略，确属一个疏漏。深入发掘、整理、研究它，展现它的固有风貌并给予恰切的评价，不仅对于认识它本身，而且对于更加全面地认识整个中国古代文学理论，都将是很有意义的。"①

　　基于这些考虑，以下我们将会从清代云南诗学的生成土壤或存在生态入手。如此，不但可以让我们见其自身独特的存在样态，还可以弥补现今中国古代文学批评史的某些阙如，增进对传统儒家文论的认识，为古代文论的现代转换提供新的资源、新的向度。

---

　　① 张国庆：《云南古代文学理论概览》，《楚雄师范学院学报》2001 年第 4 期。

第四节　研究思路与方法

　　一般而言，研究对象决定着研究思路与方法，此外，相关资料的状况又很大程度上决定着研究的进程，所以在此意义上，思路和方法就显得尤为重要。鉴于此，在研究思路与方法上就必须根据论题的需要而定，使思想方法、学术话语与论题本身相适应。

　　本书拟通过文献检索，综合搜集清代云南诗文论著的相关资料，主要是历代文论、诗话、诗词文章的序跋等有关书籍及论文资料，从而梳理出清代云南诗文论著发生、发展、演变的清晰脉络，进而发现其特征等。

一　综合比较分析法

　　清代是一个文化事业繁荣的时代，就文学理论角度而言，其理论家及出版物之多，恐怕历代作家难以与之比肩而立，有清一代"不算诗选和评点类的出版物，仅严格意义的诗话已知有一千种以上，准确的数字目前还无法估算。此外，笔记、目录题跋、选集、评点以及诗文集中的序跋、诗作、书信和诗学专题论文，也蕴藏有大量的诗学资料。清代诗学文献之丰富是令人叹为观之的"。[①] 故此，面对《云南丛书》及各类地方或相关文献，不得不加以筛选、甄别，选取能说明问题的资料加以阐述。这就要求不仅要对核心资料及其脉络了如指掌，还要涉及理论的追溯整合，更要结合具体文本加以阐释，争取通过个案研究和充分的论证，综合探讨清代云南诗学，系统地把握其特征和价值取向。通过这种多视角的观照，从中可以窥见其本质特征，以及它作为中国古典诗学的一个分支和必要补充的独特存在等问题。

---

①　蒋寅：《清代文学论稿》，凤凰出版社 2009 年版，第 164 页。

但是，这里要尽可能避免一个问题。传统诗学研究，对诸如诗学文献、诗学理论、诗学史等中的核心概念或范畴多有研究，而对丰富多样的诗学细节尤其是明清以来愈加显著的地域性诗学却关注不多。这样，作为古代诗学分支的地域性诗文论著的多样性和多元性，被几个一再重复论述的概念或范畴所遮蔽。同时也使得地域性的丰富内容和独创资源难以呈现。这可能走向事物的两极：其一是反复言说而导致对主流诗学概念的过度重复；其二就是过分追求某些细节而对许多重要而特殊的现象视而不见。结果使得"一个时代的诗学被描述为对若干个审美概念的阐述、响应和批评。这样一种单一视角建构的诗学史，内容和结构必定是线性的、简单的，新著作的增加往往只是旧问题的重复，而不是新问题和新的历史序列的展开，目录呈现的是相似的人物、思潮、时序，是似曾相识的历史叙述"。① 文学若此，诗学亦然。这就面临着一个比较棘手的问题，即如何处理传统论题与本论题之间的关系？在不得不有交叉时又该如何解决？鉴于此，本书将采取综合比较分析法之思路，在系统的、综合比较分析基础上，根据具体论述目的，在资料取舍及视角选择上下功夫，在别人停下来时多走一步，在别人言尽于此时另辟蹊径。诚然，这需要对资料进得去又出得来，防止陷入浩如烟海的资料中不能自拔。这不仅需要学术识力，更要对文献保有一种警觉，既重视史的线索更要注重理论线索的梳理，实事求是，始终保持冷静、通达的平常心。

二　推源溯流法

清代云南诗学和有清一代学术一样，带有明显的总结意味，本书将注重在学术流变的梳理中发现清代云南诗学的价值。这便为本研究立足于宏阔的诗学背景并具有一定历史感提供了可能。而弄清楚其重要概念或范畴是在何种过程或背景下展开的又具有哪些自身特点，显

---

①　蒋寅：《清代文学论稿》，凤凰出版社 2009 年版，第 164 页。

得尤为重要。这不仅关系着清代云南诗学置身于主流诗学大背景下处于何种地位，也表征着一些重要诗学观念起承断续的历史渊源。所以，在文学理论史尤其是在处于封建末世的清代诗学史上，此种研究方法便显得尤为必要。

我们知道，在中国古典诗学中，任何一个概念或范畴都有其发生发展的土壤，在其发展流变的历程中，不同时代的阐释赋予它新的理论内涵，隐约传达出不同的价值理念。在此意义上，认知应该是前在的基础性工作，因为古代诗文论著本身深奥难懂的古典语言、玄妙婉曲的抽象范畴、复杂多元的历史文化语境，使我们对其认知、读解变得困难重重，想要准确、恰切把握他们的审美之思更是不易。那么，通过对相关范畴概念源流的梳理，廓清其演变过程，我们才有可能完整地触摸并把握其发生、发展、演变直至定型的理论流向，才可能把握它在特定历史文化以及学术背景中的特定含义，从而做出有效诠释。

传统学者论诗大都注重追本溯源，传统儒家学者更是从儒家经义出发，不断对相关概念、范畴、命题追溯、阐释与发挥，清代学者更是如此。其往往在对学术史综合考察基础上及理论认知、思考中，希冀追本溯源整合理论资源。而在现代学术视野与清代社会文化大背景下，对西南边陲地域性诗学做一综合探讨与研究，无疑更别具意味。因此，从这种意义上说，它具高屋建瓴之势。这不仅仅是对研究对象——清代云南诗文论著的客观认知，更重要的还有在读解过程中主体性的某种建构。

三　点、面结合法

上文论及，清代云南诗学与清代总体学术特征一致，因其晚出而具有了某种集大成的意味，百川归海，所以更可能在宏观上给出总体印象以及在此基础上的更为宏阔、更为全面、系统的比较、分析和把握。综观有清一代学术尤其诗学思想，就会发现清代与历代相较，一个比较明显的特征就是因其建立在历代著作总体之上而有的辩证特征，这种辩证在清代云南诗文论著中也非常明显，尤其在《诗经原始》《诗法萃编》《筱园诗话》中更为突出，这从《诗经原始》的序言以及《筱园诗话》的诗学思想也可以明显见出。

诚然，研究诸如方玉润《诗经原始》、师范《荫椿书屋诗话》、王寿昌《小清华园诗谈》、陈伟勋《酌雅诗话》、严廷中《药栏诗话》、许印芳《诗法萃编》以及朱庭珍《筱园诗话》等专门诗学著作，更能从总体上见出清代云南诗学的突出成绩，然而，这并不意味着我们可以忽略甚至不管不顾散落在诗文序跋、论诗诗中俯拾即是的散金碎玉。

鉴于此，本书将把从原始资料中提炼出的诗学概念、范畴、命题统摄起来，将这些"点"编织成一个理论之"网"，使本来繁杂、零碎、分散的诗学话语，用比较突出、比较集中的诗学问题统摄起来，使之成为不可分割的整体，从横断面上体现清代云南诗学的特征及其总体风貌。简言之，就是从资料的海洋中去芜存菁，抽绎出一些比较突出集中、共性重要的诗学问题作为理论支点，带动对清代云南诗学整个"面"的研究。具体而言，就是通过对《诗经原始》《荫椿书屋诗话》《小清华园诗谈》《酌雅诗话》《药栏诗话》《诗法萃编》以及《筱园诗话》等较为系统的清代云南诗学著作的研究，尽可能辨明清代云南诗学的本来面目。

随之而来的问题是可能也需要阐明：为何是这几个范畴作为核心观念而不是别的？它们之间的横向联系与纵向相关性何在？什么机制使之连成一个历史、逻辑的序列，从而使之构成一个有机整体，甚至最终形成中国古典诗学内在的审美结构。显然，要触摸到清代云南诗学的内在精神结构、审美结构，宏观把握与高屋建瓴的整体构思是必不可少的。本书拈出"性情、学养与诗歌"也正是为了回答上述问题而设，希望这些努力能有助于对论题的有效探究。

第一章

清代云南诗学的存在生态

一般而言，研究文学或诗学，有内外之分。内者，即文本，如其修辞、结构、笔法、情景、用韵等；外者，即孟子云：知人论世，如其心境、生平、家庭、交游等。

在《文学与文化》讲稿的序中，龚鹏程先生认为：

> 近世论文学……一方面是文、史、哲、政治、社会分科别系，各领风骚。中文系专究文学，罕窥经史诸子之奥，于佛老哲学、书画艺术亦颇暌隔，号称专业，其实只是固陋。以至于谈文学便仅能就作者生平、篇籍流传考来证去，或就作品之章句修辞，析来赏去。另一方面又有西洋新批评推波助澜，认为文学批评就该只针对作品本身，不必问作者乃至时世社会等事。说那些均属历史主义、都是外缘研究，作者已死，审美唯须当下即是。于是论文学者崖岸自高，益不屑于了解那些外缘。
>
> 实则康有为诗尝云："别有遁逃聊学佛，伤於哀乐遂能文。"文人创作，不过是心迹之外显，创作主体并不在作品本身，其所以创作，并作成这样那样的作品，原因都不在作品上。新批评以作品为唯一依据，实是胶执筌蹄，未究心源。而作者之所以能成文，又或因感事伤时、或因逃禅修道、或因徵圣宗经，原因亦皆不能仅在作者身上求。陆放翁教子诗云："汝果欲学诗，工夫在

诗外"，诗外的东西，才真正是诗里面的东西。诗中所有，均自诗外得来，所谓外缘研究，恰恰是内在之本。作诗如此，读诗亦然。近人横剖内外、割裂文学与其他人文知识及活动，真是未之思也！①

这段文字把文学与文化的关系表述得入木三分，相当精彩，循此思路，凡研究某一时期或某个时代的诗学思想、学术思潮，必须把这一时期或与这一时期密切相关的"外部情况"略作交代，才能知道问题的来龙去脉。显然，云南古典诗学之所以繁荣于清，而非清代之前，绝不是偶然的，自有其发生、发展、演变的动因，其生成土壤便成为摆在我们面前、不得不先行考察的一个问题，如此，我们才可以以此为基点接着讲。

第一节　社会文化背景

自战国时代，从庄蹻开滇到秦代开通"五尺道"，从汉武帝时期设置益州郡到诸葛亮平定南中，云南与古代中国有着紧密的联系。唐宋时期云南出现了相对独立的南诏与大理政权，但在文化上的联系更趋紧密。至元十一年（1274），忽必烈把治理云南的重任委托给了具有丰富政治经验的赛典赤。《元史》卷125载，至元十一年，"帝谓赛典赤曰：'云南朕尝亲临，比因委任失宜，使远人不安，欲选谨厚者抚治之，无如卿者。'赛典赤拜受命，退朝，即访求知云南地理者，画其山川城郭、驿舍军屯、夷险远近为图以进，帝大悦，遂拜平章政事，行省云南，赐钞五十万缗、金宝无数"。② 赛典赤不负忽必

---

① 龚鹏程：《文学与文化》（http：//blog. sina. com. cn/gongpengcheng）。
② （明）宋濂等：《元史》卷125，中华书局校点本1983年版，第3064页。

烈所托，入滇伊始便"下车风动神行，询父老诸生安国便民之要"①，对为政机构种种弊病，进行了大刀阔斧的改革，使尖锐的阶级矛盾和民族矛盾得以缓和，云南政局初步稳定，云南才真正纳入中央王朝的统治版图。以行省制度为主的政治体制的建立，更使云南得到了空前的发展。赛典赤把云南的政治中心从滇西大理迁到滇中昆明，时隔千年以后昆明再次成为云南政治、经济、文化中心②，这标志着南诏大理政权的彻底终结，云南成为统一国家不可分割的一部分。随着大量蒙古人、色目人、契丹人、汉人进入云南，儒学教育在云南逐渐开展，先后在中庆、大理、临安（今建水县城）、曲靖等地设置学舍，汉文化得以广泛传播，云南与中原一体化的进程亦次第展开。明清是云南历史上一个非常重要的时期，自明王朝经营滇地并使之纳入全国"大一统"的背景之下，云南社会发生了巨大而深刻的变化，在军事、政治、经济、文化乃至社会结构上，为清代云南社会的全面发展奠定了基础，对云南社会的发展变化影响深远。而作为意识形态的文学艺术，很大程度上亦受政治、经济、文化的制约和影响。在此一体化进程中，对文学与诗学的发展而言，明清时期的移民、儒学教育和士阶层的兴起、科举制度下的士风无疑起着至关重要的作用。

一 移民

元代以前，世代居住在云南的主要是少数民族，元代建立云南行省以后，汲取历代中央王朝未在云南移民垦殖经营的教训，开始有计划、有步骤地移民。移民通过军事镇戍、贬谪罪人、出任官职等方式进入云南，经过几代繁衍生息，至元中晚期，已渐成土著。明代汉族

---

① （明）宋濂等：《元史》卷125，中华书局校点本1983年版，第3064页。
② 历史上，从西汉至今2000多年间，云南的行政中心历经了一个轮回，即滇池地区——滇东曲靖地区——滇西洱海地区——重回滇池地区。时间上来讲，分三国至唐、唐中叶至元初、元初至今这三个时期。精确来算，从元初1276年至今，昆明作为云南省的政治文化中心已有736年，那么重回滇池地区之间，也就是千余年的时间。

移民迁徙云南并进一步土著化对云南社会、历史、文化造成深远的影响，这一方面促进了各民族一体化的进程，另一方面也为汉文化、文学以及文学理论的发生、发展和繁荣奠定了人口基础。陆韧教授认为，自洪武十四年（1381）明朝发兵征滇始，明初云南大移民的序幕就拉开了。从这时到洪武年（1381—1398）结束，是明初对云南大规模军事移民最重要的时期。其中，第一大类汉族移民就是军事移民。

> 汉族军事移民第一代人口数约八十余万，是汉族移民的主流，主要在明代初期进入；明代中后期三征麓川和反对缅甸洞吾王朝侵扰时也有部分军队留屯云南，从而形成了一百二十余万人口的庞大的汉族军事移民。第二大类移民是罪徙移民，即贬谪安置或充军人口，终明一代都有大量的这类移民进入云南。……第三类为民屯移民和自发式移民，主要有官府组织的民屯移民、因商而寓、因官而寓、因学而寓，以及内地人民逃避战乱和沉重的赋税负担而避居云南的移民，而且这类移民的数量相当巨大。①

其他研究也证实了这一说法，研究表明："明代初年，云南户口只有 59576 户，经 200 多年的发展，到万历初年已增至 471048 户。其中军户总计 335426 户，占 71% 强。与军事屯田开展的同时，还实行民间屯田。明代还将罪犯贬谪充军到云南，这是明代内地汉人移民云南的一个特点……到明代后期，各种类型的汉族移民的总数已达 300 万左右。""明代 200 多年间……原来土著的'夷人'与土著化的汉族移民相互依存、相互交流、相互帮助、相互融合形成'云南人'。'云南人'这个称谓具体在何时出现已难考订。当不会晚于明

---

① 陆韧：《变迁与交融——明代云南汉族移民研究》，云南大学 1999 年博士学位论文，第 1—2 页。

代后期。"① 史料表明：此时汉族人口已经超过原土著居民而成为云南人口的重要组成部分，从而改变了云南有史以来"夷多汉少"的局面。

这些汉族移民，与云南各民族沟通交融，经历了镇戍定居、屯田生产的艰辛而又漫长的历程，实现了由客居到定居、由流徙到世代栖居的转变。他们由城镇、坝区、交通干道向边远之地逐渐扩散开来，深入当地土著居民之中，打破了当地原有的民族分布格局，形成了汉夷杂居的局面，并由此奠定了云南近代各民族大杂居、小聚居的分布格局，由此形成的地主经济，一是打击了土司制度，二是促进了当地土绅阶层的兴起，同时改变着云南的社会结构，使得云南人口素质和文化修养逐渐提高并对社会产生广泛而深远的影响。使得人们的服饰、风俗、民情大都类于南京。

移民的进入同时也带来了新的风俗文化，随着汉文化的传播和不断深入发展，云南各民族文化的碰撞、交流也逐步加深，双方都为已有的文化传统增加了异质元素，为形成云南丰富多彩、绚丽多姿的多元民族文化奠定了基础。这种大一统局面下的一体化进程，也加速了杂居与聚居地的原土著居民的文化认同，表现在文学艺术上就是汉语言文学艺术的创作、审美心理的互融互渗以及由此而来的对中原主流美学观、价值观的逐渐认同甚至一脉相承。实际上，在汉文化的大背景下，不仅是主流文化对民族文化的冲击，更有民族文化主动而自觉的探求与融入，以积极的姿态、开放的心态面对主流文化的影响。一方面，因迁徙流动造成的作家、文论家居住环境的改变，在文化的碰撞、交流与融合中，增加了新的质素；另一方面，也恰恰是这种碰撞、交流与融合，使得云南原土著居民的地域性不断弱化，双方的互动与交融，形成了一个强大的张力场。在此汉文化大背景下的明清云

---

① 林超民：《汉族移民与云南统一》，《云南民族大学学报》（哲学社会科学版）2005年第 3 期。

南诗文家为投身科举考试、融入主流士大夫阶层，不得不接受正统儒学教育，从而形成对主流价值观、审美观的认同与迎合。另外，清代云南诗文家对主流士大夫阶层时兴的公共话题讨论的加入和文学流行体裁的选择也在不断地降低两者地域空间所带来的精神梯度，由此便不难理解为何总体看来清代云南诗学所呈现的主要论题与中原主流诗学大致不差。

总之，"明代汉族移民进入云南，促使云南汉族人口急剧增长，汉族从而成为云南的主体民族。他们与当地民族一起生产生活，共同发展，形成了民族杂居、民族融合的发展趋势，推动着云南封建地主经济迅速发展，并冲击土司政治的经济基础。汉文化和儒学的广泛传播、以'大一统'为核心的中华整体发展观深入各民族人心等因素的共同作用，奠定云南更全面地实行一体统一政治的地域基础、经济基础和思想文化基础，加快了云南社会与祖国内地整体发展的步伐"。① 而对于我们研究清代云南诗文论著所呈现的诗学问题来说，汉族移民大量进入云南的意义在于：他们为明清时期云南知识分子士绅阶层的兴起，奠定了具有儒学传统以及汉文化背景的人口基础，这就是清代云南诗学得以发生、发展、繁荣的前在性条件，也是清代云南诗学得以融入中国古代主流诗学的坚实社会基础。

二 儒学教育和士阶层的兴起

大量汉族移民的进入深刻地改变着明清云南的社会结构，同时也使汉文化、汉民族的审美心理对少数民族地区产生影响，逐渐形成了云南汉文化主流并进一步融入全国大一统的背景之中，从而在滇中大地产生了在文学史、文化史、诗学史上都有很大影响的人物，他们都具有较高的汉文化和汉文学修养，部分如杨一清等甚至在全国范围内

---

① 陆韧：《变迁与交融——明代云南汉族移民研究》，云南大学 1999 年博士学位论文，第 3 页。

都有一定的影响。一些乡绅苦于滇中缺乏汉文书籍，便到江南等地购置，丽江土司木氏集众多翰林珍奇、学苑瑰宝的"万卷楼"更是这一实践的明证之一。木氏家族突出的文学成就即与其丰富的汉文藏书有着密不可分的关系。

继汉族移民而起的是大力兴办学校、实行科举，这促使了明代社会阶层分化，士阶层逐渐兴起并形成，"从而改变了原来土酋与土民，或部落首领与部民为主的社会结构，促使云南的社会结构与中国内地基本趋于一致……促使云南各少数民族和汉族移民的部分子弟，在接受了儒学教育的同时，逐渐改变原来的社会地位和身份，跻身于'士绅'阶层和社会群体的行列，成为云南社会中新兴的独立阶层，发挥着引领云南社会进步的重要作用"。①

云南的儒学教育是随着汉族人口的迁徙与中央王朝政治势力在云南的不断扩张、不断深入而逐渐传播并建立起来的。明代的儒学教育无论是从学校数目、学制发展乃至儒学教育对云南的影响程度，都是前代所不能望其项背的。"明二百七十余年间，学制详明为后代最，其学科之扩充，学规之严密，皆较优于历代。"（《新纂云南通志·学制一》）毕竟，"学校乃育材之地，国家致治之源，古今所同重也"。② 显然，这是社会发展的需要，也和中央政府的政治策略密不可分，其教化安边、文德怀远的目的，使之对边夷之民充满进行思想统治、教化的政治热情，他们坚信"椎髻之鄙，鼓刀之习可以渐革，而天理、民彝焕乎日著，施愈博而泽愈远……昔蔡仲默谓古之冀北未必荒落如后世，亦犹闽、浙之间旧为夷裔，而今乃富庶繁衍最于他邦，土地兴废难以一时概举。然则九夷何陋？云南何远？周公、孔子

---

① 陆韧：《论明代云南士绅阶层的兴起与形成》，《云南师范大学学报》（哲学社会科学版）2007 年第 1 期。

② 李春龙主编：《明英宗实录》，载《云南史料选编》，云南民族出版社 1997 年版，第 582 页。

之道，不独在于中国"。①这客观上促进了明清云南社会经济文化的
发展，但由此带来的社会结构的改变、儒学教育的普及、士阶层的兴
起等一系列的变化，恰恰为云南诗学提供了生长与繁盛的良好土壤。

作为儒学教育重要载体的云南书院，始建于明代，盛于清代并终
于清代。清代书院兴盛，不仅数量大增、分布地域扩大，其管理亦日
益完善，由明至清，书院数量在前代65所的基础上发展到210余所，
二者比例约为1:3。义学更是遍布云南各地、尤其在边疆少数民族地
区居多，从康熙至光绪年间，云南府、厅、州、县兴建的义学多达
866所。②另外，私学以私馆、家塾、族塾和村塾等多种形式广泛散
布于各地。如此众多的儒学教育机构遍布云南各地，必将极大地促进
汉文化的传播与兴盛。在清代云南书院师资方面，有些官员直接承担
教学任务，掌控教学内容，加速了书院官学化的进程。书院教学传播
朱子儒学，以科举和官吏为目标，讲述"四书五经"，为参加每三年
一次的乡试做准备。实际上，书院的教育成果也是显而易见的：有明
一代，云南共有246人考中进士，相比终元一代的5人，人数激增，
官学也由元代的4个县发展到50个州县；从顺治时云南纳入全国科
举范围，至光绪，云南共产生文进士680余名、武进士141名、文举
人5697名，武举人5659名，另有钦赐进士19名、钦赐举人125名，
仅光绪三十年（1904）经书院进行乡试中举人数达88人，岁考贡生
62人，参加会试中进士者11人。③显然，有清一代的科举仕进人数
较明代有显著增加。

明清时期尤其清代书院，一方面培养了大批杰出人才，另一方面
对于学风的开启、民俗风化也起着积极的作用。尤其值得注意的是主
讲这些书院的大都是当时颇具影响的硕儒名士，如主讲于五华书院、

---

① 陈文修：《景泰云南图经志书校注》，李春龙、刘景毛校注，云南民族出版社2002
年版，第11页。
② 参见李春龙等校点《新纂云南通志》，云南人民出版社2007年版。
③《呈贡县志》，山西人民出版社1992年版，第383页。

经正书院、石屏书院的许印芳，主讲于经正书院的陈荣昌，主讲于金华书院的师范等，他们本身不仅在文学及文学理论方面颇有建树，也培养了像钱南园、方玉润、袁嘉谷、李坤、秦光玉等在云南近代历史上有影响的人物。正是这些人物，成为创造清代云南诗学繁荣的中坚力量。

明清云南儒学的传播，除了官学、书院、社学等形式外，官僚士大夫及儒学学者也贡献良多，如一代名儒杨慎在谪滇时通过讲学、以文会友、著书立说等文化活动，对儒学在云南的传播起到了极大地推动作用。

随着明清儒学教育的迅速发展，云南士阶层逐渐兴起并成为汉文化和文学艺术的主要实践者。而渐次深入普及的科举制度，恰为他们学习了解汉文学、文学理论提供了强大的内驱力。这同时也使得明清云南诗学纳入了明清诗学的大背景甚至整个中国古典诗学的框架之下。

综上所述，明清时期移民的大量进入，使得汉族人口成为云南儒学教育的主要对象，伴随着中央王朝对云南少数民族子弟推行的一系列特殊教育措施，汉文化在滇地得以广泛、深入传播。随之形成的士阶层，更在政治、经济、文化、文学艺术与诗学领域，成为云南明清社会结构的重要组成部分甚至中坚力量，由此，也奠定了云南近代社会结构的总体格局。明清儒学教育背景下，科举制度的普遍实行，加深了民族地区对汉文化的认识。四书五经等儒家经义以及科举时文的习作训练，成为塑造士阶层审美心理的重要切入路径，应试化的儒学教育不仅训练了文学创作的基本功，同时也使人们对文学艺术的审美鉴赏力得以提升。可以说，科举搭建了士人们广泛接触汉文学以及诗学经典的宽广平台，据此，他们更加广泛深入地学习、了解甚至研究汉文学、诗学经典，进而学习和研究汉诗学的概念、范畴、思维与方法，并基于自身的学养，跻身于汉文学理论的创作与研究之列，促成了中华古典诗学大背景下不同于中原主流诗学的清代云南诗学繁荣之局面。

三 科举制度下的士风

明清时期云南兴办学校实行儒学教育，直接促使了士阶层的兴起，而科举制度的推行无疑有着推波助澜之功，整个明清时期，对文学生态产生重大影响的环境因素也恰恰是科举制度。对中原而言，科举制度经过上千年的实行，其弊端越发受到注意，在明清通俗文学中更有较多反映与深刻批判，对文学的戕害也不言而喻。而在云南，这种情形却不大相类，它一方面促进汉文化、汉文学在滇云大地传播，提高了民族地区的汉文化、汉文学修养；另一方面使士阶层逐渐发展壮大，促进了云南人的向学之风，知识群体普遍愿意凭借科举搭建进身之阶，通过仕进实现自身的政治抱负。在科举巨翼的笼罩下，他们或意气风发、春风得意，或悲歌慷慨、困坐愁城，形成了颇具特色的士人风尚，这些通过他们的精神产品清代云南诗文论著亦可以见出。

纵观中国古代思想史、文化史，不难发现明清云南儒学与中原主流儒学相比有着自己的特色。与主流儒学前期的积极进取和后期的顽固保守有别，云南在元代实行科举、明清时期普及推广，从时间上来讲正处于中原主流儒学发展后期，这显示了云南儒学发展的相对滞后性。云南科举制度的实施较之中原地区的滞后性，加之云南特殊的地理位置以及由此带来的与主流文化沟通与交流的障碍，恰恰使云南人、云南士阶层与中原人、中原士阶层相比具有了某些不同的质素。孙秋克教授研究认为：

云南人生性恬淡，曾有"不乐仕进"的记载，但明代科举的兴盛使这一情况有了较大的改变。如澄江府"郡多僰人而汉人杂处其间，初不知学，今以岁久，渐被文教，有以科第跻仕而封及其亲者。于是闾里翕然向学，相率延师训子，而家有诵读之声，皆乐于仕，非复昔之比矣"；"金齿久无学，士风委靡。正统间始建学，选卫子弟之秀者而立师以教之，于是士风渐振，以读书自励而举于乡试者，科不乏人"。①

以上所云"云南人生性恬淡"甚至"不乐仕进"，道出了云南士阶层的整体士风，然而至明尤其清代，这一状况与其说"有了较大改变"，不如说被打破了。这一点，从其他相关资料中也可以见出，譬如袁嘉谷说："初，兄率谷业儒，长枕大被，无须臾离。谷若惰辄责曰：'弟不努力，吾安望？'""谷幼嗜诗，兄又婉然责曰：'诗老多抑塞，李、杜、韩、柳比比然，弟盍俟名立，再老于诗中，岂晚乎？'"② 由此可见对科举的热情，甚至到了近乎严苛的程度。但从袁氏的论述中我们也可以看到，作为"主业"的科举事功，看似与文学艺术等审美活动相矛盾，实际上两者却并行不悖："兄性好山水，春之晨，秋之夕，植一壶一不知厌；作游记，文不加点，有自然之妙；词令诙奇，往往微中，闻者以侪东方生。"③ 袁氏的这几句记载也恰恰反映了这样一个事实：明清云南士阶层在长年累月角逐举业的同时，创造了一个至关重要的副产品——文学艺术以及基于此的诗学审美观念，然而，"当八股文这一庞大的写作事实被文学史话语遮蔽时，明清时代笼罩在科举阴影下的文学生态也部分地被遮蔽了。这一缺陷影响到我们对明清文学的整体认识，因为明、清两代的科举制度同样对文学创作产生了极大影响，只不过不是像唐代那样激励了文学技巧的钻研、文学才能的磨炼，而是在某种程度上阻碍了八股文以外的文学修习"。④ 所以清初黄生说："谈诗道于今日，非上材敏智之士则不能工。何也？以其非童而习之，为父兄师长所耳提而面命者也。大抵出于攻文业举之暇，以其余力为之，既不用以取功名，博科第，

---

① 孙秋克：《明代云南文学研究》，云南人民出版社 2010 年版，第 10 页。
② 袁嘉谷：《袁嘉谷文集》卷 1，云南人民出版社 2001 年版，第 503 页。
③ 同上。
④ 蒋寅：《清代文学论稿》，凤凰出版社 2009 年版，第 22 页。

则于此中未必能专心致志，深造自得，以到古人所必传之处。"① 这虽然是从用心之专的角度而言，可是反观明清云南士阶层生生不息活动的历史，也正是这些举业之暇的文学艺术活动记载了他们的情感史、精神史以及内在的生命律动，这里承载了他们的欢悦和叹息，同时也反映了他们的诗学、美学观。

有记载曰："前明以制艺取士，立法最严。题解偶失，文法偶疏，辄置劣等，降为青衣社生。故为诸生者，无不沉溺于四书注解即先辈制艺，白首而不暇他务。"② 可见，科举考试八股文体式之严、考试之难无疑消耗着士人们巨大的精力。辗转于举业与文学艺术活动之间，使他们皓首穷经、白首科场，悬浮、寄托于功名仕途，给他们带来巨大的压力和痛苦："人生苦境已多，至我辈复为举业笼囚。屈曲己灵，揣摩人意，埋首积覆瓿之具，违心调嚼蜡之语，元度兰时，暗催梨色，亦可悲已。"③ 科举名利场中，铩羽而归者，耗尽岁月而仕途功名却归于空无，大多数人湮灭于历史长河，少数人歌且行吟郁郁终老；侥幸得中者，然而姗姗迟来的功名又何以能补偿为此耗尽的青春岁月！这成了他们心中最难挨的隐痛，也是对文学艺术创造力的莫大戕害，倘从"穷而后工"这一视角来看，这种科场铩羽的隐痛恰恰成就了他们文学艺术的辉煌，但这种"辉煌"毕竟为数不多。比如杨一清（1454—1530），他12岁举神童，宪宗命内阁择师教之，14岁中举，成化八年成进士，任中书舍人，升山西提学佥事，迁陕西副使，拜左副都御史，巡抚陕西。历户部尚书，入直内阁，进少师，兼太子太师、吏部尚书、大学士，谥文襄。正如杨慎在云南安宁《为大学士杨文襄公故里题碑》所作概括："四朝元老，三边总戎，出将入相，文德武功。"此论颇为精当。杨一清对自己的一生概括为

---

① 黄生：《皖人诗话八种》，黄山书社1995年版，第85页。

② 转引自蒋寅《科举阴影中的明清文学生态》，《文学遗产》2004年第1期。

③ 转引自蒋寅《清代文学论稿》，凤凰出版社2009年版，第26页。

"六十年来三致仕，四千里外七还乡（按指还镇江）。君臣义重真难报，天地恩深敢暂忘。"（《致仕出城途次口占》）杨一清既出将入相，又在当时文坛亦有宗师地位。① 清代赵藩评之云："将相功名一代中，诗歌卓有杜陵风。后先七子休腾踔，合与茶陵角两雄。"（《仿元遗山论诗绝句论滇诗六十首》）观其文学成绩和当时影响，此论当不为过。

明清时期，在云南诗学史上留名的诗论家，大多有参加科举考试的经历，这一定程度上释放了他们对功名的焦虑，同时，他们又在对汉文化、汉文学探寻的过程中，对汉文学、汉诗学有了自己独特的读解与体悟，这一点，从部分特出者的诗学论著中也可以看出。我们可以从以下几位来看。

其一，张含（1480—1567），他于正德丁卯（1507）后7次参加会试未中，嘉靖癸卯（1543）赴京"谒选"，未及都门而返，自思为宦难以申志得志，于是欲独处而自乐，遂毅然回永昌居太保山下，专心从事诗文创作。正德二年（1507）中举，此后数应春试落第，隐居乡里，为"杨门六学士"之一。杨慎云："愈光未卯能诗，及长，博极群书，条入叶贯，上猎汉魏，下汲李杜，弗工弗庸，弗似弗止。然工于求古，昧于适俗。寄赠穷困节气之交，万言不竭；于通达周旋之友，片言即穷。"杨慎从学源上分析了张含诗的渊源上至"汉魏"，下至"李杜"，但其师承李梦阳意在求古，并不完全和时俗趋同——这就是张含自己的才情之所在。张含诗的内涵，杨慎认为颇有孤高之气，这就点出了他以性情为诗抒发寄慨，不同流俗的诗学品格。如此，杨慎并非因知交之情而盲目推崇张含，而是实事求是做出评价。杨慎之博学号称明代第一，他在其文集中多次提到张含的学识，也足见其对张含的赞美并非溢美之词，而是出于心悦诚服。②

---

① 上述参见孙秋克《明代云南文学研究》，云南人民出版社 2010 年版，第 59 页。
② 参见孙秋克《明代云南文学研究》，云南人民出版社 2010 年版，第 221 页。

其二，担当（1593—1673），据《自述》诗，担当是宋代名臣之后，原籍浙江，明朝初年迁至云南晋宁，幼承家学，工诗文。担当13岁至17岁随父北上应选，继而随父到南京、临洮等地，回滇后继续学习。入京应试不中后南游。39岁归滇，无意仕途，家居养母。"永历亡！复明的希望彻底破灭。担当遂蛰居鸡足、苍洱佛寺。但青灯黄卷，往往无法排遣他心头的苦闷；晨钟暮鼓，时时震撼着他心头的隐痛；寻山问水，时时唤起他故国之思；描山绘竹，笔尖常带傲然不屈的情操。时代的忧愤，爱国的激情，正气凛然的品格，构成了他作品的艺术风骨。"① 此外，他对诗与禅问题也有独特见解。诗与禅问题，由唐至宋一直争论不休，更有以禅入诗或似诗而实乃偈，偈与诗纷扰不清，也很难做出严格界定。而担当分得很清楚，概而言之：禅是禅，诗是诗，妙处互通；知禅不知诗，不足言诗；诗的妙处通禅，并非执相求禅得禅；禅而不禅，禅才通诗。如此方能，说偈颂，而无偈颂气，说理事，而不为理所障。显然，诗禅的相通与互融，除却严羽所云"顿悟"的思维方式之外，想要两者融合无迹，更离不开创作主体的内在修养以及切磋琢磨的诗家功夫。

其三，师范（1751—1811），乾隆甲午亚元，官安徽望江知县。年二十一，以云南乡试第二名入都，巨工先达，咸叹为国士，而惜其不遇。《荫椿书屋诗话》为其诗学代表著作。晚成《滇系》百卷，为西南不可无之书。卒之日，存书千卷。刘开有《师荔菲先生传》（刘开《师荔菲先生传》）。

其四，方玉润（1811—1883）其父方凌瀚，字振鹏，号北滇，年二十七入郡庠，以后应乡试十三次均不第。方玉润是其长子，少聪颖，天资卓越、才学朗赡、涉猎至博，所以"督责愈切"。然而方玉润从二十二岁入县学后，应试凡十五次均不第。咸丰五年（1855），方玉润著《运筹神机》，投笔从戎。同治三年（1864）夏，以军功铨

---

① 余嘉华：《古滇文化思辨录》，云南教育出版社1997年版，第206页。

选陇西州同。是年十月至陇州，而其任所长宁驿已毁于战乱，不得已寄居州治，著书讲学。其计划有《鸿蒙室丛书》三十六种。其中刊行于世者除第三种《诗经原始》外，还有《鸿蒙室文钞》《鸿蒙室诗钞》二十卷，《星烈日记汇要》四十卷，这部分可以看着是日记体的诗话，此外尚有《鸿蒙室墨刻》等，而他晚年于陇上"闭户傭经"写就的《诗经原始》，正是使其著称于世、在"诗经学"上有着重要地位的诗学著作。

其五，许印芳（1832—1901），秦光玉曰："先生性倜傥，孝友天成，自幼即为銮坡君所钟爱。稍长，博极群书，刻苦攻诗、古文辞，锐意以古作者自期，视世俗科举之业漠如也。弱冠应试，受知于丁太守楚玉，拔冠一军，以女字之。游泮后，复受知于杨学使式谷，遂饩于庠。肄业五华，掌院黄文洁公有国士之目。由是名满滇中，以诗雄于世……后会试再报罢，改就教职。历任昆阳学正，永善、恩安教谕，昭通、大理教授。"（秦光玉《许苣山先生传》）秦光玉比较程月川与许印芳曰："世俗以中年丧妻为不幸，然亦有丧妻之后，义不再娶，而蓄精聚神以建立三不朽之大业者。乡先达中，如景东程月川先生与吾师许苣山先生是已。月川先生只身履任，历官守令监司，以至侍郎巡抚，政绩甚多，而以水利为最大，著有《月川集》十五卷。苣山先生寝馈书史，衣不解带者数十年；讲学授徒，著书达七十卷以上。两先生不朽事业，得力于鳏居者为多。由是言之，幸耶？不幸耶？抑不幸中之大幸者耶？先生增订《三字经》，而系之以四语曰：'人三宝，精气神。三不朽，功德言。'有味哉！有味哉！"（秦光玉《许苣山先生传》）秦氏之评，一方面可以看出明清时期常见的乡贤情结和师生之谊，但从其选定的滇中这一区域而言，又是符合实际的。

其六，朱庭珍（1841—1903），光绪十四年（1888）举人。少聪慧，博学古今，"上溯史籍，旁及汉魏三唐，下逮国朝人专集，殆无不览，览无不成诵，且悉源流，辨得失"。"君骈散文皆工，词牍小品，无不佳妙。所蕴者深，所发者光，理也。乙未丙申之间，提倡新学，滇中风气之开，与有功焉。"（袁嘉谷《朱孝廉小园墓碑》）故"士大夫咸争就其学诗"。著有《穆清堂诗文钞》《筱园诗话》等。

　　从以上叙述中可以见出以下基本事实：他们生活于汉文化和儒学教育的大背景下，习儒家经义典籍，读儒家经典文章，无论名扬科场举业辉煌或举业坎坷仕途蹭蹬，均有科举考试的经历和背景，虽人生际遇殊异，然无论是出于发乎性情还是出于深沉内省，无论是外在经营的丰盈或阙如，著书立说却是他们共同的选择；他们或激扬文字或浅酌低吟，或围炉话诗或授徒讲学，或注重外在或回返内心，都在抒情寄慨或著书立说之间，开滇中之风气，领是时之风潮，在"滇中风气闭塞，甲午以还，始稍稍习新图书，而乡人或目为怪异"①的西南边隅，在明清诗学浪潮的激流中，发出自己的声音。此正如袁嘉谷评朱庭珍云："勿谓诗教无裨乎垓埏，今音乐学，古三百篇。勿谓边隅无闻乎诗人，外治众家，内铸一身。勿谓诗隐无绍乎《诗传》，前有千古，后有万年。勿谓幽宫无俟乎铭文，上告三光，下告九原。"虽论筱园，某种意义上也恰道出了滇地士人的一些共性。

　　值得注意的是，科举让明清士人们饱受煎熬的同时，也使他们具备了较高的学术修养和艺术鉴赏力，我们所能看到的清代云南诗文论著文本某种程度上也正是他们的心灵史、情感史和精神史。

　　总之，民族的迁徙与融合，促进了明清云南社会文化的大发展，汉文明、汉文化的浸淫与滋养，培育了清代云南文学及文学理论发展的合适土壤，儒学教育的兴起和普及，使科举为滇地知识阶层打开一扇通往梦想舞台的窗，而科举之下的儒家汉文化教育、汉文学诗学经典的学习，又恰恰是接近汉语经典诗学的门槛与通道，如此造就的具备儒家学养的士阶层使滇中风气渐开，在科举浪潮推动之下，清代云南士阶层逐渐形成了自己的文化心理、诗学理想和审美趣味及风尚。

---

　　①　袁嘉谷：《袁嘉谷文集》卷1，云南人民出版社2001年版，第482页。

第二节 存在生态

与杏花烟雨、落日楼头、一笛风月的江南不同，山川绵延、云雾苍茫、天高地迥、险道危途共同构成了古滇这一独特而神秘的地域存在。从战国时代庄蹻开滇到秦代"五尺道"到汉代"蜀身毒道"到南诏大理到元代赛典赤·赡思丁（1211—1279）经略云南，云南正式成为国家不可分割的一部分。元明清时期，随着儒学教育的实施、发展与深入，汉文化教育在云南日益普及，知识阶层亦逐渐兴起，作为选拔人才的科举成为云南知识阶层的晋身之阶。对于知识阶层而言，这就意味着两种可能：一种是像杨一清一样仕途显达，跻身政治、文化中心实现政治理想，成为"代表王权现实政治利益的'王者之儒'"，另一种就是像许印芳、师范那样科名不显，栖身书院、学舍，著书、立说、讲学，代表世俗人文价值取向的"教化之儒"①，两者中，后者构成了云南诗文论著创作的中坚力量，其"王者之儒"与"教化之儒"之间的身份认同张力，构成了其诗学发生的一个重要起点。

"王者之儒"与"教化之儒"之间的互动关系，显示了政治与文化之间的复杂而隐秘的内在联系，这一"互动关系"，也显示着知识阶层在这一过程中的承担与命运。由于政治、经济、文化发展的滞后性，对于清代云南诗学来说，也明显地呈现与中原文论不同的发展历程，那就是云南诗学的后发性。从清代云南诗学家对政治身份与文化身份认同的思考中，我们可以窥见这种思考与其诗学思想之间的神秘关联。

清代云南诗学创作主体，大都是有科举考试背景的知识者，他们饱读诗书、满腹经纶，有深厚的儒家文化修养和文学艺术修养，这一

---

① 参见杨念群《儒学地域化的近代形态：三大知识群体互动的比较研究》，生活·读书·新知三联书店1997年版，第52页。

群体由元明至清逐渐扩大，至乾嘉以后出现了它的高峰。随着清代地方志著述的兴盛，地方性诗文论著大量出现。在清代云南，由于山川阻隔带来交通障碍，云南文化带有明显的封闭性，很多少数民族地区甚至还保留着氏族部落的古老文化遗存，地方性诗学的成长自然带有某种自觉意识。儒学教育于云南而言，主要是文化的吸纳与接受，换句话说是"输入"，这就使得云南诗学显示出"近儒性"的特征，这一点，从元明清以来递增的科举人才的绝对人数也可见一斑，由此，地域化的儒学开始形成。

虽然云南儒学地域化影响下产生的"滇中风雅"与早已成熟的"岭南文化""江南文化""巴蜀文化"不可同日而语，但它却给云南社会文化心理造成了极大影响，所以明清时期云南儒学地域化之形态是不容忽视的客观存在，而清代云南诗学在这一大背景下也应运而生。由于发生学意义上的后发性，清代云南诗学采取一种总结、反思的叙述立场，这就意味着叙述者在试图为其地域性的存在寻找一种文化上的认同与归属，同时也潜在地确立了云南地域化儒家诗学的逻辑起点。朱庭珍认为：

> 升庵壮年戍滇，老而未返，于三迤足迹殆遍。滇中山水景物多入题咏，足备后人采择，足资地志考据。滇中风雅，实倡于此。（朱庭珍《筱园诗话》）

朱庭珍从具体的历史事件中挖掘出这一线索，试图为"滇中风雅"寻根溯源。此外，也有从帝国政治版图核心定位自己的风雅传统，如师范在《荫春书屋诗话》中说：

> 自古帝王能诗者，《大风》、《秋风》而外，宋、齐、梁、陈、隋无论矣。唐之太宗、玄宗，天才雄杰，实开一代风气。降而宋、元、明，书册所存，不少可传之作，然未有如我朝之盛者。列圣相

承，天章炳蔚。至今上以万几之暇，制为《初集》、《二集》、《三集》、《四集》，颁"示天下，即舌来专门名家之士，亦未有如是之富者。典型斯在，咸泳津涯"。(师范《荫椿书屋诗话》)

把乾隆与历代帝王能诗者相较，高度尊崇乾隆诗作，且不说有几分阿曲逢迎，至少展示了"上以风化下"这一诗教观念，之于师范来说，自然是"效行"之；还有如许印芳《诗法萃编》和陈伟勋《酌雅诗话》，在对诗歌论述中加入自己的评论，其评蕴蓄的价值立场，希冀为滇中风雅确立一个位置。这种思想、文化上的认同与归属意识，在滇地影响深远，表现在为诗、为文、治学态度等各个方面。这一点，至袁嘉谷还有颇多论述。

> 如以文论，则昔之滇人皆尚实，不尚文。今何必以文重古人哉？然如乐山经学，寄庵散文，即以文论，亦堪矜式！窃愿今之滇士，亟亟有本之学，而后研心以为文。文虽末艺，而不经不正，不史不确，不子不奥，不集不专；养气以运之，卓识以达之，积理以坚之；精之以阅历，衷之以道义，庶几乎可与言文，可与言继昔之滇人之文尔。①

总起来说，清代云南诗学家在"崇圣尊王"这一前提下，试图给自己的诗学叙事找到一个更为合适的依据，据此在叙述中建构或呈现自己的诗学观念。在儒学地域化这一背景下，清代云南诗学的存在主要有以下几种叙述模式：尊奉"圣人之言"；标举"温柔敦厚""思无邪"；崇尚"含蓄蕴藉"。这些特征，有些前文已述，此不赘，唯对"地域性"做一说明。这主要表现在部分诗话中，比如师范《荫椿书屋诗话》、袁嘉谷《卧雪诗话》等，皆以品评、记录、保存

---

① 袁嘉谷：《袁嘉谷全集》卷1，云南人民出版社2001年版，第294页。

同乡诗歌为意，颇具鲜明滇地色彩。

由此，清代云南诗学的存在生态大致表现为两个向度，即家国观念与文化阐绎。前者侧重从自身地域性的生成、流变及诗人自我的生存定位来叙述清代滇地诗学，后者则更多从诗人生命与存在关系上隐藏于滇地诗学。这两重向度各有偏向，但似乎也含蕴一相同理路，即传统中的天人之道。这不是在诗人自身之外追寻，也不是类同宗教般超验式的存在，而是在滇地诗家、生命、地域空间及与世界的关系中探询意义之所在。家国与文化不是本然似的存在，如同君、民、亲不是外在于清代滇地诗家存在一样，"只有当心体指向这种对象，亲、君、民等才作为伦理、政治关系上的'亲''君''民'等而呈现于主体，亦即对主体来说才获得'亲''君''民'等意义。广而言之，事亲、事君、仁民、爱物等实践活动亦是一种存在，这种存在从逻辑上看始终无法离开主体意识的范导；相应地，它们也只有在意识之光照射其上时，才获得道德实践法意义"。①

清代滇地诗家不仅仅是家国、文化的接受者，也是其询问者和守护者。如果说海德格尔通过存在之意义向存在之真的转变，解决了貌似《存在与时间》的内在困境，那么，这种转变在本体意义上无疑是成立的。这不是简单地回到巴门尼德，而是海德格尔试图由方法的转向，带来意义的转向。换言之，也许，存在之意义是存在之真的相，反之亦然。真、意义、存在，中西自是不同，但抛去相异，理路也可比拟②。如同佛教初入中土，士大夫多用"格义"一样。③

家国与文化两个向度均与意义相关，地域性的存在似与真相关。明代滇地诗家，多存在之真，清代滇地诗家，多寻求存在之意义。所谓"王者之儒""教化之儒"与二者多有交叠。

---

① 杨国荣：《心学之思》，生活·读书·新知三联书店 2015 年版，第 92 页。
② 理路上，而非概念史上，并没有物理和中国物理、逻辑和中国逻辑之分。
③ 譬如佛教与中国佛教之异同，参见方立天《中国佛教哲学要义》上卷，中国人民大学出版社 2005 年版，第 8 页。

中国古典文化，本有重器不重道的传统。乾嘉之学更是如此，希望通过语言层面的梳理，获得义理之真，惠栋、戴震、钱大昕、阮元莫不如是。所以，有清一代，朴学大盛，虽有宋学但不显。清代云南诗学的存在生态，就是在这个学术大背景下生长的。

所以，清代云南诗学与中原主流诗学思想观念、审美标准并无太大不同，不过是阐释细节的差别。历史地看，元明清以来，移民迁徙流动带来的民族融合不断弱化着地域性的存在；制度地看，科举制度下，知识阶层参加考试、应制奉和也要对主流诗学、主流价值观加以接受和认同；文化地看，清代云南诗家对文学上的流行形式与体裁的选择，也不断消解地域性，追求统一性。

归根结底，可以说，清代云南诗学是在儒家地域化这一背景下产生的，是儒家诗学的存在形态之一。

第三节　诗学发展状况考察

如果说汉魏诗学反映了风骨与精神，唐代论诗表现了审美与意境，宋元诗话呈现妙悟与心境，那么，明清时期以小说戏曲为代表的文学艺术反映在文学理论中来就是切近现实人生。无疑，明清小说是一个丰富的、个性鲜明的生命世界，呈现于其中的世态人情，是对近代人生百态、世态万象的描摹与刻画。晚明突出的学术思潮与学术精神，就是阳明心学对传统儒学的冲击以及浪漫主义者对"情本体"的自觉与高扬，这可说是魏晋时期"诗缘情"说的遥远的回声。清代并没有延续这一晚明时代风潮，而是发生了一个较为明显的学术转向，是"对于宋明理学之一大反动，而以'复古'为其志者也"。① 反映在诗学上，除却"性灵"一脉的闪光，清代

---

① 梁启超：《清代学术概论》，夏晓虹校点，中国人民大学出版社 2004 年版，第133 页。

学人似乎更愿意在对古典的追寻与拷问中切近自己的价值理想与内在追求。如此概说或许能大致反映明清学术的发展脉流，但整个明清时期思想学术波澜起伏、流派纷呈、环环相接，显然并不是可以就此能够明晰的。

那么，清代云南诗学的发展状况又有哪些特征呢？

一　后发性

我们知道，在社会发展变革历程中，文学艺术常常是开风气之先者，通过它，我们可以触摸到时代精神脉动，在对世俗人情观览中倾听他们心中的诉求与呼喊、激越与豪壮、挣扎与悲伤……建立在文学艺术繁荣发展之下的诗学理论亦不例外。这一时代的审美趣味、审美心理与阅读期待，必然在文学理论中反映出来，清代云南诗学无疑也具备这一特征。由于云南特殊的地理位置与环境，其社会、经济与文化在元代统一大背景下迅速发展，尤其明代，云南文学艺术更有了较大发展甚至出现了一定程度的繁荣景象，云南诗学理论也得到了一定程度开启。至清代尤其乾嘉以后呈现了高度繁荣的局面，出现了大量诗话，其中一些特出者如《筱园诗话》等，置于中原文论大范围内亦不逊色。然而，我们稍微留意一下就会疑惑：缘何云南诗学至明代才初见端倪至清才逐渐发展？缘何迟至乾嘉以后才繁荣兴盛、其文本才较大规模地涌现呢？

问题并不难解，原因就在于云南这一特殊的地理区域历史发展的特殊性。如我们前文论述，由于元明时期大规模移民，在云南，使得汉民族超越本土少数民族人口成为主流，由此，在儒学教育和科举推动下，汉文化才在元明清时期得以广泛普及与深入发展。而此时，中原汉文化、汉文学、汉诗学已发展并延续千百年，早已形成了相当成熟、相当精细、相当全面的诗学理论和诗学体系，儒家正统的诗学思想亦相当完备。那么，地处边陲的云南无疑因其社会、经济、文化的滞后性，深刻地影响到其文学和文学理论领域，使其与中原主流诗学相较，显示出比较明显的后发性。所以，在中原主流儒家正统文论思想充分发展甚至遭受"唯情"说、"性灵"说、"童心"说等各方面的涤荡迤逦而行时，明清云南诗学却在此之际生成、发展乃至繁荣，与主流文论此时的成熟甚至表现出一定的迟暮气象相比，明清云南诗学明显的后发性，就像山寺桃花，在众芳摇落之际，姗姗迟来、兀自绽放，这不能不说是中国古典诗学史上的一个奇特现象。

二　速成性

当然，清代云南诗学的后发性未必表征其诗学幼稚与贫弱，相反，在明清较为成熟的学术与诗学浪潮裹挟中，清代云南诗学迅速成长、壮大、成熟，并在乾嘉以后出现一批有价值的诗学文本，达到它发展的高峰。相较中原诗学，它可能稍显稚嫩，但至少这代表了云南古代诗学史上的最高水平，尤其一些特出者如许印芳《诗法萃编》、朱庭珍《筱园诗话》、方玉润《诗经原始》等，放诸中原主流诗学话语毫不逊色甚至可与一流诗学论著相比肩。倘若把清代云南诗学思想加以厘定的话，它自然可以归于儒学这一条线，其受儒家思想的影响俯拾皆是，有的以儒学为论诗宗旨如陈伟勋的《酌雅诗话》，有的虽未标明儒家大旗，但对儒家的推崇与膜拜随处可见。然而，"儒学对云南古代文论的影响，有消极的一面，也有积极的一面。消极面如：它使某些论著或强烈否定文学内容的丰富性，而只允许文学表现所谓'无邪'的内容（如《酌雅诗话》）；或独尊'温柔敦厚'而排斥其他众多的艺术风格（如《小清华园诗谈》）；或重道轻文，突出强调文学作品的思想性而轻视文学作品的艺术性（如王崧的《与友人论诗书》），等等。积极面如：它使云南古代文论普遍重视诗人作家的学养与人格修养，重视人品与文品的密切联系，重视诗人作家情感的真实，强调以情动人从而重视诗歌艺术表现的委婉含蓄、意味深长……总之，儒学对云南古代文论的影响可谓浃肌肤而透骨髓，相当广泛深入"。① 当然，这样说并不意味着儒家思想是清代云南诗学唯一的影响因素，此外还有道家思想甚至佛家思想的影响，形成这种局面的原因也比较复杂，对此，张国庆先生进一步指出：

> 儒、道、佛与云南古代文论的上述关系格局的形成，有着多方面的原因。这里姑举三端，尝试言之。首先，云南古代文论的产生发展，不是在云南佛教大盛的南诏、大理（大体相当于唐、宋）时期，而是在儒家思想全面影响云南并成为云南思想主潮的明清时期，故它很自然地受到了这一思想主潮的深刻影响并打上了其鲜明的印记。其次，云南古代文论的兴盛，尤当清乾、嘉及其以后时期。此期，云南与中原的沟通较前已大为便利频繁，而当时中原以沈德潜为首力倡儒家诗学的格调派声势正盛，云南文论显然受到当时中原风会的强有力的影响。第三，云南古代文论的作者，多为曾涉足科举仕途的封建正统文人，中举者比比皆是，不少人更长期身为中下层官吏。他们自幼即饱受儒家思想的灌输，长而时时与之偕行。在当时的思想文化背景下，这样的一个作者群，除了偶有个别思想性情特出不拘者（如朱庭珍）具有较开阔的视野和思维空间外，是很难在整体上突破儒家诗学的藩篱的，也是很难在整体上对道、佛思想之美学意义有较深刻的认识和较好的发掘运用的。②

如此，清代云南诗学、学术思想源流已经明晰，事实上，儒、道、佛思想浸润清代云南诗学的过程，亦是汉文化得以广泛传播与普及的过程，也就是汉文学、汉诗学得以迅速形成和发展的过程。

所谓速成，其实也是速而又缓，明确梳理云南学术思想的第一

---

① 张国庆：《云南古代文学理论概览》，《楚雄师范学院学报》2001 年第 4 期。
② 同上。

人——袁嘉谷云：

> 滇南上下三千年，纵览学术，析为四期。自周至隋为一期，屈宋景苟，风移庄蹻，盛览张叔，业受长卿。白狼之乐，澜沧之歌，邈乎尚矣。其足资考史之文，若吕凯、若雍闿、若李猛、若大小爨碑，不离词章者近是。……自明以来，诸学并盛，探险家之郑和，横行印度、太平洋，拊酋拓地，为东亚光。驭外家之杨一清，花池功，凛然谁犯。育家之涂时相，著蒙养之图书。吏治家之严清，澄天下之铨政。葛见尧，声律家。吴宗尧，地学家也。兰茂，药学家也。杨门六学士、苍、担二缁，诗文家也。薛大观，气节家。虞世瓔，美术家。尚武之傅宗龙、龙在田、杨绳武，尤显者。洎乎乾嘉之世，师范氏出，上掩诸家，下赅时彦，表彰前哲，启导后学。郡县缅甸，行省安南，经营乌斯藏，金江辟路，土司改流。盐法、矿法，常产、异产，莫不以精思之谋，运实行之业。於戏！第三时期，师范氏其表欤。他若乐山、海㕧之经学，月槎、寄庵之文章，玉峰、月川之政事。南园文衡，复斋理学，鲦香女学，尚贤矿业，保山二袁，五华五子，彬彬兴焉。故曰：诸学并盛之时也！

> 夫既往之三时，衰无我损，盛无我益，独至第四期，道器争、政艺争、古今争、新旧争、虚实争、中外争、迟速争、人己争、老少争、穷达争、无一不竞争，无一不危殆。中原行省，波谲云诡。而滇中经正书院之设，适际斯时。……当是时，保已往之国粹，开来者之新机，萃三迤学者，出入递嬗，将近百人。供职京曹，服官各省及于役桑梓之学务者，时出其中。方之前三时，未知何如，而他日考滇南学术，盖不得不于此作过渡时之辞焉。①

袁氏分滇地学术思想为四期，颇具卓识，见源见流。清代云南诗

① 袁嘉谷：《袁嘉谷文集》卷1，云南人民出版社2001年版，第267—269页。

学基本处于第三期。第四期在袁嘉谷看来，他日回视应是过渡之期。这一梳理可以和钱穆先生在《清儒学案》中对理学的分期互为参看。钱氏所分对象虽是清儒，实是理学之线；袁氏所分学术，实是以史为线，以"学人"找其"体理"。至第四期，才有以学术概念梳理的基础。从传播学和接受美学的角度看，袁嘉谷对云南学术思想的分期，也只能如是。而处于第三期的清代云南诗学对中原主流诗学的接受，实然状态上也许是支离破碎的，即缺乏主流诗学的整体氛围。这样，客观之知的对象和德行之知，就显得尤为重要。清代云南诗学初期，就像一个营养不良却日有所变的青春少女，及至后期成人，家境富裕，才渐有丰盈之姿。速成之意，当如是观。

袁氏对云南学术的分期总体看来自是高明，在明清学术历程中，所提及诸如明代杨一清、苍雪、担当甚至兰茂在文学上都有一定成就，担当更是穿梭于诗禅之间，他的诗论虽然不多但也自有独特见识；清代提及如师范、钱南园、五华五子等，在滇中学术史上都有很大影响。

明代浪漫风潮未退，清代考证之学又起，而一以贯之的恰是弥漫于明清文艺思潮之中的感伤意绪，虽然表面看似风平浪静，实则波光之下暗流涌动。以《红楼梦》作为古典文学的终结恰恰孕育着一个新时代的到来，这在学术史上即如袁嘉谷所云道器争、政艺争、古今争、新旧争、虚实争、中外争、迟速争、人己争、老少争、穷达争、无一不竞争，无一不危殆的时期，虽然"中原行省，波谲云诡"，但在明清之际的滇地，与中原的沟通、交流日益增多，然其诗学风尚显然并未与之完全同步，而是带有明显的滞后性，某种程度上也是按它自己的方式成长：不跟风、不流俗、不自卑，迅速拔节似的生长并繁荣。也即在儒学和科举这一大背景下，滇地诗学自然、本然、应然地存在着，也就不期然地具有"后发性"和"速成性"的特征。

"后发性"上文已经有述，主要是与中原主流诗学相较，针对它产生时间较晚这一点而言；"速成性"则是指与中原主流诗学相比而言，中原主流诗学从《尚书·尧典》"诗言志"这一中国诗学的开山纲领出现算起，大约经过两千多年的发展才有了今日我们所看到的成绩，而清代云南诗学，从乾嘉时期来算，不到两百年时间就达到一定的高度，甚至出现了像《筱园诗话》这样毫不逊色于中原主流诗学的文本，这不能不算是中国诗学史上非常特殊的现象。实际上，也就是从两者发生的时间先后以及发展的时间长度上来比较，我们才说，清代云南诗学不但具有"后发性"，而且有"速成性"的特征。二者关系上，"速成性"建立在"后发性"这一前提之上。

乾嘉之后清代云南诗学的繁荣和兴盛，近乎一个开始，但也是其古典诗学上史无前例的巅峰。

第二章

诗为何：主体性情的艺术外显

"诗为何"的追问偏于本体论，"何以为诗"的追问偏于方法论；本体论是形而上的存在，方法论是逻辑的存在。先有诗才有"诗为何"的追问，诗本身并没有预设一个什么东西，然后，请君入瓮或君自入瓮。这个意义上，方玉润的《诗经原始》能否究诗人之"原意"是很可疑的。海德格尔在《艺术作品的本源》中提到的诸多概念："艺术""艺术作品""物""存在""本质""真""转渡""无蔽""解蔽""生发""大地""世界"和"澄明"并没有明确回答什么是艺术作品的本源，即艺术作品的本质之源。而是在不停地对"本源为何"的追问中获得某种启示。海德格尔本人承认由艺术作品至艺术家至艺术至物这样的追问有循环兜圈子的嫌疑，但是他让读者安于绕圈子。本章不打算采取海德格尔这种典型的西方哲学家的运思方式，而是将"诗为何"这一命题放诸中国传统诗学的线索之中。

从孔夫子（或更早）到王国维的两千多年间，中国古典诗学一直在不断尝试回答"诗为何"这一本体论问题。前已有述，存在论上，乐比诗更为根本，谈乐必谈诗，谈诗不必谈乐（如西方古典音乐和中国之"忐忑"）。但这不表明，乐是诗的本质或乐是诗的来源。人类学或发生学意义上的乐、诗、舞一体说，也能间接证明滇地诗家王崧所论诗乐关系之正确。中国古典诗学传统中，礼乐一体。礼之出现，当是天人关系的必然一环，自然也和实然状态下的存在密不可分。礼在存在意义上，更多是主体间性的，也被天人关系中感应部分所附带。礼是符号性的，相比礼，乐与诗更有本源的关系。当然，之后的诗乐关系，特别是宋以后，乐已经等而下之，几乎完全技术化了。也就是说，乐沦为解开诗意的工具。如：方玉润《诗经原始凡例》第一则即指出，读诗在"涵咏全文，得其通章大意，乃可上窥古人义旨所在，未有篇法不明而能得其要领者"。[1]

由于语言的存在，诗的存在（如《诗经》）或出现（实际是存在的无蔽状态的澄明，是"真"的生成和发生），诗让"真"自行发生，它不是来自无，而应归属于"本有"。但，诗成之后，随时间之流而漂移，诗就会变成一种退让，在退让中，诗失去自身，也成就自身。语言是谋杀者，可总有残存，这种残存是退让之后生成的世界。只有通过更为原始的"乐"，读解者才能贴近世界。这也是为什么中国古典诗学不断强调涵咏的哲学意义，也似乎与拉康所说的实在界有某些关联。

当然，如此并非畅通无阻，即便在貌似理性的客体之知面前。如明清之际的朴学大师顾炎武有一则故事。

在考证学的先驱们身上，这个困境已经出现了。顾炎武要以三代声音改换今音，可是有一次他做客于朋友之家清晨宴起，朋友对他大喊"汀茫久矣"时，顾氏竟大惑不解。后来经过朋友点明才知道，"汀茫久矣"是"天明久矣"的古音，足见以三代之旧施之当世的困难了。[2]

顾氏并非不知古音，其《音学五书》已是经典，但其知也不知。

---

① 方玉润：《诗经原始》，李先耕校点，中华书局 1986 年版，第 22 页。
② 王汎森：《中国近代思想与学术的系谱》，吉林出版集团有限责任公司 2011 年版，第 14 页。

朴学不朴，反而至虚。方玉润《诗经原始》多被认为突破经学传统，但其"究原意"，仍是朴学者研究之鹄的。特出者是，方氏诗学移向了心学、性情主体。

本体论上考虑，现代学术视野下，这里潜藏着中西哲学里时间和自由（本质）的冲突问题。"如果说，奥古斯丁在信仰领域首先洞察到了时间与上帝的冲突，那么康德则在哲学上第一次证明了时间与人的自由的矛盾。……对传统哲学来说，这似乎是一个陌生的使命……对于康德哲学来说，人的生存世界本身恰恰就具有最高价值……取消时间作为自在存在者的地位，使之成为人的内在感性形式。简单说，就是时间的主体化或向主体的皈依。"①

也即，诗的时间或诗学时间，应是人的时间，而不是物的时间，他者的时间。就像海德格尔《存在与时间》的此在，是人的存在。

因此，本章对诗为何的探讨，逻辑上会有一种转换，即把对诗学本体论的追寻转化为对主体侧诗学概念的追寻。

考察清代云南诗学整体，我们会发现诸如"真""心""情""志""气""养气""根柢""学问"等范畴。这些诗学范畴有偏重本体论的"气""真""心"，也有偏重主体侧的"情""志"，也有介于两端的"养气""根柢"与"学问"。但在清代云南诗学中，本体论的概念已经弱化很多，大都可归于主体方面的性情和学养，即主要是强调创作主体应具备的本性、气质、素质、修养等方面的内容。而对性情、学养的强调亦是清代云南诗学显著的、整体的特征。鉴于此，笔者将在追溯中国传统诗学之情、志观的基础上，结合清代云南诗学的整体特征，对其重要诗学概念譬如"气""心""真""性情"等做详细考察。当然，在追溯古典诗学史对这一问题的探讨时，将聚焦于清这一时间阈限来考察云南诗学对这一问题所做的回答。

---

① 黄裕生：《时间与永恒》，江苏人民出版社 2012 年版，第 25—26 页。

第一节 中国传统诗学之情、志观追溯

自《尚书·尧典》有"诗言志"之说，"诗言志"即成为中国古典诗学论诗的基本观点且经久不易。如《荀子·儒效》云"诗者，志之所之"，《礼记·学记》云"诗言其志"，《诗大序》云"诗者，志之所之也"，《说文》云"诗者，志也"，《春秋说题辞》云"诗言是其志也"，《文心雕龙·明诗》云"在心为志，发言为诗"，朱熹云"心之所之谓之志，而诗所以言志也"等，可见这一观点流脉之长。大家似乎都一致认为诗是言志的，但"志"究竟是什么意思？心之所之，谓之志；心有所之，形于言。从"心之所之谓之志"这一界说来看，"志"的意义所指是极不明确的。实际上，在中国诗学史中，当诗学家们异口同声说"诗言志"之时，其实每个人心中对"志"的含义理解并不完全相同，似乎也并没有深究过。从"心之所之谓之志"，和刘勰的"在心为志，发言为诗"的话来看，"志的涵义，是极为宽泛的。至少可以包括志行、志气，志趣、志愿等义。如果这个解释不误，那么言志之诗，主要表现的是'人'，不是'文'。透过诗，主要看的是人格的流露，不是情感的流露。古典的诗观，和现代人的诗观大不相同。在古典的诗观中，诗的语言，和道德语言之间的界限，尚未被发现。更不要说诗的真正本质了"。[①] 韦氏所云"志的涵意，是极为宽泛的"是没有问题的，但得出"透过诗，主要看的是人格的流露，不是情感的流露"这一结论，显然值得商榷，因为看似简洁的叙述话语背后，却掩藏着更为复杂的流变关系和内涵演变，不厘清这个，关于诗本体、诗学观这一论述就很难进行。然而，诗学史提纲挈领式的概说，一方面可以廓清大致流脉，另一方面

---

① 韦政通：《中国文化概论》，水牛图书出版事业有限公司1986年版，第202—203页。

却恰恰遮蔽了诗学史上诸如诗学观此类问题的细节，但诗学史上却常常是这些"细节"揭示出本来面目。就此问题，以下加以梳理。

在中国古代诗学史上，"情"和"志"常被作为诗歌的本源看待，历代论者或曰"诗言志"或曰"诗缘情"。研究者们有的试图比较两者异同，有的立足阐发两者的审美特征，有的则直接研究其诗学意义，这些讨论极大丰富了人们对诗歌本质的认识。从艺术发生学角度讲，二者是沟通生活与艺术的桥梁；从艺术本体论角度讲，二者是诗歌内在本质的艺术外显；从艺术接受角度讲，以意逆志、披文入情是作者蕴藉于诗的情志引发接受者共鸣、获得审美愉悦体验的途径。由此不难看出，文学艺术作品所包孕的情、志本体是十分重要而复杂的命题，值得重视并做进一步的探究。

一 情、志、意本义

《说文》解"情"曰："情，人之阴气有欲者，从心。"古代文论中常并提"性情"，故有必要说一下"性"。"性，人之阳气性善者也，从心。"从中可发现两个信息：一是汉代阴阳学说发达并且影响很大；二是可以见出"情"与"欲"有关，"性"与"善"有关，阴气为情、阳气为性。二者均代表了从心而出的各种情感，后者则更多可理解为人之本性。再看《说文》解"志"和"意"。"志，意也，从心。"而"意，志也，从心，察言而知意也。"此处至少提供如下信息："察言而知意"就是说了解"志"与"意"的途径须是"察言"。不妨如此理解：志与意非瞬间直呈，而是通过"言"来把握，与"情"的感性直观显然有别，此处又关涉"言尽意""言不尽意"问题，比较复杂。虽然有人不太赞成《说文》对二者的解释，但从某种角度讲，《说文》的本义阐释其实代表了先秦到汉代人们的看法和理解，也反映了那时人们的观念、意识，并被后世继承。

"情""志"和"意"有一点是相同的，即二者均从"心"。既然"从心"，这就意味着通过"心"的涵养与运思功夫，将从心而出的情、志、性情、思等外化成诗，也就是说，"心"将主体具备的性情、修养外显为诗。所以，古今诗家大都重视性情、学养的功夫也就不难理解了，而清代云南诗学家们更是普遍关注、尊奉性情和学养对诗歌的重要作用。这一点从他们的论述中也可以看出："诗者，志之所之，而志者，情之主，性之迹也。性正而后志正，志正而后思正，思正而后诗正，而后无邪之旨乃可言焉。"（王寿昌《小清华园诗谈》）这虽然是就得"性情之正"这一目的而言，但我们可以看出，这一目的的实现建立在主体志、情、性、思、性情等的修养基础之上却是无疑的。

二 言志、缘情说的提出与探讨

历来认为，"诗言志"最早见于《尚书·尧典》。

帝曰："夔！命汝典乐，教胄子，直而温，宽而栗，刚而无虐，简而无傲。诗言志，歌永言，声依永，律和声。八音克谐，无相夺伦，神人以和。"

这段话是中国文论史上最早的诗学概念，"诗言志"，如朱自清所言是中国诗学"开山的纲领"。据《尚书》学家考证，《尚书·虞书·尧典》大约成书于西周和东汉之间，具体而言，古今有多种说法，战国说、[1] 秦官本说[2]、汉武帝时代说[3]等。现如今，学者多认为《尧典》写成于春秋时代[4]。提出这一说法的依据是春秋时代对《尧典》已有所征引。而"诗言志"的提出不是偶然的，可见当时这一观念已颇为流行。如：

---

[1] 蒋善国：《尚书综述》，上海古籍出版社 1988 年版，第 140 页。
[2] 陈梦家：《尚书通论》，河北教育出版社 2000 年版，第 152—163 页。
[3] 顾颉刚观点。
[4] 金景芳、吕绍纲：《尚书·虞夏书新解》，辽宁古籍出版社 1996 年版，第 6—7 页；李民：《〈尚书·尧典〉与氏族社会》，《郑州大学学报》1980 年第 2 期。

诗，言其志也；歌，咏其声也；舞，动其容也。三者本于心，然后乐器从之。（《礼记·乐记》）

言以足志，文以足言。不言，谁知其志？言之无文，行而不远。（《左传·襄公二十五年》）

诗以言志，志诬其上，而公怨之，以为宾荣，其能久乎？（《左传·襄公二十七年》）

这里的"诗言志"显然是一个普泛性观念，《毛诗序》将其看作基本的诗学原则。

诗者，志之所之也，在心为志，发言为诗，情动于中而形于言，言之不足，故嗟叹之，嗟叹之不足，故咏歌之，咏歌之不足，不知手之舞之足之蹈之也。

关于"诗缘情"，中国古典诗学史上也有不可忽视的声音。

诗缘情而绮靡，赋体物而浏亮。碑披文以相质，诔缠绵而凄怆。铭博约而温润，箴顿挫而清壮。颂优游以彬蔚，论精微而朗畅。奏平彻以闲雅，说炜晔而谲诳。虽区分之在兹，亦禁邪而制放。要辞达而理举，故无取乎冗长。（陆机《文赋》）

人禀七情，应物斯感，感物吟志，莫非自然。（刘勰《文心雕龙·明诗》）

夫情动而言形，理发而文见，盖沿隐以至显，因内而符外者也。然才有庸俊，气有刚柔，学有浅深，习有雅郑，并情性所铄，陶染所凝，是以笔区云谲，文苑波诡者矣。（刘勰《文心雕龙·体性》）

可以看出，明确提出"诗缘情"虽然较晚，但并不意味着这一诗歌本体之前就不存在，事实上，我们从庄子、屈原、宋玉、陶潜的诗歌中所看到的，无一不是"情"的闪光，但由于《诗经》在中国文学史上的特殊地位，较之"诗缘情"，"诗言志"也就当仁不让地成为"开山的纲领"。无论是"诗言志"还是"诗缘情"，对于从本体论上阐释中国诗学的嬗变及其独特的形态无疑都有着特殊意义。

已有论述中，闻一多先生认为志有三个意义：一记忆；二记录；三怀抱。并从词源学和诗歌发生学上来论述"志"的三重含义。他以诗人特有的敏感，窥见了诗与过去时间的神秘联系。无论是记忆、记录或怀抱，其含义都是"藏在心里"或"停在心上"，记忆便由此而生。而人的情思、怀想、爱欲等心理状态，何尝不是"藏在心里"或"停在心上"呢？这也恰恰印证了《说文》中情、志皆"从心"这一本义。此外，朱自清先生研究认为："可见，'言志'跟'缘情'到底两样，是不能混为一谈的。"① 他还把"诗言志"分为以下几点：一、献诗陈志；二、赋诗言志；三、教诗明志；四、作诗言志。这四点深刻地把握了"诗言志"不同时间的重要分别。但是，"言志"与"缘情"，至少在一点上是相通的，那就是二者皆通过主体的修养性情外化为诗。

所以，笔者认为"'言志'跟'缘情'到底两样"之说，似乎有必要对此两个诗歌本体加以考察来辨明，以便我们在对"情""志"本体有更加清楚明晰认识的基础上，进一步认识清代云南诗歌本体，也可以从中探求清代云南诗学家特别钟情主体的性情、学养的原因，从学源上找到根本的理论依据。

三 情、志关系的历史考察

（一）从人与神的关系看"情"与"志"

艺术作为一种特殊的情感表达方式，必然要求以一定的形式外

---

① 朱自清：《诗言志辩》，广西师范大学出版社 2004 年版，第 23 页。

化。譬如诗，在文字产生之前以何种方式存在，文字产生后又如何？这些也须进一步厘清。可以肯定的是，它必然经历了一个从自然形态向文化形态转换的生成过程。以下将其置于人、神关系中来分析。

殷商时代，巫作为具有特殊本领（或技能）的人站立于人、神之间，并起着非常重要的中介作用。人们认为，他能借神力依附自身占卜吉凶、祛除疾病、沟通人神等。《说文》曰：靈，巫也，以玉事神。对此，日本学者藤野岩友考察颇为详细。

> 巫者在祭祀时奉玉于神前，故可看做是处于主祭者的地位。从文献和文物上看，玉的种类都是象征性的形式，例如圭、璋、璧、琮等。《周礼》记载：
>
> "以苍璧礼天，以黄琮礼地，以青圭礼东方，以赤璋礼南方，以白琥礼西方，以玄璜礼北方。①（《大宗伯》）然而，至于说为何以奉玉为祭祀的中心环节，这是因为以此能使神与人相通并能活跃巫的灵性活动，亦即玉起通向灵界的媒介作用。因此惠士奇说：
>
> ……
>
> 清明之玉气，能与神通。"
>
> 玉由于具有这样的咒力，故或供镇火之用，或供祷旱使用。此外，如佩玉、服玉、含玉、葬玉等驱灾辟邪也都是本于玉的咒力效果。②

对于"靈"字本身，也可以这样理解：无论用何种方式取悦神，"巫"都是通过某种神秘的渠道（"⸪"），感知并捕捉来自上天的神秘信息（"雨"），并把寄予着某种强烈情感的意志传达给上天，从而

---

① ［日］藤野岩友：《巫系文学论》，韩基国译，重庆出版社 2005 年版，第 8 页。
② 同上书，第 9 页。

达到受神庇佑的目的。显然，这里不仅饱含着希望神眷顾的强烈渴望，也携带着由这种情感生发的意志，当然，此处"志"意为"意向"或"志向"，即"心之所之"，此活动包含了情与志两方面的内容。值得注意的是，巫术活动背后潜藏着审美特质，而只有当巫术活动摆脱直接的功利目的时，这种审美活动才可能发生。换句话说，只有从娱神转到娱人时，诗的萌芽才成为可能。

因为巫"肩负着沟通人神这样一种在当时最为至高无上的使命，故其言说方式必须有别于一般的口语，这与甲骨文卜辞《周易》的卦辞、爻辞是一致的"①。在大量的颂诗中也可见出这一点。正如陈伯海先生所言："歌乃诗之母，人类早期的诗并非独立存在，它孕育于歌谣之中，并经常与音乐舞蹈合为一体，这种诗、乐、舞同源的现象已为各原始民族的经验所证实。"② 如果歌谣的作用是表情达意，那么诗的作用应该主要在于"抒发怀抱"，也是为了"言志"。

因此，在人类早期，无论巫术活动的颂诗或流传的歌谣，均无一例外地凝聚着人类的情感及由此生发的志向，时间裹挟着情与志使人们的审美心灵靠近诗。

（二）从人与诗的关系看"情"与"志"

歌诗之"志"从远古时期与巫术宗教活动相关联的人们的群体意向，至春秋战国时期演化为礼乐文明制度确立后，与政治、人伦密切相关的志向与怀抱，可谓顺理成章。此时，《诗经》成了人们生活中常用经典，渗透士人日常交往、君臣关系乃至国与国之间交往的诸多方面，大都取"诗以言志"之意。以下概括为两方面分析。

其一，献诗。即臣子作诗献给君主以委婉的方式表达自己的意见或主张，另外是君主向天下臣民言说。故此《毛诗序》说："上以风

---

① 李春青：《诗与意识形态》，北京大学出版社 2005 年版，第 64 页。

② 陈伯海：《释"诗言志"——兼论中国诗学"开山的纲领"》，《文学遗产》2005年第 3 期。

化下，下以风刺上，主文而谲谏，言之者无罪，闻之者足以戒，故曰风。"

其二，社交活动。主要是借"诗"表达自己的情感和意见，从西周和春秋时代社会生活的有关记载中，可以了解当时人们社交活动中运用《诗经》的情状。此外，在国际交往中也多有"诗以言志"之例，即借诗言"志"："一面言一国之志，一面也还流露着赋诗人之志……《汉书·艺文志》说：'古者诸侯卿大夫交接邻国，以微言相感，当揖让之时，须称诗以谕其志。盖以别贤与不肖而观盛衰焉。'"① 鉴于当时状况，孔子"不学诗，无以言"，《毛诗序》"故正得失、动天地、感鬼神莫近于诗。先王以是经夫妇，成孝敬，厚人伦，美教化，移风俗"的说法，也就不难理解了。陈伯海先生分析道：

> "诗以言志"之说流行于春秋前后当非偶然，它不仅同列国外交会盟中的赋诗言志相联系，还同周王室与各诸侯国朝政上的献诗陈志，官府的采诗观风以及士大夫的观乐观志，公私讲学如孔子、孟子的教诗明志，乃至诸子百家兴起后各家著述中的引诗证志等活动息息相关，具有极其广泛的社会基础。而其内涵并不限于外交辞令上的用诗，包括作诗、读诗、观诗（观乐）、引诗为证等多种含义在内，可说是对古代人们的歌诗观念的总结，也正是"诗言志"命题产生的巨大意义。②

的确，此时"诗言志"之"志"（志向、心之所之）才得以空前的高扬，只是传达"志"的主体是表现集体之志的"大我"，彰显

---

① 朱自清：《诗言志辩》，广西师范大学出版社 2004 年版，第 14 页。
② 陈伯海：《释"诗言志"——兼论中国诗学"开山的纲领"》，《文学遗产》2005年第 3 期。

着政治、伦理、道德等群体之志，而表现个体之志的"小我"依然存在，只是把所蕴的一己之情、一己之志隐藏在"大我"背后，从而使前者得以充分的体现和张扬。当然，这也是"合力"综合作用的结果，不可否认的是："情"大多时候站在"志"背后。虽然屈原、宋玉的作品乃至《诗经》的"风"中亦不乏表现一己之情的诗作，但"言志"毕竟不可阻挡地成了那个时代的主流。

（三）从与政治的关系看"情"与"志"

两汉时期，"诗言志"的地位得以进一步巩固。汉代是经学发达的时代，也是重立经典的时代。至汉武帝建元五年设立"五经博士"制度，《诗》《书》等经典又一次被官方化、制度化，"诗言志"也成了官方的经典。故此，在整个两汉时期，它成了最流行的诗学思想。据贾文昭主编的《中国古代文论类编》的"诗言志"专题选文来看，汉代就有几条，贾谊、董仲舒、扬雄、班固、王逸、郑玄和许慎等都谈论过此命题。其中《毛诗序》为最突出代表，即我们所熟知的"诗者，志之所之也"那段话，它上承《尧典》与《礼记》，对此命题做了全面深入而系统的论述。至此，"诗言志"的经典化过程基本完成，之后就是使用和发展问题。古风先生还从六个方面分析了"诗言志"经典化的原因：精品的内质；阐释的空间；经典的载体；影响的延续；儒家的努力；政治的权力。①

汉代对先秦儒学的改造基于当时的历史语境（政治专制与权力高度集中）和文化语境（儒家典籍获得空前推崇）的深刻冲突而发生的。君主与儒生实际处于一种目的和手段的对立之中。汉武帝一面推崇儒学，一面又实行高压政策，士大夫动辄得咎，试想此种状况下儒家士大夫怎样坚持自己的政治立场、实现一己的远大怀抱呢？"小我"之"情"消融在政治的"大我"之"志"，何以取得情的彰显

———————————

① 古风：《从"诗言志"的经典化过程看古代文论经典的形成》，《复旦学报》（社会科学版）2006 年第 6 期。

与高扬呢？不过，应看到这样一个结果：正因推崇儒学，在汉代这段偃武修文的时期，文化和物质的富足才极其可观，社会才实现繁荣，教育才得以普及。黄仁宇先生云："公元59年，后汉第二位君主明帝刘庄在洛阳的明堂讲解《尚书》，据说'万人空巷'，吸引了成千上万的听众。公元2世纪内，太学已有240栋建筑物，内有房间1850间。到这个世纪中期，太学生总数共达3万人……同时私人讲学风气也很盛，有名望的学者普遍有学生500人；其中最著名的甚至有学生3000人。"① 足见当时教育盛况，为汉赋的繁荣发展奠定了良好的文化基础。朱自清说："真正开始歌咏自己的还得推'骚人'便是辞赋家，辞赋原称作为'诗'，而且是'言志'的'诗'。"② 此时，一己的小我之情、志才开始得以抒发，如"贤人失志"之赋，"登高"之赋等。乐府诗"言志"的偏少，"缘情"的居多，至东汉抒情小赋兴起后，才和乐府诗一起共同促进了"缘情"诗的发展，而"情"字才有机会从政治性的"大我"之"志"的幕后走向台前。

（四）从人与自然的关系看"情"与"志"

可以说，后一时代某些文化现象或思潮的强劲勃兴，大都是对前一时代所施予过度干预的反弹。同样，"为艺术而艺术，为诗歌而诗歌往往是为政治而文学的一种反动，自有其矫枉必须过正的历史价值"。③ 文学受政治干预但不从属于政治，魏晋时代文学自觉也不例外。故此，一己之情或"诗缘情"的甚嚣尘上势必在情理之中。此时，自然山水首次作为审美客体进入人们的视野，崇尚自然（自然而然）成为一种风气。在"情"与"志"的对决中，"情"第一次占了上风。

---

① 黄仁宇：《中国大历史》，生活·读书·新知三联书店2005年版，第58—59页。
② 朱自清：《诗言志辨》，广西师范大学出版社2004年版，第24页。
③ 孙明君：《汉魏文学与政治》，商务印书馆2003年版，第13页。

中国古代士大夫与政治的关系相当复杂，一般士大夫都有难以割舍的政治冲动，儒家文化的熏陶使他们把建功立业、扬名立万作为人生的至高目标，"了却君王天下事，赢得生前身后名"（辛弃疾《破阵子》）道出了多少士大夫的心声？另外，他们又想发出自己心灵的声音，所以以士大夫的创作为主流的文学作品也相当复杂。情与志的消长不同时代呈现迥异的特征，无论选择主动与政治合流表达"大我"之"志"，还是被迫在政治高压下"戴着镣铐舞蹈"，他们的选择很少能够毅然决然，尤其在魏晋南北朝这个政权更迭频繁、社会混乱、士大夫朝不保夕的时代，他们不得不谦卑地俯下身去，倾听来自心灵的歌吟。

"诗赋欲丽"（曹丕《典论·论文》）、"诗缘情而绮靡"（陆机《文赋》），前者从文体论上把诗提到了与赋同等的地位，并第一次高举了"诗"这一文体"欲丽"的特点，值得注意的是这在文学自觉的背景下提出，这和已有诗论比较显然有了质的跨越；后者从接受角度论述不同文体的特征。"缘"是"因、根据"之意，即诗歌因情而生，诗歌要"丽""绮靡"，如此才能动人。陆机强调了"绮靡"的原因（途径）是"缘情"，正因为诗歌"缘情"而生，表达了从心而生的自然而然的情感才有了多姿多彩的审美特质。"情"由心生，包罗甚广，类似于"怀抱"，有时与"志"相通。有些诗是为言"情"即"为情而诗"，是对一己之情的事实陈述；有些则为达"志"，即"为志而诗"，"情"升华为"志"（心之所之），有些则二者兼具。"缘情"是动因，达到"绮靡"才是目的，这一维度上，它和"欲丽"对应。

至此，"诗缘情"成了与传统的"诗言志"比肩而立的诗学理论，只有在《诗》转换成"诗"以后，"绮靡"和"欲丽"才可以转化为创作诗论，作为文体的诗之论才因之受到关注。此后，无论言志或缘情，作者在创作时才会站到自己的立场上表达一己的情志怀抱。但若因此说"到了南朝时期，文学观念基本上完成了由'诗言志'到'诗缘情'的转变",① 理由似乎又不大充足，情、志恰如交错并行的两个链条，只是不同时期表现得隐或显、主或次而已。魏晋六朝时，在玄学思潮笼罩的文化语境中，"吟咏性情"被赋予了迥异于《毛诗序》的不同内涵，它标举着个性张扬的人文精神。此时，"性情"指才气、性格、心态、心境等纯粹的心理特征，"吟咏性情"可说成了文学创作的代名词。六朝人认为，文学创作本乎"性情"，即个人的内心世界为表现对象（表现情），不妨说是对儒家诗学（传达志）的突破与超越。

总体来说，情和志都是指诗歌包含的主体心理因素，他们内在于主体的性情、修养，再通过审美创造外显为诗，也就是说，作为主体性情、修养重要内容的"情""志"，通过诗歌传达出来。"志"偏于理性的认知性心理因素，属后天生成，一方面来自外在世界的呈现，另一方面来自主体对外在世界的评价与认知。故此，诗中之"志"，一则展示事物本身道理，二则讲主体的观点或见解；"情"偏于感性的非认知性因素，比如直觉、情感等因素。如果说"志"是外在世界和内心世界的认识、判断、理解和评价，内容上偏于政治、伦理、哲学方面，"情"则表现内在心理情感，如淡淡的喜悦、浓浓的哀愁、飘忽的情思、刹那的寄慨等；"志"往往隐含着"集体主义"的"大我"，表达某个社会阶层或集团的价值观念，诗人大多是"代言人"，"情"便是作者蕴藉于心的真切生命体验，这也正是中国古代诗歌形成的一种追求"妙合自然""纯朴率真"风格的基础所在。大体而言，人类艺术活动中的情与志是从原始的情、志混融到情、志分离再到情、志合一这一渐变过程。当然，这并不意味着情、志的分野是"二水中分白鹭洲"这么明确，事实上这两条线的交互关系要比表现出来的更为复杂，限于篇幅，此处不再详考。

如此说，诗之本体并不是像台湾学者韦政通先生所云"主要看

---

① 詹福瑞、候贵满：《"诗缘情"辨义》，《河北大学学报》1998 年第 2 期。

的是人格的流露，不是情感的流露"，更确切地说应该是"不仅是人格的流露，而且是情感的流露"，换句话说，诗不仅达志而且传情，包括了情、志这两方面的内容，即表达"心之所之""从心而出"这一含义，说到底就是皆出于"心"之所感、所思、所想、所悟、所憎、所恶等人类共同的情感、志向。

总之，对于清代云南诗学而言，关于中国传统诗学之情、志观的追溯，显然有助于我们考察清代云南诗歌的本体论特征，也能够使我们辨别两者的异同，对我们研究的课题不无裨益。但清代云南诗学并没有像中原主流诗学那样，只停留在对诸如"情""志"或"诗言志""诗缘情"这些概念的生硬、枯燥的辨析上，而是将这些对诗歌本体的认识，纳入主体修养的框架之中，通过"根柢""养气""兴会""学问""涵养"等功夫，使之成为主体所应具备的性情、学养的一部分，然后运用各种艺术手法外显出来，从而使诗歌本身体现出主体的性情与修养，这也正是清代云南诗学本体论的整体特征，也是和传统的中国古典诗学明显的区别之所在。总体看来，清代云南诗学家们所重视的不是把某些刻板的概念、命题置入诗歌，而是把源自主体性情、学养，融合着主体生命体验、情感体验的"真性情"传达出来，表现的是鲜活、生动的艺术世界，风雨琳琅、鸢飞鱼跃的生命世界。或者说，对于他们而言，诗歌就是"主体性情的艺术外显"，这是清代云南诗学的一大特点。

师范说："诗以道性情，喜者乐者可以诗，怒者哀者亦可以诗。"（师范《孤鸣集》自序）

又曰："诗以道性情，无人不知，无人不言之矣。"（师范《触怀吟》序）可见，性情是诗歌所传达的主要内容。

王崧认为："夫人莫不有性，性动而为情。喜怒哀乐爱恶欲，情也，弗学而能蓄于中而宣于外。"（王崧《诗说》上）在王氏看来，主体内在的"性"，转而为"情"，"情"外化为诗，简单地说，就是情动于中，再以诗的形式表现出来。不过，在他看来，一方面是主体内在修养之性情，再则就是他所云"弗学而能蓄于中而宣于外"的本能直觉与情感。

杨柄锃："诗之为言，情也。天有情寓之于云，人有情寄之于诗。"（杨柄锃《怡云山馆诗存》）在他看来，诗歌是人之性情的"晴雨表"。

清代云南诗学中，主体性情外显为诗的论述很多，他们强调根柢、学问、兴会和养气等，无一不是主体修养的重要内容，这也正是清代云南诗学的重要特征和独特价值之所在。明乎此，我们便可以在此基点上进入以下论题的探讨。那么，清代云南诗学中，关于"主体性情的艺术外显"的议论具体又主要包括哪些重要内容呢？以下具体分析。

第二节　主体性情之"气"与"心"

和情、志、意相似，气与心亦是主体性情修养的重要内容。《说文》释情、志，其交集在"从心"这一含义，而"心"一则是指在身之中的人心，二则是指一切情感、思想、意志之所出的源泉。那么，我们所论之"心"，则主要是基于"在身之中的人心"的"一切情感、思想、意志"之所出的"源泉"这一含义，而诗歌所表达的主体"性情"正是由此而来。这里我们可以看到这么一个逻辑序列：心是人体重要的器官，是人作为情感、意志本体的本源和基础，是人类一切生命活动的基础，它亦和"气"这一范畴密切相关。关学创始人宋代大儒张载认为"气"是万物的本质，"太虚即气"，"气"鼓荡于天地之间，是涵盖一切客观存在的哲学范畴。"气有阴阳，推行有渐为化，合一不测为神。其在人也，智义利用，则神化之事备矣。德盛者穷神则智不足道，知化则义不足云，天之化也运诸气，人之化也顺夫时，非气非时，则化之名何有？……非特其蒸郁凝聚，接于目而后知之；苟健、顺、动、止、浩然、湛然之得言，皆可名之象尔。然则象若非气，指何为象？时若非象，指何为时？"① 我们一般认为，张载在客体侧而非主体侧定义气的本体，万物皆源于气，气无形却充塞于天地，是宇宙万物发生、发展、变化的推动力；主体侧之气，是气之用，于人而言，推动人体产生各种活动、进而形成各种思想；于文学艺术而言，气是贯穿其中的生命，两者都是将无形的抽象的"气"化为有形，有气则生，无气则死，诚如方东树所云："观于人身及万物动植，皆全是气所鼓荡。气才绝，即腐败臭恶不可近，诗文亦然。"（《昭昧詹言》）

本节涉及气、心、性、情、志、性情、学养等几个重要范畴、概念，它们之间的关系，我们可以大致概括为这样一个逻辑序列，即气——→心——→性——→情、志——→性情、学养——→诗，即是说，"气"这一范畴，先是从与人的生命存在之关系，推演到与人之心、性、情、志、性情、学养之关系，接着递进到人与万物的关系，进而再引入诗学领域；换句话说，诗基于性情、学养，性情、学养又源自情、志的蕴藉，而情、志的根基又在于气、心、性。可以说，气、心、性、情、志、意等范畴，皆属主体性情修养的重要构成因素，这些修养再通过诗歌表现出来，或者称之为主体性情之外显就是诗。那么，心与气是如何构成诗的重要内核的呢？

一　诗文本于"心"与诗文本于"气"的观点

心性论是中国传统哲学的主要内容。程朱偏客体之理（"二程"又有不同，方法上程颢重德行之知，程颐重见闻之知），陆王偏主体之心。"心即理"可谓是一个本体论命题，也是象山哲学的逻辑起点，这一命题表明了宇宙万物与人的存在本质的统一性，也彰显出这种统一，缘于"心"这一内核存在，这就把"心"提高到一个至高无上的境域，心外无物、心外无理，"宇宙便是吾心，吾心即是宇

---

① 张载：《张载集》，中华书局1978年版，第16页。

宙"。人主体精神的存在也便成了宇宙万物、天地文章运行的轴心了。关于气，问题稍显复杂，龚鹏程先生在《汉代思潮》中详细梳理了一个"自然气感的世界"①。之后诗人为诗多在发生学和技巧的层面来谈。本体论上，我们拈出客体一侧的张载、王夫之一脉，虽是重客体，但实有体用不二之义。再者，清代云南诗学偏于性情、学养，看似主体，但滇地诗家叙述之时往往以法统之，是一种对象化的存在和客体之知，多法少禅，法外之意，甚少论述。

"气"论上，张载、罗钦顺、王夫之，是由宋至清的朴学之线。张载的"太虚即气""气"乃实体，"气"之聚散变化，形成各种事物现象；罗钦顺的理气为一，理即气之理，不同朱熹的理生气，反对王阳明的心即理；王夫之的"气"是物质实体，"理"是客观规律，提出"气者，理之依也"这一命题，也就是说，元气是构成宇宙的物质实体，在物质世界之外不存在另一个精神世界，客观规律是事物本身所固有的属性，王夫之发展了张载的观点，一方面肯定了世界的物质统一性，另一方面又强调"气"只有聚散、往来而没有增减、生灭，所谓有无、虚实等，都只有"气"的聚散、往来、屈伸的运动形态而已，是川流不息、变化不止的物质实体，"理"（精神）不能脱离"气"而存在，这一认识显然具备唯物特质。也与张载"太虚即气"的学说基本一致。

清代云南诗学家谈气、谈理不从本体，多与经学相关。总体上有三方面：一则文本论（风格）；二则知识论（客体之理）；三则理即气论（主体）。回溯中国古典诗学史，诗文本于"气"的说法流脉甚广，曹丕的"文以气为主"（《典论·论文》）更是成为这一流脉的不易之论。然而，"五常之精，万象之灵，不能自文，必委其精、萃其灵于伟杰之人以涣发焉。故文者，天地真粹之气也，所以君五常、

---

① 参见龚鹏程《汉代思潮》，商务印书馆 2005 年版，第 10—35 页。

母万象也"。① 在此意义上，对心和气又有何规定呢？清滇云王寿
昌曰：

> 诗有六要：心要忠厚，意要缠绵，语要含蓄，义要分明，气
> 度要和雅，规模要广大。
> 诗有四清：心境欲清，神骨欲清，气味欲清，意致音韵欲清。
> 诗有四不可：骨不可露，气不可浮，情不可过，意不可偏；
> 诗有四勿伤：炼勿伤气，曲勿伤意，淡勿伤味，瘦勿伤神。
> （王寿昌《小清华园诗谈》）

王寿昌看似论诗，实也论人。这里"心要忠厚""气度要和雅"
"心境欲清""气味欲清""气不可浮""炼勿伤气"等，则显示出
心、气对诗的重要作用，再则也表明了王氏对诗的独立思考，然而，
对于"心境"如何"清""气味"如何"清"等问题又语焉不详。
即如此，我们可以用元人刘将孙的话来对"清气"的直观形象做一
描述："天地间清气，为六月风，为腊前雪，于植物为梅，于人为
仙，于千载为文章，于文章为诗。冰霜非不高洁，然刻厉不足玩；花
柳岂不明媚，而终近妇儿，兹清气者，若不必有而必不可无。自风雅
来，三千年于此，无日无诗，无世无诗，或得之简远，或得之低黯，
或得之古雅，或得之怪奇，或得之优柔，或得之轻盈，往往无清意则
不足以名世。"② 抽象的表达转为直观的形象，无形无迹之"气"化
为清妙玲珑的诗文，在他看来，蕴藉天地之"清气"的诗文是与生
生不息天地之"道"浑融一体的，这是流传千古好诗的前在性因素，
清滇云谢履忠可谓此论的遥远回声。

---

① 仇兆鳌：《杜诗详注》，中华书局 1979 年版，第 238 页。
② 《养吾斋集》卷 11，文渊阁《四库全书》，第 1199 册，第 95 页。

　　文章本天地生气人心灵机酝酿孕结而成，不可磨灭。六经尚矣，左、国、庄、骚、史、汉、唐、宋大家历世垂久亘古如新者，此道得也。《诗》三百篇经宣手删，感发性情，为教最速。汉魏六朝，随时迭变，包涵蕴蓄，出奇无穷。下迄三唐，用此取士，初、盛、中、晚，与国运始终。今其诗具在，可歌可咏可泣可悲、如见其人如闻其声，无他，诗道与天地相通，与人心相协，各造其至，不以运会迁移有所亏蔽掩抑也。（谢履忠《论文》）

　　两者相较，我们可以看出：刘氏就"清气"而论，谢氏则论"天地生气人心灵机"对诗文创造的重要作用，但我们也注意到，两者可谓殊途同归，"往往无清意则不足以名世"和"不可磨灭"见出诗文得以流传之缘由："诗道与天地相通，与人心相协。"应该说，这种看法某种意义上似乎触碰到哲学本体论层面，然而，形而下的维度又该如何把握呢？这里，谢氏给出了进一步的阐说："大抵一题前后左右，有天然步位，明手握管，一眼觑定，或用正笔或用反笔，或用翻笔或用侧笔，或用开笔或用合笔，或用呼吸之笔，或用跌宕之笔，或用摇曳之笔，或用咏叹之笔，或用转折顿挫之笔，或用衬托烘染之笔，沉思静虑，通篇打算，烹炼既熟，成竹在胸，然后提笔直书，随意所至，顷刻文成，踌躇满志。"（谢履忠《论文》）这在技术层面上给出一条路径，使流动于天地之间的"气"，通过人之"心"这一本体的思虑谋划变而成诗成文，歌咏自在敞开的美好事物，使得鼓荡于天地之间的"气"不再缥缈神秘、不再惝恍迷离、不再不可触摸，而是成为人们可以把捉的东西。

　　也就是说，运行于天地之间生生不息的"气"是无法阻隔的，人恰是"气"转化为"诗"的媒介，然而，这一切又是如何发生的呢？对此，赵元祚论道：

　　诗者，声之章也。凡有声则皆有章也，则皆诗也：上则天籁，下则地籁；大则龙吟，小则蛮语；喜则鹏啼，悲则猿啼；盛则凤鸣，衰则麟泣；达则风薰，穷则兰操。昌黎云："物不得其平而鸣"，亦有得其平而鸣者矣。六一云："诗非能穷人，穷而益工耳"，亦有穷而未工者矣。性，静也，感于物而动则生情，情之发则有声，声之畅即为诗。发乎自然元音也，止乎当然正音也。燗于不自知，激于不自禁，纵幻离奇而泄于声之余者，变音也。（赵元祚《我轩诗说》）

赵氏论述，多承旧说，无甚新意。这里包含着诗歌发生的一个逻辑序列：性——→情——→声——→诗，这一序列就创作而言大致不差，但此处没有叙述或者说忽略了"气"和"心"这两个前在性因素，那么，倘若弥补此阙如，这一序列就变而为"气——→心——→性——→情——→声——→诗"，此论看似未作大范围变化，但"气"和"心"却恰恰彰显了这一重要的诗学本体，之于审美创造而言，它们恰恰表现为创作主体的气质、性情与学养等内在因素。相似的论述还出现在清滇人赵士麟（1629—1699）的《诗论》中。

惟夫笃志之士，不系乎世之汙隆、俗之盛衰，独能学古之道，使仁义礼智备于躬，出其辞能近乎古，外感乎物，内发乎情，情至而形乎言，言形而比于声，声成而诗生焉。譬之气至簧鼓，神合自然，盎焉而春煦，凄焉而秋清，寥寥乎悲鸿吟而鹡鸰鸾凤追而和之也……恩恩乎如虞夏君臣上规下讽而不伤不怨也，熙熙乎如汉文之时天下富实而田野耆耄乘车曳履嬉游笑语弗知日之夕也。（赵士麟《诗论》）

我们可以看到，"志——→物——→情——→言——→声——→诗"，这一逻辑过程，其中包含了"感物说"这一中国传统的诗学观，较之赵元祚，二者至少在"情——→声——→诗"这点上是叠合的，然而赵元祚所论"气——→心——→性——→情"和赵士麟之"志——→物——→情"

这两个序列，我们可以看出其逻辑起点的明显不同，即前者是"气"，后者是"志"，然而，细思之我们也不难发现，两者的内在精神却是相通的，因为"志"亦源于"气"，在接下来的论述中，赵士麟也在诗的本体论这一视域接触到"气"这一古老的哲学命题，认为"气至簧鼓，神合自然"天地万物才一片和乐、生机勃勃，而这置于他的诗学观之下，也不能不看到他的见地。

即如此，我们也约略可以窥见"气"与"心"所从来之一端，许印芳就朱子之言说：

> 朱子尝言："今人做诗不好，只是不识之故。所以不识，又只是心里闹，不虚静之故。不虚不静，故不明；不明故不识。若虚静而明，便识好物事。百工技艺，做得精者，也是他心虚理明。若心里闹，如何见得到做得精？"朱子之言，即是施说意旨，所以教人养心也。昌黎论文，教人养气。养气之道在集义，养心之道在寡欲，二者皆养文之源，皆益法孟子。（许印芳《诗法萃编》）

许氏对朱子"虚静"这一养心之法和昌黎之"养气"说甚是赞同，并进一步指出"养气之道在集义，养心之道在寡欲"，从而和孟子乃至更深层次地与庄子之论相接。如此地养心、养气，那么"气之清浊"就形成了诗文不同的风格，所以"奏议宜雅，书论宜理，铭诔尚实，诗赋欲丽"（曹丕《典论·论文》）也就可以理解了。

二 系统的"气"论

"气"是诗学领域极其重要的范畴，孟子的"养气"指浩然之气，主要是强调一种刚正宏大的精神，属于主体道德修养之内涵，后成为作家的修养论被引入诗学领域，指作家须具备高尚的道德修养；曹丕的"气之清浊"，更在哲学本体论层面探讨作家的气质、禀赋不同所引起的诗文风格的差异；刘勰的《文心雕龙》论"气"纵贯31篇之中，共81处①，也主要是指作者的才情、修养以及作品的风格等；唐代的"气"则多指"气象"；宋元时期则由于理学的引入，"气"的内涵与外延发生了很大变化，不仅指传统的道德涵养，还包括心性修养；明清时期，王夫之发展了张载的"气论"，认为"气"是物质实体，而"理"则为客观规律，又以"絪蕴生化"来说明"气"变化日新的辩证性质，对"气"范畴给予新的哲学规定，对理气关系、道器关系问题进行了较为深入的理论探讨。"气"被引入诗学以后，之所以变得如此纷繁复杂、莫衷一是，一方面缘于中国人独特的"诗性智慧"对之的解释，一方面缘于其内涵的多义性与模糊性，加之由"气"而来的诸如"气质""气韵""气象""气格""气势"等衍生词的出现，"气"的内涵进一步被遮蔽，进而被厘定、被翻新、发展而处于不断生成之中。

王夫之之后，清代云南诗学家朱庭珍（1840—1903）对非本体的"气论"的论述较为系统，构筑起从养气、炼气的主体修养到具体的实践内容、方法，从文学创作之"真气"到艺术批评之"文气"，给予"气"较为细致、较为完整的阐述。在此之前，由于中国传统的思维方法和批评方式，一般较少具有系统性，因此，如此系统的、完整的、科学的"气论"并未出现。清代是传统诗学的总结也是终结的时代，对云南诗学而言，由于师范、方玉润、许印芳、朱庭珍的先后出现，云南诗学却正值它的巅峰，朱庭珍的《筱园诗话》就是在这一大背景下产生的。

朱庭珍论诗文之"气"，认为诗人应"以培根柢为第一"，而"根柢之学，首重积理养气"，又说："积理而外，养气为最要。盖诗以气为主，有气则生，无气则死，亦与人同。"（《筱园诗话》卷一）

---

① 胡纬：《文心雕龙字意通释》，香港文德文化事业有限公司1997年版，第369—391页。

他进一步指出：昌黎曰："气，水也；言，浮物也。水大而物之大小浮者毕浮，气盛则声之高下与言之长短皆宜。"东坡曰："气之盛也，蓬蓬勃勃，油然浩然，若水之流于平地，无难一泻千里。及其与山石曲折，随物赋形，一日数变而不自知也。盖行所当行，止所当止耳。"是皆善于言气者。夫气以雄放为贵，若长江大河，涛翻云涌，滔滔莽莽，是天下之至动者也。然非有至静者宰乎其中以为之根，则或放而易尽，或刚而不调，气虽盛，而是客气，非真气矣。故气须以至动涵至静，非养不可。（《筱园诗话》卷一）可以说，朱庭珍试图从哲学高度为"养气"找理论依据。昌黎以"水"与"浮物"为喻比之"气"和"言"之关系，"水大"或"气盛"皆是"声之高下"或"言之长短"的重要前提；东坡亦以水喻"气"，在他看来倘若气盛，便可以自由运用自己的才情，下笔千言、汩汩滔滔、随物赋形，挥洒自如地进行审美创造。朱庭珍赞同二者观点并进一步探讨，认为雄放之气如长江大河，激流奔涌，至动，但又须以静为其根本，这样才不至于"放而易尽"，"刚而不调"，鉴于对动静相宜之需，所以须"养气"，这就是养气的内在逻辑或规定性；然而，倘若"放而易尽"，"刚而不调"，只能说明动、静两者之间有偏颇，"气虽盛，而是客气，非真气矣"，如此就必须"养气"或不断补充"气"，以防"气"成为无源之水、无本之木。

"养气"既定，又该如何养呢？苏辙云："辙生好为文，思之至深。以为文者，气之所形。然文不可以学而能，气可以养而致。孟子曰：'我善养吾浩然之气。'今观其文章，宽厚宏博，充乎天地之间，称其气之小大。太史公行天下，周览四海名山大川，与燕、赵间豪俊交游，故其文疏荡，颇有奇气。此二子者，岂尝执笔学为如此之文哉？其气充乎其中，而溢乎其貌，动乎其言，而见乎其文，而不自知也。"（苏辙《上枢密韩太尉书》）可以看出，比之孟子，苏辙之论其内涵和理论方法上进一步发展，认为养气不但要注重内心修养，更有待于外在的游历见识，较之内心修养，外在游历则谈得更为具体。而朱庭珍的养气说则要深刻得多、具体得多："养之云者，斋吾心，息吾虑，游之以道德之途，润之以诗书之泽，植之在性情之天，培之以理趣之府，优游而休息焉，酝酿而含蓄焉，使方寸中怡然涣然，常有郁勃欲吐、畅不可遏之势，此之谓养气。"（《筱园诗话》卷一）相较注重外在游历的苏辙，朱庭珍更注重内在修养，当然，这其中也包括艺术修养。二者皆从创作论的角度来谈，说法各异但殊途同归，皆把"气"看作艺术创作的动因；二者虽论外在阅历，但苏辙主要是谈通过对自然景观的游历借以激发创作热情，朱庭珍则强调对人情物理的洞察与识见。朱庭珍的养气说，进一步丰富了苏辙养气说的内涵，以人情物理扩大了论述的范围，值得注意的是把它扩展到艺术创作和审美心理的领域。

我们也可以注意到，朱氏的"斋吾心，息吾虑"，和中国古典美学史上老庄的"虚静""心斋""坐忘"、宗炳的"澄怀味象"、郭熙的"林泉之心"属同一脉流，都是强调审美心胸的培养，但朱氏的拓展在于，除此之外，"游之以道德之途"的道德修养、"润之以诗书之泽"的艺术修养、"植之在性情之天"的性情修养以及"培之以理趣之府"的审美趣味修养，是他新增加的维度，值得注意的是，表征七情六欲、喜怒哀乐的性情修养的加入，恰是文学艺术作品散发恒久艺术魅力的原因所在，刘勰所谓"人禀七情，应物斯感，感物吟志，莫非自然"（《文心雕龙·明诗》），正是强调人喜、怒、哀、乐等情感修养，很难想象无情人能写出情感丰富的作品，在此意义上，朱氏也为中国古典诗学重新打造了重视诗歌抒情、个性这一传统论题。

"养气"既定，具体操作又当如何呢？朱庭珍接下来给出了详细而清晰的路径，并提出"炼气"这一范畴，飞扬文字加以阐说："及其用之之际，则又镇之以理，主之以意，行之以才，达之以笔，辅之以理趣，范之以法度，使畅流于神骨之间，潜贯于筋节之内，随诗之抑扬断续，曲折纵横，奔放充满于中，而首尾蓬勃如一。敛之欲其深且醇，纵之欲其雄而肆，扬之则高浑，抑之则厚重，变化神明，存乎一心，此之谓炼气。……彼飘而不留，或未终篇而索然先竭者，正坐不知养气与炼耳。"（朱庭珍《筱园诗话》）"炼气"说的提出继承并进一步发展了前人"养气"说的内涵，在理论方法上有了新的提升。为了使诗之势一脉贯通、浑然天成、自然无迹，在实践中，要正确调动"理""意""才""笔""理趣""法度"，随诗文的抑扬断续、曲折纵横来实现。如此，内在之主静的"气"，方可以纵横恣肆奔流于天地万物之间。所以，在审美欣赏时，他特别看重诗文"一气相生，词意浑成，精光熊熊，声调响亮，用笔则贵有抑扬顿挫，开阖纵横搞之奇。造句炼句，则贵生辣警拔，力厚思成，又须无斧凿痕迹，虽炼而不伤气格"，（《筱园诗话》卷一）认为这才是诗文的"上乘"。然而，我们不禁要问：养气与炼气的先后提出，二者有何区别又有何逻辑关联呢？——他说："盖养于心者功在乎日，炼于诗者功在临时。养气为诗之体，炼气则诗之用也。"（《筱园诗话》卷一）显然，"养气"是内在根本，需日锻月炼地慢慢累积；"炼气"是内蕴之气的外化，需在行文中加以恰当体现；从"养气为诗之体，炼气则诗之用"也可以看出，二者乃"体"与"用"之关系，即"养气"是本体、本质，"炼气"是现象，前者决定着后者，后者是前者的表现。如此，朱庭珍也就在哲学、美学层面上给出"养气"与"炼气"以新的阐释，从"炼气"的具体方略我们也可以窥见当代文艺理论中"谋篇布局""提炼主题"这一构思论。

那么，我们不禁要问：从内容上讲，朱庭珍所论之"气"有何特色呢？与前人之论差别何在呢？我们知道，孟子所养之"气"，乃"配义与道""集义所生"的"至大至刚"的"浩然之气"；刘勰与苏辙也承袭了这一观点，但纵观中国哲学史、诗学史，人人论"气"，但对"气"的内涵似乎并未深究，也未极其系统、极其明确地加以界说。然而，朱庭珍论"气"比较明确，清晰地界定所论之"气"乃"真气"而非"客气"，他说："似乎气之为气，诚中形外，不可方物矣。然外虽浩然茫然，如天风海涛，有摇五岳腾万里之势；内实渊渟岳峙，骨重神寒，有沈静致远之志。帅气于中，为暗枢宰，若北辰之系众星，以静主动。此之谓醇而后肆，此之谓动而实静，故能层出不穷，不致一发莫收，一览易尽也。在识者谓之道气，诗家谓之真气。所云炼气者，即炼此真气也，养气者，即养此真气也。"（《筱园诗话》卷一）那么，究竟何为"客气"、何为"真气"呢？方东树说："谢、鲍根据虽不深，然皆自见真，不作客气假象，此所能为大宗，后来如宋代山谷、放翁，时不免客气假象。"（《昭昧詹言》）由此可见，"客气"是指假借或模拟别人的思想感情、艺术风格等，不是出自自己内心的情感和创造，如代人立言、为文造情等；而朱庭珍所云"客气"除上述含义外，一般还包括"流动不居"之意，这毕竟是外在于主体，属无本之木、无源之水不能长久，所以才"或放而易尽，或刚而不调，气虽盛，而是客气，非真气矣"。

除了以上论述之外，使朱庭珍的"气论"更加系统、更加完善的是"气"与诗文之关系，这一点具体体现在"动""静"关系上并且给出了清晰的阐释。"真气""帅气于中，为暗枢宰"，起主导作用，"静"主宰、支配着"动"，就像北极星之于众星；诗文表现出来"气"蒙络摇缀、千姿百态、变动不居，但内在含蕴之"气"却沉潜稳固，以静主动，故能"层出不穷，不致一发莫收，一览易尽也"，也就是说，内蕴之"气"为诗文提供了不竭之动力、源泉。可以说，朱庭珍"以静主动"来解释诗文之"气"，已经接触到事物本质和现象的关系，颇有近代哲学辩证唯物主义意味。"气"分阴阳乃传统哲学观，但以"动""静"运用于诗学理论并表征诗学观的，朱氏可谓首创。

且对朱庭珍的"气"论稍加总结：

（1）哲学层面上，"气"具备物质和精神的双重属性，既表现为作家的气质、禀赋和个性，也体现为作品的气势与风格；

（2）创作论视域下，"气"是创作的动因，以静主动，谓之

"真气";

（3）接受美学视角中，"气"是衡量诗文著作的标尺，"有气则生、无气则死"。

由此可见，朱庭珍的"气"论不但具有伦理学、哲学意义，更有美学意义，是比较成熟的、辩证的、系统的"气"之理论。在清代云南诗学史上，说《筱园诗话》为"滇中冠冕"或朱筱园为"滇中翘楚"，应该是不为过的。

第三节　"性情"与"真"

前文分析过，诗无论"言志"还是"缘情"，皆从"心"而出，表达诗人一己的性情与面目。事实上，"从心而出"的"情""志"其内涵并非泾渭分明，而是"情"中含"志"，"志"中有"情"，两者凝为主体之"气"继而表达出诗人的情志形象。一般来说，有什么样的"情""志""气""心"，就凝成什么样的形象，即是说："诗是心声，不可违心而出，亦不能违心而出。功名之士，决不能为泉石淡泊之音；轻浮之子，必不能为敦庞大雅之响，故陶潜多素心之语；李白有遗世之句；杜甫兴广厦万间之愿；苏轼师四海弟昆之言。……故每诗以人见，人又以诗见。使其人其心不然，勉强造作，而为欺人欺世之语，能欺一人一时，决不能欺天下后世。"（叶燮《原诗》）一般认为，流传千古的好诗，皆情真、志真、意真，真气弥漫，什么样的人写什么样的诗，诗亦如其人。然而，我们也须谨慎"文不如其人"的情况。我们知道，人，作为一个复杂的情感生命，其内心曲折的"情""志""心""意"未必都能够用诗的语言表达出来，再则亦未必愿意表达出，所以，能传达出的是复杂心灵、情感世界的一部分，所以我们无法透视全部，反过来讲，即便传达了"情志""性情"，是否能传达出"真"又传达得好，也全在诗人的师心独造，所以，在诗歌批评中，我们在信奉"文如其人"之时，也必须警惕另一种情况。但一般而言，诗是传达性情的，同样，真诗传达真性情，那么，也就意味着有真性情然后才可能有真诗。

一 性情

袁枚说"诗者，人之性情也"（《随园诗话》卷一），"自《三百篇》至今日，凡诗之传者，都是性灵，不关堆垛"（卷五），"诗难其真也，有性情而后真"（卷七），"须知有性情，便有格律；格律不在性情外。《三百篇》半是劳人思妇率意言情之事；谁为之格，谁为之律？"（卷一），他也从生机勃勃的诗境看"性情"，说："鸟啼花落，皆与神通。人不能悟，付之飘风。惟我诗人，众妙扶智。但见性情，不著文字。"（袁枚《续诗品》）从他的相关论述中，我们也可以发现，袁枚的"性灵""性情""情"，其内涵差不多，从这些论述中，我们可以看出他对"性情"的关注，而在中国古典诗学史上，"性情说"一脉可谓源远流长。

（一）"性情"的含义

从逻辑上讲，诗言志、诗缘情之"情""志"源之于"性"，"性"的根基在"心"，而"心"的本源在"气"，诗表达性情，性情呈现于诗，据此，从诗歌中我们也可以看到诗人的性情。元人范德机说："性情褊隘者，其词躁；宽裕者，其词平；端靖者，其词雅；疏旷者，其词逸；雄伟者，其词壮；蕴藉者，其词婉。涵养情性，发于气，形于言，此诗之本源也。"（范德机《木天禁语》）我们也可以看出，性情不同，诗歌风格也各不相同，有人甚至把性情提高到为诗之首要："诗家首重性情，此所谓美心也。不然即美言美貌，何益乎？"（宋徵璧《抱真堂诗话》）历代论诗如此重情志、性情，那么，它们也就自然而然地成为中国古典诗学对诗的基本认识，如此，对作家"性情"修养的要求以及以此为标准进行的诗歌批评，共同构成了中国诗学"性情"说的长河。

诗论"性情"，文亦莫能外。萧子显说："文章者，盖情性之风标，神明之律吕也，蕴思含毫，游心内运，放言落纸，气韵天成。"（萧子显《南齐书·文学传论》）与诗相比，在表达性情、抒写真情实感这一维度二者是相通的，即"气之动物，物之感人，故摇荡性情，行诸舞咏"（钟嵘《诗品序》），那么，"摇荡性情"也便是生命原欲的审美化表达。萧绎笔下的"文"具备更多的文的特质，如"吟咏风谣，流连哀思者"和"绮縠纷披，宫徵靡曼，唇吻遒会，情灵摇荡"等。这应该也是当时文人比较普遍的文学观念。

严羽说："诗者，吟咏情性也。盛唐诸人惟在兴趣，羚羊挂角，无迹可求。故其妙处透彻玲珑，不可凑泊，如空中之音，相中之色，水中之月，镜中之象，言有尽而意无穷。"（《沧浪诗话·诗辨》）这主要是从本体论来论"性情"，也就是说，为诗的根本目的就是要表达性情的，这一点和刘勰"诗者，持也，持人情性"（《文心雕龙·明诗》）的看法相通，即如此，从欣赏角度，就是要看诗是否表达出性情，或是否传达了真性情，继而通过看性情的真、假，多、寡来看诗之风格、风貌，从而对诗的价值做出评判。袁枚的"诗以道性情。性情有厚薄，诗境有浅深。性情厚者，词浅而意深；性情薄者，词深而意浅"（《随园诗话》卷八），说的就是这个意思。此外，袁枚还从创作原则和方法上来论，讨论道："浦柳愚山长云：'诗生于心，而成于手；然以心运手则可，以手代心则不可。今之描诗者，东拉西扯，左支右吾，都从故纸堆来，不从性情流出：是以手代心也。'吴西林处士云：'诗以意为主人，以词为奴婢。若意少词多，便是主弱奴强，呼唤不动矣。'"（《随园诗话》卷四）认为"二说皆妙"。

由是观之，性情说贯穿于中国诗学的历史长河，并作为中国古典诗学的元范畴之一而存在，从内在修养到审美表达，从创作原则到审美风格，无不窥见其身影，其最具代表性的，抑或是最高表达形式应该是"真性情"。李贽更认为文章是性情的自然流露，是如鲠在喉、不吐不快的创作焦虑，是蓄积已久、触景生情、势不可遏的激扬文字，此时，"夺他人之酒杯，浇自己之垒块；诉心中之不平，感数奇于千载。既已喷玉唾珠，昭回云汉，为章于天矣，遂亦自负，发狂大叫，流涕恸哭，不能自止。"（明·李贽《杂说》）真性情的自然流露就是"风行水上"之天下至文，其大敌就是拉架子、装腔作势的"矫强"。

> 盖声色之来，发乎情性，由乎自然，是可以牵合矫强而致乎？故自然发乎情性，则自然止乎礼义，非情性之外复有礼义可止也。惟矫强乃失之，故以自然之为美耳，又非于情性之外复有所谓自然而然也。故性格清彻者音调自然宣畅，性格舒徐者音调自然舒缓，旷达者自然浩荡，雄迈者自然壮烈，沉郁者自然悲酸，古怪者自然奇绝。有是格，便有是调，皆情性自然之谓也。莫不有情，莫不有性，而可以一律求之哉！（李贽《读律肤说》）

有意为真却失真，强求自然却失自然，皆不足取，以"性情"为根底，出之自然，便是"真"，便是真性情。所以，天下"至文"，不在于字句出奇，亦不在于结构谨严、对仗精工，甚至不在于是否合乎规律、法度，如此形式层无关"至文"。如此之论或许失之偏颇，然对真性情的极力强调，亦不能不说李贽对文学艺术的内在规律洞见之深。事实上，他接触到一个比较深刻的美学命题，就像他的"童心"或"赤子之心"一样，这和中国人深层的文化心理密切相关，人对童年时代的回忆、向往与追求，其内在精神，与中国人抱朴归真、任性自然、崇尚自由的民族心理是相通的。

儒家诗学素来重视主体的内在修养，认为外在文饰必须要与内在修养相配合，不能偏废，"文质彬彬，然后君子"，将对"君子"的这一阐释运用到文学艺术中，就是内容与形式的协调。历代经学家普遍接受"文质并重"的观念，但这不表示他们的意见了无新意，因为他们对内在修养即"质"所指涉的具体内容未必相同，因此也为我们留下了一定的阐释空间。以焦循和阮元为例，二人虽然同样肯定内在修养的重要，但他们对文章的体裁、内容，以及这些内容与文字之间的关系，仍有不同看法。

清代云南诗学史上，王寿昌、王崧与朱庭珍谈性情又不同。

> 诗者，志之所之，而志者，情之主，性之迹也。性正而后志正，志正而后思正，思正而后诗正，而后无邪之旨乃可言焉。天下竞言诗矣，顾取而读之，究茫然不知其志之所在，而遑问其性情。窃深惧夫无邪之旨之久不明，而圣人以诗立教之意之终古晦昧而莫或讲也，因于小清华园谈诗时，稍为引其端倪，发其旨趣，且取古人及唐人诗类而系之，以为初学楷式。俾童子读之，庶几涵泳之下，悠然有以得其性情之王，而不至流为放辟邪侈之归。

> 圣人以诗立教，非徒示人以吟咏之适，实欲使人各得夫性情之正也。故曰："诗三百，一言以蔽之曰：'思无邪。'"又曰："温柔敦厚，诗教也。"（王寿昌《小清华园诗谈》）

> 夫人莫不有性，性动而为情。喜怒哀乐爱恶欲，情也，弗学而能蓄于中而宣于外。（王崧《诗说》）

> 诗所以言志，又道性情之具也。性寂于中，有触则动，有感遂迁，而情生矣。情生则意立。意者志之所寄，而情流行其中，因托于声以见于词。声与词意相经纬以成诗，故可以章志贞教，怡性达情也。是以诗贵真意。真意者，本于志以树骨，本以情以生文，乃诗家之源，即诗家之先天。（朱庭珍《筱园诗话》）

我们可以看到，王寿昌论诗之"性情"，先是从诗歌发生学角度切入，其性、情、志、思、诗标志着对"性情之真"的要求，而他论诗则主要是从得"性情之正"这一维度说开，可以说"性情之正"乃其论诗价值核心，这种诗学观渊源于儒家"温柔敦厚"和"诗无邪"的诗教观与"重质轻文"的文学功用理论。王崧论诗，亦是从诗歌发生

学角度来谈，从内在心、性到"喜怒哀乐爱恶欲"之情，进而将这些
"情"通过诗传达出来，而这一情感蕴含着普遍人情这一内容。朱庭珍
论诗，除了王寿昌、王崧所共有的诗歌发生学视角，即遵循性、情、
志、诗这一序列，还包括"意"这一独特视角，这就为"怡性达情"
创造了可能，而"怡性达情"这一新的视域，使明清云南诗学实现了
由"性情之真"向"性情之正"进而向"性情之美"的转向，这不能
不说是中国古典诗学终结时代的一个"闪光"。

　　云南近现代人袁嘉谷更指出："诗以理性情，人而无诗，谓之无性
情可也。诗以发己之性情，而非徇人之性情，诗而徇人，谓之无性情
可也。"① 袁氏认为，诗是用来抒发性情的，倘若"人而无诗"，可以
说是无性情的；倘若"有诗"，也是抒发自己的性情而非别人，如果那
样，还可以说是无性情的。从诗歌本体论、创作论来说，这话是有道
理的，中国诗学史上古老的"感物"说就是其源头，但倘若"无诗"
或者"诗而徇人"便认为是"无性情"，这恐怕还是要存论的。

　　以上的不同足以说明，在同一个学术传统或同一套观念前提下，
仍存在着相当大的诠释空间，足以容纳一些性质迥异的诗学观念。因
此一个严肃、谨慎的诗学研究者，绝不能因为自己的无知而轻易地把
旧传统里面的复杂问题过度简化，甚至把自己粗浅的认知当作深刻的
洞见。清代云南诗学由于和整体的差异化和差异的整体化实际上是一
个相对独立的存在，其中可能包含各种"同质异构"或"异质同构"
的理论模式，因此一套系统的诗学观念的探究，绝不能只满足于几句
大而化之的基本范畴、命题，而应着眼于这些大题之下的细微差别，
尽可能穷尽其中的曲折变化及理论新质。

　　（二）清代云南诗学视域下的"性情"观

　　中国古代的文学艺术，常常就是作者性情的表达，重视性情与文
学艺术的关系，在中国古代诗学史上，是比较普遍的现象，甚至可以

---

　　①　袁嘉谷：《袁嘉谷文集》卷 1，云南人民出版社 2001 年版，第 294 页。

说，中国古典诗学史上，从来不乏对"性情"或执着、或狂热的追求。这现象显然是受到中国古代道德精神的影响，简单地说，就是儒家经典的"诗教"理论。尚书虞书曰"诗言志"，孔子曰"诗三百，一言以蔽之，曰：思无邪"，这些说法，按现代的学术视野看，固然有损于诗的本性，而在传统中国，却会当作诗人作诗的一个指导原则。诗既是言志，又要以思无邪为标准或尺度，据此可以说，要有伟大的文学艺术，必先要有伟大的人格心灵，伟大的人格心灵，才可能产生品性中正、气质醇厚、感情丰富的诗人。中正的品性、醇厚的气质、丰富的感情，文学艺术中表达出来，就是性情。只有具有性情的文学艺术家，才能写出好的诗，好的文章，这是古老中国由来已久的信念。所以，钟嵘说"气之动物，物之感人，故摇荡性情，行诸舞咏。照烛三才，晖丽万有，灵祇待之以致飨，幽微藉之以昭告，动天地，感鬼神，莫近於诗。"（钟嵘《诗品序》）诗言志、诗缘情，情、志的表达也就是性情的表达，从屈原到陶渊明，从李白到杜甫，从李煜到纳兰容若，都可以为例证。所以刘勰在《文心雕龙》中论诗即以"持人性情"为解，从而与孔子的诗教观念相一致。

或作为本体论，或作为创作论，或作为批评论，清代云南诗学"性情"观展示了极其丰富的内涵，从"性情之真"到"性情之正"进而再"性情之美"的转向，更使其具有某种近代气质。

清代滇人对"性情"问题的重新讨论，首先与其"求真"精神密切相关。这一点，我们从他们的论述中可以窥见一斑。师范说："诗以道性情，无人不知，且无人不言之矣。然自人人知之而性情之旨晦，人人言之而性情之真愈淆。子孝臣忠弟恭兄友，男女有别，朋友有信，此性情之正也。自一二浮薄者出，示其纷杂之学，济以偏僻之才，紫色蛙声，流毒艺苑。即有斤斤自守，期无悖于温柔敦厚者，非目之为迂，则笑以为腐。呜呼！三百篇以及汉、魏、唐、宋、元、明诸大家之所作，岂尽迂且腐哉！"（师范《触怀吟》）性情，呈现的是人的不同气质、精神、风貌等修养，表现在文学艺术中就是作品的风格。然而，纵观中国诗学史我们也不难发现，人人道"性情"，所道内涵又各有不同，这就使"性情"的真实含义越发隐晦、越难接近其本质。师范不但求"性情之真"，还求"性情之正"，并认为"子孝臣忠弟恭兄友，男女有别，朋友有信"即"性情之正"，据此，我们可以看到他以儒家正统诗学为圭臬，崇尚"温柔敦厚"的诗教，并对有悖于或轻薄这一传统的人，给予严厉的批评与诘问。此外，我们还可以从方玉润的叙述中看到滇人"求真"这一传统，"呜呼！以夫子雅言'无邪'之旨，自汉迄今，未有达诂，徒悬疑案于两间，而无一人焉起而正之，不大可痛而可惜哉！愚少时读《诗》至此，未尝不掩卷三叹，徒致撼于尼山正乐时也。最后得姚氏际恒《通论》一书读之，亦既繁征远引，辩论于《序》《传》二者之间，颇有领悟，十得二三矣。而剖抉未精，立论未允，识微力浅，义少辩多，亦不足以减肓而起废。乃不揣固陋，反复涵泳，参论其间，务求得古人作诗本意而止，不顾《序》，不顾《传》，亦不顾《论》，唯其是者从而非者正，名之曰《原始》，盖欲原诗人始意也"。（方玉润《诗经原始·自序》）这是一个好读书、善于读书、善于思考的学者的学术"自白"！其"原诗人之始意"的求"真"精神，显示了一个负责任的学者的学术良知与学术自觉。

袁嘉谷论诗，给予"性情"颇多关注，认为："诗以理性情，人而无诗，谓之无性情可也。诗以发己之性情，而非徇人之性情，诗而徇人，谓之无性情可也。《滇诗略》，辑滇人诗，《兰津》《白狼》之篇，南诏君臣之作，滇中古风，展卷如见。性情中诗，非无性情之诗也。……当道有心，《诗略》刊成。吾滇人士，其有茫然悍然不知写其性情者，将举是书教之，叩宫夹商，引绳削墨。为之歌诗曰：古训是式，威仪是力。其有依人宇下，不知自写己之性情者，将举是书进之，自抒其天，自铸其人。为之歌诗曰：上帝甚蹈，无自瘵焉。盖生际今日，视袁氏辑诗时又变矣。不发愤自立，学无以成，滇无以兴，奚独诗哉！"又说："诗以理性情，任自然、恢人事之万变，发天地之灵奇。用不一，体亦不一。仅执律以言诗，陋已。顾自六朝而入唐，人人求工，字字入律，风气所趋，几不自知其为律！诗界巨子如盛唐诸公，凡律皆参以古意；苏、黄、萧、陆，亦能神明规矩，不为律囿。仅律以言律，尤陋已。方氏虚谷《瀛奎律髓》之编，宜乎纪文达之正之欤？惟是方氏之说诚失，而文达所评，亦尚有未为得者。"①

　　袁氏文集中，多次提到"性情"，以上所引可以明显见出其"性情"观，即"诗以理性情"，此处，请注意这一"理"字，它规定了"诗"与"性情"之间的关系，我们可以把它理解为"传达""梳理""规范"等意思，这不但包括了传统诗学中"传达"性情这一意义，而且还多了"梳理""规范"这两重含义，这就是与现在文学理论相接通：首先，我们赞同诗传达"性情"这一说法，但我们不能一任"性情"自由泛滥、信马由缰而不加任何约束，所以必须规范它或者给予它一个规定性，让它合情合理地发挥作用。当然，这对诗人自身的修养有所要求，一方面有内在性情、学术、精神修养，还要有能把这样的修养很好传达出来的能力，即"外化"能力。对此，早于袁嘉谷的师范就表达过相似的见解："雪门……又谓素好吟诗，而日牵于尘冗，心与手苦不相习，未审继此犹能有进否。予就其言而解之曰：'科名至馆选极矣，然挟玉堂金马之虚美，而置一家之温饱于度外，虽路人亦耻之。若诗之益与不益，要视其性情为何如耳。性情有诗，虽日坐廛市之中而诗之旨在；性情无诗，纵日处山林之内而诗之旨亡。'"（师范《积雪门近诗》序）显然，师范论诗内容比较丰富：一是要经常练笔，达到心手"相习"，"相习"这里我们可以理解为"相宜"；二是要抛却"虚美"，这里体现出"务实"之思；三是为诗要顺应性情，自然而然，要看契机不可力致，这见解无疑是全面的，也更符合现代美学观。

　　除此之外，杨柄锃认为："诗之为言，情也。天有情寓之于云，人有情寄之于诗。雨露风雷，非云无以鼓其机而成其化；悲欢离合，

---

① 袁嘉谷：《袁嘉谷文集》卷 1，云南人民出版社 2001 年版，第 315 页。

非诗无以达其隐而喻其微。观于云之真机洋溢，万象昭融，似有行乎其所不得不行，止乎其所不得不止者，亦如诗之发乎情止乎义，足以尽古今之情变，成风俗之盛衰。"（杨柄锃《怡云山馆诗存》）这是极富想象力的论述！诗之表"情"寄之于"言"，天有"情"寓之于"云"，人之"情"寄之于诗，诗转而又以"言"的形式表达出来，那么，在登山临水、风动春朝、明月秋夜、花开花落之际，自然界的"雨露风雷"，人世间的"悲欢离合"，都分别可以通过"云"和"诗"表现出来，如此，我们便可以通过"云"与"诗"看到蕴藉其中的风云变幻、气象万千。

清代云南诗学中，把"性情"抽绎出来，单列一条的是王寿昌，无论是"总论"或"条辨"，皆将"性情"置于头条，足见其对之的重视。

> 诗有四正：性情宜正，志向宜正，本源宜正，是非取舍宜正。
> 何谓性情？曰：诗以道性情，未有性情不正而能吐劝惩之辞者。三百篇中，其性情亦甚不一，而总归于无邪，故虽里巷之歌谣，皆可为万世之典训。自时厥后，以代而衰，遂至流为放辟邪侈而不可止。间有贤者崛起其间，各树骚坛之帜，而往往不能无偏倚驳杂之弊……其余诸贤，亦各有弊。惟杜少陵性情真挚，忧国爱君之意蓊然与楮墨之间，犹有诗人遗意，但多忧伤感愤，拟诸三百，实为变风变雅，终非盛世之音。若韩昌黎以唐代名儒，性情颇得其正，故篇什之间每吐德音，然以文笔为诗，往往不免过于豪放。要之，古来作者，各有短长。学者贵取其所长弃其所短，驯而至于温柔敦厚之归，则《雅》《颂》之音，庶可复睹耳。（王寿昌《小清华园诗谈》）

王氏论"性情"和我们之前论及的大不一样，他虽然未对性情加以清晰界定，但是我们也可以看出，其"性情"是指儒家"温柔敦厚"和"思无邪"这一旨归,大抵是指那些符合主文谲谏、含蓄蕴藉、美刺上政标准的"性情",也就是我们通常说的关心时政的"性情"。他非常强调这一点,为此,他甚至排除了中国古代诗学史上"发愤以抒情"这一重要脉流,如此就等于斩断甚至取消了屈原、司马迁、李白在诗学史、美学史上的重要意义。也就是说,排除了发愤之作,就等于排除了"真性情",排除了"真性情",就等于逼人作假,使创作主体为了符合或迎合某种标准,而抛弃了自己的价值立场以及由内在真我的极度情感带来的创作冲动,从而放弃了性情挥洒、酣畅淋漓的文字表述,从接受美学视角来看,也就取消了惊心动魄的惊奇之美这一维度,也就等于彻底取消了真性情。由此看来,王氏一方面建构性情,一面又消解了性情,其说法是自相矛盾的,可以说,他的非美学标准的批评,也开了滇地道德批评风气之先,这在近代诗学史上,不能不说是令人遗憾的倒退。

朱筱园更把"温柔敦厚""性情"和"真"联系起来谈,认为:"温柔敦厚,诗教之本也。有温柔敦厚之性情,乃能有温柔敦厚之诗。本原既立,其言始可以传后世,轻薄之词,岂能传哉!夫言为心声,诚中形外,自然流露,人品学问心术皆可于言决之,矫强粉饰,决不能欺识者。盖违心之言,一见可知,不比由衷者之自在流出也。古今以来,岂有刻薄小人幸成诗家,忝入文苑之理!"(朱庭珍《筱园诗话》)朱筱园强调温柔敦厚之性情,其内涵大致是指性情醇厚、忠厚,这便是诗之本源,这要自然而然流出,不违心矫强——朱筱园这等见识是比较圆通也是比较成熟的。

最后,来谈一谈方玉润的诗学中体现的性情观。

"诗言志",即诗本性情之意,亦即袁中郎及袁简斋性灵之说也,曰"律合声",即唐人音律格调及明七子复古之论也。曰"声依咏",诗以气韵风神为主,又即渔洋山人选《唐人三昧》之旨也。凡作诗者,舍此三要必非佳诗,惟古今嗜好不同,故风

气殊，尚格调者鲜性情，主性灵者薄声调，是皆两失道也。（方玉润《星烈日记汇要》）

　　方玉润论诗，多次提到"诗言志"，说"诗言志"是"千古说诗之祖"，事实上，这也是他自己的理论支点，他论诗针砭时弊、综合时论，以"矫偏救正"为己任，认为世道在变、诗道也在变，面对"性灵""格调""神韵"说的偏失，他想用儒家正统思想来纠偏校弊。虽然他对"性灵""格调""神韵"三家均有批判，但我们也可以看出他的诗学思想更偏重于"性灵"说，表现在他的《诗经原始》中，就是"性灵"说被置换为"性情"，他以性情论诗，并对具真性情的诗给予高度的评价和称赏。除此之外，我们也注意到，他所论的"性情"，主要包含两个方面的内容：其一是和古典诗学传统一致的个人际遇的"性情"；其二是政治语境中"关心时政"的"性情"，所以他对杜甫尤其欣赏，这也是明清云南诗学最具有交集之处。

　　担当云："天下万事皆可假，惟心灯不可假。若心灯可假，万古皆如长夜矣！"[1]"心灯"乃佛家语，大抵是指人的智慧、性灵、性情等，即是说性灵、性情不可假，必须要求真。那么，何谓"真"？诗又缘何要如此强调"真"呢？庄子的回答是："真者，精诚之至也。不精不诚，不能动人。故强哭者虽悲不哀，强怒者虽严不威，强亲者虽笑不和。真悲无声而哀，真怒未发而威，真亲未笑而和。真在内者，神动于外，是所以贵真也。"（《庄子·渔父》）诗未有无所为而为者，皆到发愤处为诗，故能成为绝调，不论喜、怒、悲、忧，自足感人。

二　真

　　认识论视域下，"真"即主、客观相符，认识与存在一致，魏晋

---

　　① 担当：《担当诗文全集》，余嘉华、杨开达校点，云南人民出版社 2003 年版，第376 页。

之前所谓"名实之辩"，可看着中国古典哲学、美学中"真"这一范畴的源头或先声。古希腊以来，求真构成了西方哲学的主线，关于"真"的探讨也成为显学，而中国则以求善为追求，最终达到真、善、美的统一。

（一）"真"的含义

西方哲学史上，亚里士多德是从与"假"相对这一概念来讨论"真"，表述为"真的"或"是真的"用以对逻辑学或语言哲学的某个命题作出判断，这奠定了西方哲学、美学史上关于"真"这一概念的认识基础；其次是康德"真是认识与其对象相一致"①，主要是认识论上的主体认识与客观对象相一致；至黑格尔所谓，真是对象与表象的一致，哲学意义上的抽象表达。这是本体论上事物的现象和本质相一致。我们可以看到，亚里士多德所谓"真"是一种判断，而康德和黑格尔主要侧重于"关系"。如此，"真"的美学内涵就在文学与现实的关系层面被言说。

而中国古代哲学中，"真"内涵比较丰富，可以用以本体论、道德论和审美论等层面，而在中国古典诗学中，主要是包括以下几个方面的含义：其一为人的本质、本性、自然，比如"返璞归真"；其二为事物的内在规律，类似于"道"，"真"是"道"的呈现；其三是与"虚"和"伪"相对，指事物"实"有的存在状态。宋明以来，由于儒道释的合流，"真"美学内涵更为丰富和复杂，纵观中国古代诗学史，我们发现，它在境界论、本体论、主体论、创作论，作品论、批评论等层面都有讨论，其内涵极其丰富和全面。所以，有人说：

> "真"作为一个美学和文艺美学的范畴，表现在审美活动的方方面面，有人生境界论的生命之真谛，审美本体论的真理之

---

① ［美］奎因：《真之追求》，王路译，译者序，生活·读书·新知三联书店 1999 年版，第 20 页。

真，审美创造论的自然真机，审美风格论的自然本真，审美主体
的性情之真，审美作品论的内容真实性，构成了独具中国特色的
完整体系。①

　　这一概括无疑是较为全面的，同样我们也可以看出，"真"美学
内涵的几个方面我们也可以在先秦时期的儒、道美学中，找到其思想
渊源，也可以窥见其起承转续的历史脉流，无论在共时性或者历时性
维度，这一概念都在这一过程中生成和沉淀，从而成为中国古典美学
史上独具特色的审美范畴之一。那么，我们不禁要问，中国古典诗
学、美学，缘何对"真"如此钟情呢？

　　（二）求"真"的原因

　　我们知道，古代中国哲学一直伴随着对生命的思考，表现在文学
艺术中就是对时间、对生命的焦虑。翻开《古诗十九首》，扑面而来
就是生命的无奈与焦虑。这种深层的焦虑，根植于中国农耕文化在人
与自然的相处中，形成了中国古代人特有的认识方式、感知方式和审
美心理，他们似乎更依赖直觉与感悟，并据此建立起人与自然、人与
万物和谐之关系，这种关系推绎到人与艺术时，便表现为对自然而
然、对性情、对本真的追求与渴望。在人与自然长期的物质和能量交
换中，人们逐渐认识到他们所处这个包容万物的世界的重要作用，这
就意味着人与对象世界之间建立一种共生共存之关系，即一个"有
情世界"诞生，某种意义上，"万物有灵"说就是其表现，倘从先秦
哲学思想来看，那就是儒家的"仁"这一核心。"仁"的前在性因素
是"共通感"，或者叫"感通"，能感通则意味着有情，从这一点我
们甚至可以见出中国哲学的心灵倾向乃至发展方向。而"仁"内在
于人，为人心所出，这就意味着万物莫不有情，万物莫不相感通，那
么，孟子的"万物皆备于我"，我们也可以理解为万物即一个生机洋

─────────────

①　胡学春：《真：泰州学派美学范畴》，社会科学文献出版社 2009 年版，第 38 页。

溢的生命世界与我们相感通。由此可知，中国古典文学艺术中，对时间的焦虑与叹息、对生命的忧思与追问、对宇宙人生的冥想与思考，无不浸透着这一有情宇宙观的闪光。所以，中国文学艺术中，散发着恒久魅力的作品，不是纯粹的山水风物之作，也不是对立德立言的内在冲动，而是抒写真性情之作，像屈原、陶潜、李白、李煜、纳兰容若等。

你听风、听雨、听鸟鸣，看云、看山、看斜阳，在有情世界无限敞开的呈现里，感受生命的律动与生机，一任性情、真气涌动胸臆，诗与人此刻相遇。

三　清代云南诗学论"真"

清代云南诗学给予"真"较多关注，有本体论也包括认识论，论诗之言，除谈主体修养之"真气"，大多是从创作论和鉴赏论来谈。严廷中（1795—1864）从鉴赏角度来说，认为："诗以真胜。有时随口说出，亦足动人者，真故也。"（严廷中《药栏诗话》）这句话，一是谈"真"之于诗的重要性，再则也透露出作为批评标准的"真"在文学艺术中的审美效果。我们也可以看出，诗因其"真"而"动人"，这里有一个重要前提就是"感通"，用康德的话说就是"审美共通感"，也就是中国古老的俗语"人同此心、心同此理"，这昭示着文学艺术活动所需要的"同情"式的审美心理维度。求真、求善进而求美，真善美的统一是中国传统哲学美学的孜孜以求的理想。然而是不是意味着求美得美、求真得真？担当给出了这样的回答："若要图真便失真，谁知格外有高人。好将刻画都焚尽，潦草堪传顾陆神。"① 显然，由这首诗可以见出担当注重"意""神"，笔者想要说，更重要的是从中见出中国古代文学理论中生活真实与艺术真实之

---

① 担当：《担当诗文全集》，余嘉华、杨开达校点，云南人民出版社 2003 年版，第 13 页。

关系，以及，文学艺术的创作以"自然"为贵这一审美倾向。

清代云南诗学史上，对"真"给予较早关注的是清人永北王寿昌，他在《小清华园诗谈》总论中说："诗有三真：言情欲真，写境欲真，纪事欲真。"（王寿昌《小清华园诗谈》）王氏指出诗之三"真"，即情真、景真、事真，认为："何谓真？曰：自来言情之真者无如靖节，写景之真者无如康乐、玄晖，纪事之真者无如潘安仁、左太冲、颜延年。少陵皆兼而有之，故往往有生字拙句，人皆不解其故，不知乃直书所见，初不假乎雕饰者，但又嫌其发泄太尽耳。"王寿昌用举例法解释"真"的内涵，应该说"真"在他那里是某种诗歌境界的描述，这些形象化的表述似乎并未能对"真"的理论内涵给出明确界定，而是借例子来说明何谓情真、何谓事真、何谓景真，这种叙述的模糊性无疑给我们读解造成麻烦。尽管如此，我们还是约略可以从作者形象化的表述中窥见其理论的大致倾向，从言情、写景、叙事、抒情等几个方面充分列举，大致是说，抒情要自然、不造作，写景倾向于即景会心，有真情实感，叙述抒情曲折如绘，或者说，独步千古的优秀之作，常常是浸在自己性情里的见识与趣味，是生命状态与境界的自然而然的呈现，而不是动辄煞有介事地拿腔捏调吓唬人。

此外，也须警惕主体修养阙如的状况，那就是空有一腔怀抱，限于自己修养不够，不能表达出或者不能进行很好的表达。许印芳（1832—1901）以斛律金《敕勒歌》为例对此加以论述："此以土人言土风，一俯仰间机趣凑合。偶然得之则易，有意为之甚难，盖惟心知其意乃能口言其状，然或为笔墨所累……真意顿失，必不能言之亲切有味。此歌只用本色语，直陈所见，而情寓景中，神游象外，有得意忘言之妙，斯为乐府绝唱。"（许印芳《诗法萃编》）此论类于龚鹏程先生梳理出自然气感的世界，且强调内在修养，内外兼修，不能偏废，否则诗就会"真意顿失"，这里已蕴含着他另一个重要概念："实境"。

显然，创作主体需要具备很多条件，基本的一条，就应该是具有真性情的"真人",而非"假人"。薛雪说:"诗文与书法一理,具得胸襟,人品必高。……一挥一洒,必有过人处。"(《一瓢诗话》)李贽则从反面论述假人不可为真诗。

> 岂非以假人言假言,而事假事,文假文乎!盖其人既假,则无所不假矣。由是而以假言与假人言,则假人喜;以假事与假人道,则假人喜;以假文与假人谈,则假人喜;无所不假则无所不喜,满场是假,矮人何辩也?然则虽有天下之至文,其湮灭于假人而不尽见于后世者,又岂少哉!(李贽《童心说》)

李贽认为,"其人既假,则无所不假",无论创作或鉴赏,都喜欢假言、假文、假事、假诗,如此便使真诗被遮蔽甚至掩埋。

在清代云南诗文论著中,许印芳强调"真实",我们可以从他如下论述来看其"真实"。

> 夫三百篇后称诗者,至少陵止矣。昔贤论其胜人在诚实,学者能如黄鲁直所云:皮毛剥落尽,惟有真实在,无用摹仿,自然吻合。先生诗诗法少陵……凡有撰者,勿论赋比兴,皆据现情现景,抒写怀抱,而忠君爱国,哀物悼世,骨肉悲愉,亲故戚忻,缠绵悱缠之思,沈郁顿挫之致,沛然从肺腑流出。(《五塘杂俎·读玉笙楼诗录题后》)

> 盖诗文所以足贵者,贵其善写情状。天地、人物,各有情状,以天时言,一时有一时之情状;以地方言,一方有一方之情状;以人事言,一事有一事之情状;以物类言,一类有一类之情状。诗文题目所在,四者凑合,情状不同,移步换形,中有真意;文人笔端有口,能就现前真景,抒写成篇,即是绝妙好词。(《与李生论诗书》跋)

可以看到，许印芳笔下的真实大致包括两种含义：一是性情真；二是情景真。前者属于主体精神，后者属于创作契机，均侧重于从主体的视角来看真实。他认为，要有真情实感，然后才有真诗，此真情实感就是家国之思、亲情之爱、志向怀抱等内容，说到底皆属于有真性情的文字，而不是矫揉拿捏、装腔作势的为文造情，即他所谓的"诗家题目，各有实境"。情景真，实际上是中国古典诗学讨论比较多的话题，王夫之、叶燮、王国维都给予相当的笔墨阐述，大抵是就情景交融、圆融混一的艺术审美境界而言，这一讨论的表述上，王夫之用"现量"、王国维用"境界"、许印芳用"实境"并把"实境"提到很高的地位。

清代云南诗学史上，朱庭珍的《筱园诗话》对"真"无疑有着比较深刻的识见，这一识见主要体现在他对"真我"的界说中："力能独造，生面别开，不曾步人后尘，寄人篱下，则无语不自出心裁，亦无诗不自有真我。"此"真我"观系建立在其独创理论的基础上，"有我"并不难，关键是这样的"我"，是否有品位、格调和真情，朱筱园论诗，可谓慧眼独具。然而，我们也不应忘记另一种情况，即代人立言，这在诗歌中也颇为常见，但在明清通俗文学中更为常见，无论为诗或为文，重要的一点依然是建立在"感通"基础上，设身处地地理解和同情才可能实现。李渔说："言者，心之声也，欲代此一人立言，先以代此一人立心，若非梦往神游，何谓设身处地？无论立心端正者，我当设身处地，代生端正之想；即遇立心邪辟者，我亦当舍经从权，暂为邪辟之思，务使心曲隐微，随口唾出，说一人肖一人，勿使雷同，勿使浮泛。"他还举例道："我欲做官，则顷刻之间便臻富贵；我欲致仕，则转盼之际又入山林：我欲做人间才子，即为杜甫、李白之后身；我欲娶绝代佳人，即作王嫱、西施之元配；我欲成仙作佛，则西天蓬岛，即在砚池笔架之前。"（李渔《闲情偶寄》）即是说，通过"梦往神游""设身处地"与生机勃勃的生命世界"感通"，故能刹那使自己与对象合而为一、融为一体，故能"随口唾出，说一人肖一人"，这里已从审美心理维度道出移情说的美学内涵。

一般来说，清代云南诗文论著特别强调隐喻在诗文之中的"真我"，就如刘大绅所说："诗如人，真者传，不真者不传。人大者为圣贤，小者为医卜；正者为孔子、孟子，偏者为老聃、列御寇、庄周，偏之极则为专诸、聂政、荆轲之徒。然莫不有其一定不移之志，百折不回之气以相为终身，故皆能有以自传于当世，而后世亦亟传焉。是故喜则歌，怒则骂，病则呻吟，哀则涕泣，情之真者也。……己有己之真，人有人之真；一日有一日之真，一物有一物之真，无容假也，无容袭也。"（刘大绅《论诗》）"真我"于此呈现个体差异性和某一个体内部的变化，因此，"真我"也许可以理解为差异性本身，然而差异性本身却成为共同向往的诗歌意境的前提。这其中所隐含的问题才是根本性的，也才是需要阐释的。

"真诗"是中晚明以后诗人的普遍追求，"格调说"更是从诗歌的艺术形式与技巧上探讨"真诗"的标准和创作方法，其"真诗"的内涵即指符合诗歌艺术本质或内在规定性的作品，尚真派则表明了"真诗"是指富有真情、饱含真意的诗，比如唯情说、性灵说等。而明清云南诗学，不但从哲学本体论上探讨"真"，而且把它引入审美和艺术领域，在创作论、批评论层面加以论说，并进一步探讨了"真气""真我""真诗"等的含义，可以说，这些范畴、概念和命题，不但是中国古典诗学的总结，这些认识，某种意义上，可以说是清代云南诗学关于"真"的认识所能达到的最远距离。

事实上，世界上所有的文学，莫不以表达情感为主，而在中国古代尤为如此。尽管如此，中国人也似乎并不以表达纯情的诗歌为上品，而是更注重儒家传统的关注现实人生这一维度，这可以追溯到中国古代人的心理意识视性情和情感不同。性情是出于"心"的，由"气"而来，是"真"的基础；言性情，"情"又要出乎"性"，然而"性"却属至善，类似于宋明理学所谓"天命之性"。人的形体之气与理共同作用，又形成有善恶之分的"气质之性"，所以，诗歌中所表现的情，一方面是内在真性情的流露，另一方面是表达内心"善"这一关注社会现实人生的重要内容。当然，这种思想，投射到对文学艺术的评价，就是对主体性情、学养的强调，以及在此基础上对艺术规律的自觉。

总体看来，清代云南诗学论及"真""心""情""志""气""意"等范畴时，不是停留在概念辨析的表层，而是将它们统摄到主体性情、修养的框架内，借助根柢、养气、兴会等命题，使之蕴藉为主体的性情与学养。在这一转化的基础上，主体具备了某种本性、气质、性情、修养等方面的素质，进而将之运用于诗歌创作中。整体看来，强调性情、学养亦是清代云南诗学显著的特征，也正是在对这一问题的论述上，清代云南诗家们显示出与中原主流诗学不同的品质，这也是清代云南诗学突出的价值、特色之所在。

总之，认为诗是主体性情的艺术外显，是清代云南诗学的一大特点，也是它区别于中原主流诗学的重要特征之一。虽然他们基于性情、学养的基础上，认为诗是主体性情的艺术外显，但我们也应该看到他们在对"性情"具体内涵的把握上显然还不够完善，在系统性上也还有所欠缺。当然，我们也应该看到，处于当时与中原地区地理交通、文化交流并不顺畅的西南一隅，他们能有如此识见，也确是难能可贵。

第三章

何以为诗：基于根柢与兴会的
审美创造

    复古思潮蔓延整个明清时代，尤其明代，以前、后七子为代表的中坚力量影响甚广，其浪潮当然也波及滇中大地。而诗学发展到清代，由于文学的充分发展，各种文体资源均已具备，所以文学理论的表述也达到一定的程度，那么，对于清人而言，委实没有多少拓荒之余地，只能在已有的"琼楼玉宇"基础上，做一些雕琢润饰的工作，充实一下文学理论的细枝末节。

    叶燮论古代诗歌发展时说道："汉魏诗如初架屋，栋梁柱础门户已具；而窗棂楹槛等项，犹未能一一全备，但树栋宇之形制而已。六朝诗始有窗棂楹槛，屏蔽开阖。唐诗则于屋中设帐帏床榻器用诸物，而加丹垩雕刻之工。宋诗则制度益精，室中陈设种种玩好，无所不蓄。大抵屋宇初建，虽未备物，而规模弘敞，大则宫殿，小亦厅堂也。递次而降，虽无制不全，无物不具，然规模或如曲房奥室，极足赏心，而冠冕阔大，逊于广厦矣。夫岂前后人之必相远哉？运会世变使然，非人力之所能为也，天也。"（叶燮《原诗》四）

    这是一个绝妙的比喻！呈现在我们眼前的就像绘制一幅素描图画，从它的骨架轮廓到窗棂户牖到陈列设置到珍奇古玩——具备，剩下的就是着墨落色、粉妆玉砌、精雕细刻的细致功夫，那么，从汉魏到六朝到唐宋就完成了这一建设过程。而诗学的发展大致和这一过程平行，汉魏六朝，"言志"缘情均已成为以后论诗的两个基点，"道""气""言""象""意""性""情""感物""风骨""风神"等范畴都有了一定的发展，中国古典诗学的屋宇轮廓大抵已经构建好，剩下的就是如何充填其内容、对其润色点缀而已。大凡事物，踵事增华，愈见精工，在如此基础上，即便天纵之才想要有大的建树基本属于枉然。但是，就像他所指出的一样，纵使变化亦不能离其本，倘若离本，或衰或盈，就是诗家努力之功夫，而在此基础上求新求变的过程，恰恰就构成了中国古典诗学发展的流脉历程。此外，这段论述也呈现后来者在追求文学艺术独创性时的困难，不同时代面临的诗学遗产是不同的，某种程度上这决定了他们在诗学史上的命运。对清代而言，几千年的诗学史积淀为他们提供了丰盈的审美经验，而美的东西往往在被对象化为知识经验似的存在之后失去原初的活力，在"考虑到科举制度在排斥文学、消耗士人的创造力上对整个文学生态的负面影响，清代文学要取得超越前代的伟大成就简直就没有希望。无论在'影响的焦虑'还是在'英华果锐之气皆蔽于时文'的意义上，清人对此都是有清楚的意识的。在内心深处，大多数人已完全丧失了与古人竞争的信心，在这种情况下，怎么还能指望他们的写作爆发出创造力的火花呢？"① 个中缘由，叶燮说得更为明白："不读《明良》《击壤》之歌，不知《三百篇》之工也；不读汉魏诗，不知六朝诗之工也；不读六朝诗，不知唐诗之工也；不读唐诗，不知宋与元诗之工也。夫惟前者启之，而后者承之而益之；前者创之，而后者因之而广大之。使前者未有是言，则后者亦能如前者之初有是言；前者已有是言，则后者乃能因前者之言而另为他言。总之，后人无前人，何以有其端绪；前人无后人，何以竟其引伸乎？譬诸地之生木然，《三百篇》则其根，苏李诗则其萌芽由蘖，建安诗则生长至于拱把，六朝诗则有枝叶，唐诗则枝叶垂荫，宋诗则能开花，而木之能事方毕。自

---

① 蒋寅：《清代文学论稿》，凤凰出版社 2009 年版，第 5 页。

宋以后之诗，不过开花而谢，花谢而复开，其节次虽层层积累，变换而出，而必不能不从根柢而生者也。故无根则由蘖何由生，无由蘖则拱把何由长？不由拱把则何自而有枝叶垂荫而花开花谢乎？若曰，审如是，则有其根斯足矣。凡根之所发，不必问也；且有由蘖及拱把成其为木，斯足矣，其枝叶与花，不必问也。则根特蟠于地而具其体耳，由蘖萌芽仅见其形质耳，拱把仅生长而上达耳，而枝叶垂荫，花开花谢，可遂以已乎？故止知有根芽者，不知木之全用者也；止知有枝叶与花者，不知木之大本者也。"（叶燮《原诗》三）说到底，文学艺术这一兴衰更替、起承转合的曲折过程，一方面是历代文学艺术家努力的结果，更为重要的乃"势"使之然。

然而，如此说并不意味着清人缺乏创造力和艺术水准，其实他们诸多方面都表现出自己独特的判断与思考，所以这也使得整个清代学术呈现各有特点但都不太突出的状况。

> 清代学术有一特殊的现象，即是没有它自己一代的特点，而能兼有以前各代的特点。它没有汉人的经学而能有汉学之长，它也没有宋人的理学而能撷宋学之精。他如天算，地理，历史，金石，目录诸学都能在昔人成功的领域以内，自有它的成就。就拿文学来讲，周秦以子称，楚人以骚称，汉人以赋称，魏晋六朝以骈文称，唐人以诗称，宋人以词称，元人以曲称，明人以小说、戏曲或制艺称，至于清代的文学则于上述各种中间，或于上述各种以外，没有一种比较特殊的足以称为清代的文学，却也没有一种不成为清代的文学。盖由清代文学而言，也是包罗万象兼有以前各代的特点的。①

可以说，某种意义上，清代的学术和文学具有集大成的性质，诗学也不例外。面对诗学史上各种范畴、概念、学说、流派，面对这些

---

① 郭绍虞：《中国文学批评史》，上海古籍出版社1979年版，第6页。

概念、范畴的发展与迁变，以及各种流派的争讼与攻讦，清人置身于诗学河流的终点，凭借其俯瞰诗学发展历程的优势，展示出评点诗学史的姿态，就如方玉润之于《诗经原始》，就如朱筱园之于《筱园诗话》，展示出回到元典、考见本质的气度和胸襟，这不能不说是清代云南诗学的又一个特点。在俯瞰中国古典诗学发展历程、对其做出合理继承与正确批判的基础上，对诗歌创作而言，清代云南诗学家们有着自己独立的思考与见解。这主要集中表现于：在重视主体性情修养的前提下，通过根柢、兴会、诗格、诗法、师古、变通等一系列的创作准备与艺术实践，进行诗歌艺术的审美创造。就总体特征来看，此艺术创造是基于根柢与兴会的审美创造。

第一节　根柢与兴会：源于学问与发于性情

"根柢"源于"学问"，需要"学"这一功夫；"兴会"发于"性情"，需要"养"而获得。二者皆属于主体修养方面内容，可以称之为"学养"积淀，是为诗歌创作所做的准备。本节就来系统探讨清代云南诗学中的根柢、兴会问题。

在作家、作品、读者、世界四要素中，之于文学文本的产生而言，作家的重要性无疑是居于首位的，尤其之于优秀的作品，对作家的要求也就越高，倘若不具备相应的阅历、修养与思维等，谈创作就是枉然，就是空中楼阁，这一点，几乎是历代诗论家的共识。叔本华将作家分为三种："第一种是那些不经过任何思考便动手写作的人。他们仅仅靠回忆往事或过去的经验而写作；甚至直接抄袭别人的作品，此类人数最多。其次是那些仅仅当他们开始写作时，才进行思考的人。他们为了写作而思考，此类人也为数甚多。最后是那些在开始动笔之前就已深思熟虑的人，此类人寥若晨星。"① 笔者不否认他的

① ［德］叔本华：《叔本华论说文集》，范进等译，商务印书馆1999年版，第310页。

分法，毫无疑问这三种人都有创造出好作品的可能，然而，于中国古代而言，状况又不大一样，我们似乎更推崇那种成竹在胸、文思泉涌、下笔千言、一挥而就之人，也就是这几种人之长处都具备的人，而这样的人就如叔本华所说："寥若晨星"，就相当于朱庭珍所云之"大家"，实际上这样的人"万不耐一"。

那么，在清代云南诗学家看来，诗人到底应该具备什么样的品质、性情、学养才能很好地进行创作呢？对此问题，滇云诗学家如师范、许印芳、朱庭珍、方玉润等又有何看法呢？

一 "根柢学问"与"积理养气"

关于学问修养与创作的关系，王充《论衡·超奇》说得很明白："通书千篇以上，万卷以下，弘畅雅闲，审定文读，而以教授为人师者，通人也。杼其义旨，损益其文句，而以上书奏记，或兴论立说，结连篇章者，文人、鸿儒也。好学勤力，博闻强识，世间多有；著书表文，论说古今，万不耐一。"（王充《论衡·超奇》）也就是说，博览群书、博闻强识者谓之"通人"；在博览群书、博闻强识基础上，而又能对其义旨、文句进行辨别分析并"兴论立说"者，谓之"文人、鸿儒"，他接着又指出通人常有而鸿儒不常有，甚至可以说"万不耐一"。换句话说，博览群书、博闻强识的"通人"，是具备很好的根柢学问基础的人；具备很好的根柢学问基础，又能加以运用到创作中来"兴论立说"的，就是"鸿儒"。这里就暗含着根柢学问与创作之关系，所以接着他又说："然则著书表文，博能所能用之者也。入山见木，长短无所不知；入野见草，大小无所不识。然而不能伐木以作室屋，采草以和方药，此知草木所不能用也。夫通人览见广博，不能掇以论说，此为匮生书主人，孔子所谓'诵《诗》三百，授之以政，不达'者也，与彼草木不能伐采，一实也。孔子得史记以作《春秋》，及其立义创意，褒贬赏诛，不复因史记者，眇思自出于胸中也。凡贵通者，贵其能用之也。即徒诵读，读诗讽术，虽千篇以上，鹦鹉能言之类也。衍传书之意，出膏腴之辞，非俶傥之才，不能任也。夫通览者，世间比有；著文者，历世希然。近世刘子政父子、杨子云、桓君山，其犹文、武、周公并出一时也；其余直有，往往而然，譬珠玉不可多得，以其珍也。"此论从观点到例证再陈述总结观点，旁征博引，很是详细，根柢学问与创作，说到底是"体与用"之关系，"体"是根柢学问等内在修养、学养，"用"是外在表现的实践，即内在修养的外在表现，是目的，"体"服务于"用"，具备了根柢学问之"体"而不能加诸于"用"，无异于"鹦鹉能言之类也"，所以，"著书之人，博览多闻，学问习熟，则能推类兴文"。（王充《论衡·超奇》）也就是说，能"推类兴文"、对学问修养加以运用著述表文的，才是那些博览多闻、学问习熟的鸿儒。这一点，汪琬（1624—1691）说得亦较为明白："古之善读书者，始乎博，终乎约，博之而非夸多斗靡也，约之而非保残安陋也。善读书者根柢于性命而究极于事功：沿流以溯源，无不探也；明体以适用，无不达也。尊所闻，行所知，非善读书者而能如是乎！"（《传是楼记》）我们可以看到，其落脚点在于"明体以适用"，则"无不达也"。《礼记》曰"博学之，审问之，慎思之，明辨之，笃行之"说的就是这个道理，这也代表了古代中国人对"体与用"之关系的一般看法。

自明而清，妙悟说、神韵说、性灵说的流弊越发为人所见，清人意识到这一点，更注重实学务用，于学问，则更倾向于做一些实际的工作，或者说做点儿有用的事儿，格调说、肌理说就在这一学术大背景下兴起。

在清代云南诗学家看来，根柢学问的修养同等重要，他们不尚空谈性情、性灵，而是倾向于给性情、性灵一个更为坚实牢靠的根基。所以，对于诗歌创作而言，内在修养是其首先要谈的内容，并且，对于内在修养的根柢学问和兴会性情来说，前者无疑是第一位的，这几乎是清代云南诗学家们的共识。

朱庭珍所谓"根柢"，主要从两个方面来谈：一是积理；二是养气。他在《筱园诗话》中说："诗人以培根柢为第一义。根柢之学，首重积理养气。"那么，什么是"积理"又何为"养气"呢？他接着加以厘定：

> 积理云者，非如宋人以理语入诗也，谓读书涉世，每遇事物，无不求洞析所以然之理，以增长识力耳。勿论九经、廿一史、诸子百家之集与夫稗官杂记，莫不有理存乎其中。诗人上下古今读破万卷，非但以博览广见闻也。读经则明其义理，辨其典章名物，折衷而归于一是。读史则核历朝之贤奸盛衰、制度建置及兵形地势，无不深考，使历代数千年之成败因革，悉了然于心目之间。读诸子百家之集、一切稗官杂记，则务澈所以作书之旨，别白其醇疵、得失、真伪，使无遁于镜照，而又参观互勘，以悟其通而达其变，设身处地，以会其隐微言外之情，则心心与古人印证，有不得其精意者乎？而又随时随地无不留心，身所阅历之世故人情、物理事变，莫不洞鉴所当然之故，与所读之书义冰释乳合，交契会悟，约万珠而豁然贯通，则耳目所及，一游一玩，皆理境也。积蓄融化，洋溢胸中，作诗之陈触类引伸，滔滔涌赴，本湛深之名理，结奇异之精思，发为高论，铸成伟词，自然迥不犹人矣。此可以用力渐至，而不可猝获也。（朱庭珍《筱园诗话》）

这是一个极其详尽的论述！

中国古代哲学史、美学史上，"理"的含义比较复杂，儒家指仁义道德、尊卑贵贱之"理"，道家指天地自然之"理"，佛家讲"诸法皆空"之"理"，宋明理学讲"天理"，清人论诗，追本溯源，讲究儒家经典之"理"，某种意义上，可以说，为诗之"道"就是其为诗之"理"，即诗歌创作中，诗人性情、修养以及为诗之一般规律。文学史上，不乏对诗造成极大戕害之"理"，而朱庭珍不否认读书、认知、学问之理，甚至认为"九经、廿一史""诸子百家之集""稗官杂记"中皆有"理"存乎其中。但是，他又认为，读经、读史、读诸子百家、稗官杂记，不只是为了"博览广见闻"，更重要的在于"参观互勘，以悟其通而达其变，设身处地，以会其隐微言外之情"，已达到"心心与古人印证""得其精意"之目的，但这并不是终极目的，终极目的在于将"读之书义"与"身所阅历之世故人情、物理事变""冰释乳合，交契会悟"，达到"豁然贯通"，那么"理境"便无处不在，观览处皆可触处生春。如此，蕴藉于胸的这些"理"便内在于诗人的生命，当诗思来袭，蕴藉之"理"便可以触类引伸，汩汩滔滔奔涌而出，便可以"发为高论，铸成伟词"，经历如此复杂的酝酿、积淀而来的"高论""伟词"，自然不同流俗、迥不犹人。可以看出，从读书到积理到诗思侵袭之时的豁然贯通，铸就伟词，这是一个成就伟大诗人的完整过程，并且给出极其明确的操作路径，据此我们可以看出作者的治学与为诗之道。用今天的话语系统来说，这不是在培养一般的诗人，而是在成就伟大的学者型诗人。同时，他也告诉我们，具备如此根柢、修养，可以"用力渐至"，而不可"猝获"，也就是说，可以平时慢慢用功积累，而不能一下下子就达到，所谓"厚积"方可"薄发"。值得注意的是，这段文字中，他不但注重"读书"积理，还强调涉世阅历"积理"，而重点在后者，如此便把"积理"的范围拓展到现实人生这一领域，使人生触处皆可为"理境"，这不能不说是他的贡献。

在此基础上，朱庭珍也重视"游"之于诗歌创作的重要作用，即所谓"江山之助"，主要是指自然风物、地理人情对性情的熏陶与诗兴的激发。他以杜甫、苏轼、司马迁为例阐明"游"之于创作的重要作用："及杜晚岁入蜀而诗益雄健，苏晚岁度岭而诗愈超妙，读者叹观止矣。……李君厚安，吾滇佳士也……由黔、楚以涉中原，经魏、赵而入京师，一游一览，无非诗之进境也，吾安得测其所至耶。昔太史公纵览天下名山大川自壮其文章，近代黄仲则亦自恨其诗无幽燕豪士气，蓄意北游。君果精进不懈……"（朱庭珍《思亭诗钞》序）关于这一点，历代诗论家有许多表述，譬如刘勰，说"然屈平所以能洞监风骚之情者，抑亦江山之助乎！"（《文心雕龙·物色》）《唐才子传》卷一论张说云"诗法特妙，晚谪岳阳，诗益凄婉，人谓得江山之助"。总之，"读万卷书、行万里路"大致应为各家共识。

另外就是"养气"。

朱氏养气说新意似乎并不太多，如他认为"盖诗以气为主，有气则生，无气则死，亦与人同"。（《筱园诗话》）由此可见"气"之于"诗"的重要性，他所论的"气"，不同于一般论者的生理之"气"，而是包含着诗人内在人格精神结构的"真气"，并引入"客气"这一概念与之对举，结合动、静关系加以详细论述，认为"真气"乃以静主动，接着通过"炼气"，对"气"加以规范、控制与运用，源此，他说道："养气为诗之体，炼气则诗之用也"，也就是说，"积理"是"养气"之本，"养气"是为"积理"而发，"真气"则是"积理养气"的核心。他也认识到，像"积理"相类，对于"养气"来说，"养于心者功在平日，炼于诗者功在临时"，这里也暗含着"养于心"方可能"炼于诗"这一逻辑顺序。由此可知，在根柢学问与性情修养两者之间，他更倾向于前者，至少认为前者是第一位的，没有前者，后者便无用武之地，所以他说："理不纯，气不厚，志不壹，而神惟执诗以求诗，则无成也。"（朱庭珍《穆清堂诗钞》自序）

在推崇"根柢学问"和"积理养气"的同时，朱庭珍对严羽的诗学给予一定的肯定，并认为"学"与"悟"不可偏废，他把竹垞"必储万卷于胸，使足以供驱使"与严羽"诗有别才，非关书也；诗有别趣，非关理也。然非多读书，多穷理，则不能极其至"对举，认为前者意主"学"，后者主"悟"，学与悟均不可忽视，"读书破万卷"，方可能"下笔如有神"。在《筱园诗话》中，他多次引用严羽《沧浪诗话》之论来阐述或佐证自己的观点足见他对严羽诗学的态度。与此相反，当师范论及严羽这段文字时，抽取出变而为"诗有别才，非关学；诗有别趣，非关理"，接着批评道："沧浪氏于辨学振兴之时代，创此说以窜后世之耳目，而人之有耳有目者，亦甘受其窜而奉为秘谛。吾不知舍学以求才，舍理以求趣，则其所谓'趣'与'才'者，果安在哉？……若所谓'别趣'、'别才'者，予终不敢遽信为然也。"（师范《石黄岩诗》序）此论可谓严厉指责近乎质问，倘严羽氏泉下有知，必起而叫屈喊冤。强调根柢学问、性情兴会、积理养气都可以，但不管不顾严羽其后"然非多读书，多穷理，则不能极其至"的论述、断章取义就是师范的不对了！比之朱筱园"何必执片语以诋古人，而不统观全文哉"（《筱园诗话》）的治学态度，便可窥二者胸次之一斑了。

刘勰说："至根柢槃深，枝叶峻茂，辞约而旨丰，事近而喻远。是以往者虽旧，余味日新。后进追取而非晚，前修久用而未先，可谓太山遍雨，河润千里者也。"（《文心雕龙·宗经》）归根结底，"根柢学问"和"积理养气"都属于诗人的内在修养，也是为了诗歌创作很好地进行所应做好的学养准备，可以说是"背景"，是为写得好这一目标服务的，而"写得好"就意味着"同时又想得好，又感觉得好，又表达得好；同时又有智慧，又有心灵，又有审美力"，[1]必须是全部智力功能的配合与活动，这就是诗人所应具备的"修养"。

二　"根柢""性情"与"兴会"

从以上论述可以说，"根柢"与"学问"相关，而"兴会"关乎"性情"。我们知道，根柢、性情皆属于创作主体所应具备的修养，或者称之为"学养"，也就是说，这"修养"既包括源于学问的"根柢"，也包括发乎性情的"兴会"，而"兴会"大致是指诗人情

---

[1]　伍蠡甫、胡经之主编：《西方文艺理论名著选编》上卷，北京大学出版社 1985 年版，第 219 页。

与境会、情景交融的创作状态，和灵感有些相类，和道德修养也有一定之关系。清代云南诗论家特别看重诗人的主体修养，譬如"根柢""学问""性情""积理""养气"等，并发挥自己的想象力和创造性，从其中衍生出其他相关的范畴命题，从其诗文论著中我们也可以洞见这些。方玉润对这些概念之间的关系说得比较明白，《中国文学批评通史》这样描述：

> 在方玉润的《星烈日记汇要》中，还强调行文"当先积理"，以厚"根柢"；积理又需从"书卷"与"阅历"两方面同时入手，"得其神理之所在"，"不拘拘于法度而又不失乎法度"，"用法而不为法所用"，个人的"诗格"，"惟视题之所宣与兴之所到"而定，学古的取径，亦需循"兴之所近"，如此等等，既想"厚根柢来补救性灵说的偏失，又重性情，终究是倾向于性灵说。方氏的这些论点，一般并不新鲜，大都与时论相合，只是将它的诗学观点具体运用到《诗经》的批评上，才显示出了独特的光彩。①

把"积理""根柢""性情""书卷""阅历""诗法""诗格""兴会"放在一起来论的，方玉润算是比较全面的一个，一方面是主体修养的自觉，加之方玉润"原诗人之始意"的学术自觉，在滇云学者中，应该是较有变通独创精神者之一。

明清学术思潮中，"复古"过偏，校之以"性灵""神韵"，而"性灵""神韵"之弊，又校之以"格调""肌理"，清人一面讲根柢、学问，一面又崇尚性情，注重性情的同时，又抱有对学问的深情依恋，这构成了他们极为矛盾的学术心理，但最终造成了两者的对峙局面，然而具体而言，清人于学术更讲究根柢学问、为诗则注重根柢

---

① 黄霖：《中国文学批评通史》（七），上海古籍出版社 1996 年版，第 232—233 页。

学问修养的同时，更强调性情，持论较为公允、论述较详者是调和两者，使之达到很好的融通，学问根柢用之于诗，可以圆融无碍而又不着痕迹、自然而然。讲根柢学问又仰望性情、兴会，讲性情、兴会又不忘根柢学问的自觉，这就是其矛盾的学术心理，其内在张力的博弈，成就了颇具近代特征和现代意味明清云南诗学史。在学习中总结，在总结中了解，在了解中批评，在批评中创作，在创作中批评，这就是清代诗学也是明清云南诗学的"宿命"。

对于清代云南诗学来说，虽然依旧不出中原主流诗学的范围阈限，但他们毕竟不乏独立的思考与见解。

> 以严沧浪妙悟空灵之说讲兴会，殊欠精切。盖兴会之来，必有事物感触于心，然后喜怒哀乐，形诸咏歌。或悱恻缠绵，余情不尽；或痛快淋漓，意尽而止，此诗之实境，亦诗之真境，其言有物，不可伪为。若以妙悟空灵之说主持之，变实为虚，是蔑兴会矣。空腔滑调之病，伏根于此。后学读渔洋书，不可不知此病也。许印芳识。（许印芳《带经堂诗话》跋）

许印芳对王渔洋的"空腔滑调之病"不满，对"以严沧浪妙悟空灵之说讲兴会"的做法加以严厉批评，认为这样是"蔑兴会"，从而提出"实境"与"真境"来救弊，具体做法是"言有物，不可伪"，就是说要言之有物，不能空谈，而要"言之有物"，前提就是要有物感触于心，这样的"兴会"才会生机盎然。这一说法，足以代表许氏对文学艺术思维规律与创作规律的体认深度。

清代云南诗学家们一方面要变通独创，另一面又不废根柢学问，面对庞大的文学艺术遗产他们内心是复杂的："吾以为人患不能为孔子、卜子、端木子、孟子其人耳，不患不能为诗也。人而为诗，患不能为三百、为《骚》、为汉魏、为六朝、为三唐、为宋元明以迄于今之作者耳，不患不能成名而将以薪胜于人也。讲明乎道德之旨，陶淑乎性情之地；居则博学问以资其见闻，出则亲师友、览名山大川以广其狭隘；习人情周物理以通其固滞，而诗道得矣。可以为诗，也可以不为诗也。"（刘大绅《论诗》）绵长的诗学史长卷压迫着他们，一面给予他们最多的资源，另一面却最大限度地挤压着他们变通独创的空间。如此境遇，诗当如何？刘大绅说"讲明乎道德之旨，陶淑乎性情之地；居则博学问以资其见闻，出则亲师友、览名山大川以广其狭隘；习人情周物理以通其固滞"，如此"而诗道得矣"。我们看到，他动用了道德、性情、学问、见闻、山川、人情物理，几乎所有提高修养的元素，这的确是他的独特处。

然而，我们不禁要问，具备如此的学养便可以为诗甚至为好诗吗？对此，我们可以看一下其他论者的观点。

> 《论语》曰"辞达而已矣。"斯言也，孔子教人以为文也。辞至于达，为文之能事毕矣。虽然知其如是而犹不免疏略、烦滥、浮靡猥薄之弊者，其故有二。不通古今则无所达，不善修饰则难为达也。其唯读书穷理，心手相得，庶不蹈其弊乎。欧阳公曰："道胜者，文不难而自至。"（王崧《豹斑集》序）

看来，具备了为诗之修养，未必就成为名垂千古的诗人，还要能把这修养表现于诗才可能，所谓"辞达"是也。而"辞达"要求"心手相得"，如此，学问、读书、穷理、辞达、心手相得，便共同构成了为诗的可行性"操作系统"，成为"道胜者"，那么，"文不难而自至"了。

然而，如此为诗，似乎还缺乏某些东西，究竟是什么呢？师范云：

> 尝闻之诗之道有二，一曰"根柢"一曰"兴会"。"空山无人，水流花开"，"羚羊挂角，无迹可求"，兴会也。范骚史汉，

南华楞严，诸子百家，九经三传，根柢也。根柢本于学问，兴会关乎性情，二者皆不可强耳。（师范《篝岩近集》叙）

这里的"道"，即可理解为"法""规律"之意。

我们可以看到，除却"根柢"另一个维度便是"兴会"，师范氏强调认为"根柢本于学问，兴会关乎性情"，进而又说"二者皆不可强"，在为诗之道这点儿上，足见他对两者的重视。这虽是一个简单的、基本的事实，或者说是一个常识性的问题，然而，就像马克思"唯物史观"的发现一样，而这认识无疑是深刻的。我们也看到，唯其"根柢本于学问，兴会关乎性情"，所以我们也才应当明白"性情须静功涵养，学问须原本六经"。[李重华（1682—1754）《贞一斋诗说》]

倘具备了为诗之修养，仍需明白"功夫在诗外"，不但需要做足修养准备，而且亦需要某一契机来点亮诗思。

学古诗以酝酿涵养为上乘功夫，然不但求诗于诗也。求诗于诗，必不能超凡入圣，直逼古人，积理于经，养气于史，炼识储材于诸子百家，阅历体验于人情世故，格物壮观于花鸟山水，勿论读书涉世，接物纵游，皆于诗有益。诗人触处会心，贯通融悟，蓄积深厚，酝养粹精，酝养粹精，一于诗发之，大小浅深，引之即出，其言有物，自然胜人。释氏所谓大地山河，无非妙谛，即诗家工候纯熟之界也。此乃化境神工，决不易到，亦决不可不到者。（朱庭珍《筱园诗话》）

所谓"化境"是严羽所谓"透彻玲珑、不可凑泊"，贺贻孙描述为："诗家化境，如风雨驰骤，鬼神出没，满眼空幻，满耳飘忽，突然而来，倏然而去，不得以字句诠，不可以迹相求。"（贺贻孙《诗筏》）简单地说，"化"就是化去一切有迹之象，使诗澄澈空灵、清空一气。这一"化境",就是在为诗之时,"迨思路几至断绝之际,或触于人,或动于天,忽然灵思泉涌,妙绪丝抽,出而莫御,汩汩奔来,于是烹炼之,剪裁之,振笔而疾书之,自然迥不犹人矣!"(《筱园诗话》)如此,诗就臻至"化境神工"了,在这一维度,似乎和"灵感"相通。鉴于以上审美趣味与审美理想,所以朱筱园更称赏杜甫,他说:"'五更鼓角声悲壮,三峡星河影动摇';'锦江春色来天地,玉垒浮云变古今';'西山白雪三城戍,南浦清江万里桥'等数联,皆雄浑高壮,气势凌跨一切,又复确切老当,情中有情,诗中有我,即非空声,亦无用力痕迹,真大手笔也。"(朱庭珍《筱园诗话》)足见他对杜甫的欣赏以及对此风格的倾向。

然而,"兴会"之来常常是可遇不可求的,大多时候甚至还需要某一契机。

> 佳句自来难得有偶,如谢叔源(混)之"水木湛清华",康乐之"池塘生春草","明月照积雪"……皆系兴会所至,偶然而得。强欲偶之,虽费劲苦思,终不能敌,是盖有不可以力争者。然贾浪仙"鸟从并口出",积思至数年,始得"人自岳阳来"之对。戴叔伦偶的句云"夕阳山外山",欲以"尘世梦中梦"对之,殊不惬意,偶行郊外,时春雨初霁,行潦纵横,忽得"春水渡旁渡"之对。是知物莫不有偶,亦由人无恒心耳。倘有偶得佳句而不能属对者,宜题于清雅幽洁之处,庭轩花竹之间,常玩味而讽咏之,久之必有悠然来会者。(王寿昌《小清华园诗谈》)

由此看来,兴会所至,的确是"偶然而得","苦思""力寻"也可能是徒叹枉然,所以不可"力争",有时尚需要假以时日,"契机"自来,当然,这里暗含着一个前提,那就是,建立在已有性情、学养的基础上,已经过了思之思之又复思之的过程,然后再遇某一契机,诗思才会瞬间勃发。

　　根柢学问、性情学养决定着诗思、兴会和作品风格，反过来说，诗亦反映一个人的根柢学问、性情学养和个性，同时也因主体之个性，呈现相应的风格，所谓"畅快人诗必潇洒，敦厚人诗必庄重，倜傥人诗必飘逸，疏爽人诗必流丽，寒涩人诗必枯瘠，丰腴人诗必华赡，拂郁人诗必凄怨，磊落人诗必悲壮，豪迈人诗必不羁，清修人诗必峻洁，谨勤人诗必严整，猥鄙人诗必委靡"。（薛雪《一瓢诗话》）之所以如此，皆缘于"天之所赋，气之所禀，非学之所至也"。

　　此外，我们也注意到，上述根柢、学问、性情等不是横加移植入诗歌创造而激发诗兴的，而是蕴藉其中，自然而然、不落痕迹。陶诗所以能独绝千古，也在"自然"二字，"盖根底深厚，性情真挚，理愈积而愈精，气弥炼而弥粹，酝酿之熟，火色俱融；涵养之纯，痕迹进化。天机洋溢，意趣活泼，诚中形外，有触即发，自在流出，毫不费力。故能兴象玲珑，气体超妙，高浑古谈，妙合自然，所谓绚烂之极，归于平谈是也"。（朱庭珍《筱园诗话》）综观明清云南诗学，我们可以看到其主流认识：对于诗歌创作而言，主体的积理养气、根柢学问和性情等修养，都不同程度地被受到重视，尤其将之统合来论更见价值，这在师范、许印芳、朱庭珍那里，给予了较多的论述、阐发，可资借鉴。

第二节　有法与无法：对法的超越与至法无法

　　中国古代诗学史上，之于文学艺术的创作而言，"法"的境遇似乎很尴尬，诗家们对法一面孜孜以求，一面又鄙夷不屑。自唐至宋，诗话勃兴，元明延宋之余绪，至清代，处于诗学时间链条末端的诗家们，开始对庞大的文学艺术资源进行检阅与探究，那么，作为诗学核心概念、范畴、命题之一的"诗法"便被置于诗学研究的中心位置，尤其在彼时的滇中大地。在全国大背景下，仅终清一代，诗话的数量便是惊人的，据蒋寅先生《清诗话考》考证，清代诗话已知的967

种，收亡佚不传之书 504 种，这些成绩，足见清人对诗话之用功，其中，论"诗法"者更不知凡几。在这一探究过程中，"有法"与"无法""死法"与"活法""有定法"与"无定法"，实际上构成了中国古典诗学对作诗技巧的基本观点，然而，"法"，无所谓死活，而是表达了诗家们对待"法"的不同态度。

就具体创作而言，严羽说："学诗先除五俗：一曰俗体，二曰俗意，三曰俗句，四曰俗字，五曰俗韵。有语忌，有语病，语病易除，语忌难除。语病古人亦有之，惟语忌则不可有，须是本色，须是当行。对句好可得，结句好难得，发句好尤难得。发端忌作举止，收拾贵在出场，不必太著题，不必多使事；押韵不必有出处；用事不必拘来历；下字贵响，造语贵圆；意贵透彻，不可隔靴搔痒；语贵脱洒，不可拖泥带水，最忌骨董，最忌趁贴，语忌直意、忌浅脉、忌露味、忌短；音韵忌散缓，亦忌迫促。诗难处在结尾，譬如番刀须用北人结尾，若南人便非本色，须参活句，勿参死句，词气可颉颃，不可乖戾。律诗难于古诗，绝句难于八句，七言律诗难于五言律诗，五言绝句难于七言绝句。学诗有三节：其初不识好恶，连篇累牍，肆笔而成；既识羞愧，始生畏缩，成之极难；及其透彻，则七纵八横，信手拈来，头头是道矣。看诗须着金刚眼睛，庶不眩于旁门小法（禅家有金刚眼睛之说），辨家数如辨苍白，方可言诗（荆公评文章先体制而后文之工拙）。诗之是非不必争，试以已诗置之古人诗中，与识者观之而不能辨，则真古人矣。"（严羽《沧浪诗话·诗法》）严羽论诗法从"体""意""句""字""韵"到具体操作方法，每一个环节都非常仔细。元代杨载的《诗法家数》根据体裁不同，将诗法分为"律诗要法""古诗要法""绝句要法"，并以此为前提对"破题""颔联""颈联""结句"进行讨论。

  或对景兴起，或比起，或引事起，或就题起。要突兀高远，如狂风卷浪，势欲滔天。

> 或写意，或写景，或书事，用事引证。此联要接破题，要如骊龙之珠，抱而不脱。

> 或写意，写景，书事，用事引证。与前联之意相应相避，要变化，如疾雷破山，观者惊愕。

> 或就题结，或推开一步，或缴前联之意，或用事，必放一句作散场，如剡溪之棹，自去自回，言有尽而意无穷。①

这不仅是细节的讨论，而是具体到篇章结构的总体把握，其标的指向诗歌内容的完美表达。李东阳评论道："唐人不言诗法，诗法多出宋，而宋人于诗无所得。所谓法者，不过一字一句，对偶雕琢之工，而天真兴致，则未可与道。其高者失之捕风捉影，而卑者坐于黏皮带骨，至于江西诗派极矣。惟严沧浪所论超离尘俗，真若有所自得，反覆譬说，未尝有失。顾其所自为作，徒得唐人体面，而亦少超拔警策之处。予尝谓识得十分，只做得八、九分，其一、二分乃拘于才力，其沧浪之谓乎？若是者往往而然。然未有识分数少而作分数多者，故识先而力后。……文章如精金美玉，经百炼历万选而后见。今观昔人所选，虽互有得失，至其尽善极美，则所谓凤凰芝草，人人皆以为瑞，阅数千百年几千万人而莫有异议焉。如李太白《远别离》《蜀道难》、杜子美《秋兴》《诸将》《咏怀古迹》《新婚别》《兵车行》，终日诵之不厌也。"（明·李东阳《麓堂诗话》）

其所谓"予尝谓识得十分，只做得八、九分，其一、二分乃拘于才力"，在他看来，不仅要识得诗法，"识力"到，而且还要能运用于创作实践，在此基础上，另一个重要也是关键环节就是"才力"，缺此一维不可。姜白石更是从诗歌所呈现的风格、气象等的视角来论，说：

---

① 张健：《元代诗法校考》，北京大学出版社 2001 年版，第 17—18 页。

大凡诗，自有气象、体面、血脉、韵度。气象欲其浑厚，其失也俗；体面欲其宏大，其失也狂；血脉欲其贯穿，其失也露；韵度欲其飘逸，其失也轻。

作大篇，尤当布置：首尾匀停，腰腹肥满。多见人前面有余，后面不足；前面极工，后面草草。不可不知也。

诗之不工，只是不精思耳。不思而作，虽多亦奚为？

雕刻伤气，敷衍露骨。若鄙而不精巧，是不雕刻之过；拙而无委曲，是不敷衍之过。

人所易言，我寡言之，人所难言，我易言之，自不俗。

（宋·姜夔《白石道人诗说》）

姜白石从创作与鉴赏角度来谈，考评得失，颇见"接受美学"风范。

在综合中国古代诗学文献的基础上，有学者指出："中国诗学的主要内容无疑是诗法，即关于诗歌写作的法则和技巧。'法'通常具有法则和方法两层意思，习惯上称为'诗法'的著作主要讲的是诗的基本规则和文体特征等具有一定规定性的、必须遵循的东西，唐人谓之'格'，并由此形成中国诗学的主要著作形式之一——诗格。而'法'或'法度'在诗歌批评的语境中，通常是指声律、结构、修辞等各方面的手法与技巧的运用。"① 此可谓"知法"之论，无疑概括出了中国古典诗学史上对法的基本看法，此之谓"法"与"格"，可以说是诗歌创作的原则和创作过程中的技术细节。

一 诗法的含义以及对法的超越

"诗法"是中国古代诗学核心命题之一，概言之就是指诗歌创作的法则和应遵循的一般规律，唐以后所见越多，且大多集中在"有

---

① 蒋寅：《古典诗学的现代诠释》，中华书局2003年版，第123—124页。

法"和"无法""死法"和"活法"等的话语系统中加以论述。纵观中国古典诗学史，我们会发现，"诗法"之说，源之于唐，盛之于宋，延宕及于元明而极致于清。滇云诗学家对"诗法"之论加以阐述、发挥，其代表著作首先是许印芳《诗法萃编》，继而是朱筱园在《筱园诗话》和其他对"诗法"的议论，主要从"有定法"和"无定法"，"至法无法"等这几个概念来说，这些的论述，可以说，许印芳和朱筱园的看法，几乎代表了滇云诗法理论的最高水平。

滇云论诗，首先强调诗法的必要性和重要性，师范论诗法说："妙取筌蹄弃，高宜百万层。诗高妙之境，迥出绳墨蹊径之外，然舍绳墨以求高妙，未有不坠入恶道者。故知诗文不可泥乎法之迹，要贵得乎法之意，且贵乎法外意，乃善用法而不为法所困。"（许印芳《诗法萃编》）这里的"绳墨蹊径"显然是指"法"，倘若舍"法"以求高妙，就会"坠入恶道"，也就是说，为诗要"不拟于法"，得"法之意"尤其是"法外意"，才能达到诗之"高妙之境"，即由于另辟蹊径、变通独创而来的创见。

施有奎在《穆清堂诗钞·序》中曰："百工技艺卑贱之役，莫不有法，法之一失，其传遂寝。庆之削镰，扁之斫轮，班之为鸢，庖丁之解牛，千载之后竟成绝艺，无有绍者，其事则是，其法则非也。然庆、扁、班、丁之术不见于后世而诗教绝而复兴，庆、扁、班、丁削之斫之为之解之之法不存而古人之诗具在也。专一之士，因其迹以追其神，由其时以考其遇，神而明之，而古人秘密不传之蕴奥于是乎在我而不在彼，故时能于古人义法屡更之后别开径蹊，又岂特绍陈法而已！"这里，"法"实际上就是指"方法"和"规律"，在他看来"法"是必要的也是重要的，必要性在于"法"的承传，重要性在于"于古人义法屡更之后别开径蹊"，其具体实践途径就是"因其迹以追其神，由其时以考其遇"，从而达到"神而明之"，便可以师法而变法了。

以上两例都可以见出"法"的必要性和重要性，其落脚点相似之处在于"师法"而不执于"法",实际上就是我们常说的"得意忘言""舍筏登岸","意"和"岸"是目的,"言"和"筏"是手段,是在过程中起作用的因素,一旦这一过程完成其使命也就结束,这里也暗含着另一层意思,就是不要固执于法而忘了目的。也就是"以人驭法"而不为法所用,这在朱庭珍的诗论中说得更为详尽。

> 诗也者,无定法而有定法者也。诗人一缕心精,蟠天际地,上下千年,纵横万里,笔落则风雨惊,篇成则鬼神泣,此岂有定法哉!然而崇山峻岭,长江大河之中,自有天然筋节脉络,针线波澜,若蛛丝马迹,首尾贯注,各具精神结撰,则又未始无法。故起伏承接,转折呼应,开合顿挫,擒纵抑扬,反正烘染,伸缩断续,此诗中有定之法也。或以错综出之,或以变化运之;或不明用而暗用之,或不正用而反用之;或以起伏承接而兼开合纵擒,或以抑扬伸缩而为转折呼应;或不承接之承接,不呼应之呼应;或忽以纵为擒,以开为合,忽以抑为扬,以断为续;或忽以开合为开合,以抑扬为抑扬,忽又以不开合为开合,不抑扬为抑扬;时奇时正,若明若灭,随心所欲,无不入妙,此无定之法也。作诗者以我运法,而不为法用。故始则以法为法,继则以无法为法,能不守法,亦不离法,斯为得之。盖本无定以驭有定,又化有定以归无定也,无法之法,是为活法妙法,造诣至无法之法,则法不可胜用矣。所谓行乎其所当行,止乎其所不得不止,神而明之,存乎其人也。若泥一定之法,不以人驭法,则法死矣。(《筱园诗话》卷一)

朱庭珍特别重视诗法,所以在《筱园诗话》卷一的第一句就说"诗也者,无定法而有定法者也",接着详细论述,可以看出,他以"崇山峻岭,长江大河之中,自有天然筋节脉络,针线波澜,若蛛丝马迹,首尾贯注,各具精神结撰"来比附"起伏承接,转折呼应,开合顿挫，擒纵抑扬，反正烘染，伸缩断续，此诗中有定之法"，来说明诗有定法；又以"诗人一缕心精，蟠天际地，上下千年，纵横万里，笔落则风雨惊，篇成则鬼神泣，此岂有定法哉"来比附，用以说明"无定法"，统筹并整合两者，最后得出"始则以法为法，继则以无法为法，能不守法，亦不离法"的结论。原则上要"以人驭法"而不能"以法驭人"，即凸显出创作主体的主动性与能动性，从而进一步认同"无法之法"为"活法妙法"，这是创作的自由境界、审美境界。从朱氏以上论述我们也可以看出，他所谓的"起伏承接，转折呼应，开合顿挫，擒纵抑扬，反正烘染，伸缩断续"，其实就是"诗法用笔"，而"或以错综出之，或以变化运之……或忽以开合为开合，以抑扬为抑扬"也就是用笔的具体方法。

　　论及用笔，他又具体道："诗人用笔，要提得空，放得下，转得快，入得透，出得轻；又要能刚能柔，能大能小，能正能奇；能使死者生，能使断者续，能使笨者灵，方尽用笔之妙。盖以一笔作数笔用，又以数笔作一笔用也。此须如庖丁之用刀，游刃于虚，以无厚入有间，故迎刃而解，批却导窾，官止神行，虽一日解十二牛，犹若新发于硎，精艺入神，非可尽以言传。学者目击道存，悟澈三昧，得用笔之妙于天，忘用笔之法于手。心之所至，笔亦至焉；心所不至，笔先至焉。笔中有笔，笔外亦有笔，即无笔处无非笔，而有笔处反若无笔。如是则笔等神龙，足补造化，天不能限，人何能测乎！"（朱庭珍《筱园诗话》）像上文所言，把庖丁用刀喻为诗人用笔，这其实是文学艺术创作的自由之境，由"必然"走向"自由"。"这里，朱氏实际上触及了一个重要的美学问题，即艺术创造是从必然向自由发展的问题，艺术创造的水平或境界越低，它所受到的种种必然性限制（例如种种既定诗'法'的限制）就越多，反之，艺术创造的水平或境界越高，它就越能够超越种种必然性限制，从而体现出更多的自由创造精神，于是其所创造的对象也就越是具有艺术性或艺术独创性，乃至于达到出神入化的地步。……朱庭珍清楚地看到了这一寓言的深刻美学内涵，并将它用来具体地阐释诗人对诗法的掌握运用，从而大大加深了朱氏本人诗法观的理论深度。在中国古代文学理论中，能够像朱庭珍如此真切地洞悉庄子的这一艺术精神，并且结合文学实际而用它来如此真切地标示出艺术创造境界之极致的，也实在是少见。"① 那么，朱氏对于诗歌创作的规律，无疑有着比较深刻的洞见。

关于用笔，朱庭珍在《筱园诗话》卷三还有如下论述：

> 学老杜诗有八字诀，曰学其"开阖顿挫，沈郁动荡"。此工部独至之诣，他人莫及。顾开阖顿挫之奇，妙在用笔；沈郁动荡之奇，妙在气味。求用笔，须悟会于字句之先；求气味，须体验于字句之外。执杜以求杜，执诗以求诗，终莫能得其神髓。惟融杜法于心，浃以神明，契诸方寸，不泥其迹，不肖其形，斯不必执杜法杜而无往不与杜合，不屑就诗求诗，自然妙与诗印，则即心即杜，我与古人俱化。相遇以天，岂斤斤步古人后哉！（朱庭珍《筱园诗话》）

朱氏所论，不沾不滞，不执著于"用笔"之相，也拈出"开阖顿挫之奇，妙在用笔"是学杜诗的方便法门，所谓下学而上达。谈"学杜"之"法"，从用笔谈起，通过"融杜法于心，浃以神明，契诸方寸，不泥其迹，不肖其形"这一处理，达到所谓"我与古人俱化"这一运"法"境界，可谓宗法古人而不泥于古人的极致境界，也就是超越"杜法"的境界。这些论述一方面蕴含有强烈的主体性——法在"我"，不在人；另一方面学"法"之"法"也须"相遇以天"。

除了朱庭珍，清代云南其他诗学家也给予"用笔"相当关注，不妨举几例以观大略：

---

① 张文勋、施惟达：《滇文化与民族审美》，云南大学出版社 1992 年版，第 457 页。

　　大抵一题前后左右，有天然步位，明手握管，一眼觑定，或用正笔或用反笔，或用翻笔或用侧笔，或用开笔或用合笔，或用呼吸之笔，或用跌宕之笔，或用摇曳之笔，或用咏叹之笔，或用转折顿挫之笔，或用衬托烘染之笔，沉思静虑，通篇打算，烹炼既熟，成竹在胸，然后提笔直书，随意所至，顷刻文成，踌躇满志。（谢履忠《论文》）

　　谢履忠则把"用笔"之法详尽到具体细节，强调在"成竹在胸"基础上提笔直书，而后能"随意所至，顷刻文成，踌躇满志"，把握住了诗歌创作过程对于"法"的规律。

　　故构思者，设谋也；立意者，命将也；用笔者，交战也；字句者，卒伍也；采色者，旌旗也。将虽勇而或无卒伍，或无旗帜，或战不力，皆不足以取胜。徒有卒伍而不整，徒有旌旗而不明，将虽力战亦不能胜。故意也笔也词也色也，缺一不可也。（魏定一《作文如用兵说》）

　　魏定一的"作文如用兵"，对文章之构思、立意、用笔、采色等给予极其精彩的论述，对为文之"意也笔也词也色也"加以论述，体现了把握诗文创作的整体观。

　　对"诗法"谈论甚多的明清云南诗学家们纵论今古，然而，就像历代"诗法"一直不断被言说一样，他们对"诗法"的把握仍不满意，仍然充满迷惑，缘此有人叹曰："诗，一艺耳。童而习之，自首而不见其涯涘，则岂非聪明才力冠绝等夷之士，固不能精其诣欤！聪明才力冠绝等夷之士何时蔑有，而卓然成一家言者，或数十年而一见，或数百年而始一见，则何也？"（施有奎《穆清堂诗钞》序）我们不禁要问，到底该如何对待"诗法"呢？要到何种境界呢？对此，朱筱园的看法比较有代表性。

孔子曰："过犹不及。"又曰："中庸不可能也。"《尚书》亦曰："允执厥中。"释氏炼妙明心，归于一乘妙法；道家九转功成，内结圣胎，同是一"中"字至理。盖超凡入圣，自有此神化境界。诗家造诣，何独不然！人力既尽，天工合符，所作之诗，自然如"初写《黄庭》，恰到好处"，从心所欲，纵笔所之，不可易矣。此方是得心应手之技。故出人意外者，仍在人意中也。若夫不及者固不足道，即过者其病亦历历可指。是以太奇则凡，太巧则纤，太刻则拙，太新则庸，太浓则俗，太切则卑，太清则薄，太深则晦，太高则枯，太厚则滞，太雄则粗，太快则剽，太放则冗，太收则蹙，皆诗家大病也，学者不可不知。必造到适中之境，恰好地步，始无遗憾也。（朱庭珍《筱园诗话》）

可以看出，朱氏论诗法，从孔子"过犹不及"和"中庸"切入，继而引入"中"这一古老范畴来详论，最后落脚于"适中之境"，这一"适中之境"，其特征他表述为"恰到好处""恰好地步"，这一表述与袁枚"夫诗为天地元音，有定而无定，到恰好处，自成音节，此中微妙，口不能言"①的"到恰好处"相类，和"度"相关联，然而，这些表述显然还不够明确，或者说尚欠明晰，因此有必要进一步探讨。请看张国庆先生的精彩分析。

"执其两端，用其中于民"，通常简称为"执两用中"。按照郑玄"庸，用也"的解释，则"用中"也就是"中庸"的另一种说法。执两用中，意为要先掌握住事物或问题的对立两端，再来寻找并运用这两端之间的中点，以便很好地把握住该事物或解决该问题。而这个中点，不是指两端之间固定的正中央之点，而

---

①　袁枚：《随园诗话》上册，人民文学出版社 1982 年版，第 122 页。

是指两端间适当的、正确的哪一点。

以对"中"的追求、选取为目的；"中"是对立因素或对立面之间的正确之点、最佳之点，它不是固定的而是变动着的；对"中"的掌握，必以对对立两端因素的掌握为前提。衡量"中"须有一个普遍标准，它就是"义"（"义之与比"）。凡于具体事物求其"中"，都须有一个"中"的具体标准，不同事物或事物的不同方面的"中"的具体标准是不同的。

既是正确之点，就不必是"两"端间的正中央之点或某一固定之点，根据具体情况的不同和变化，它在两端间的位置是变化着的、移动着的。①

由此可见，所谓"中"，即指两端之间"适当的、正确的"那一点，其具体位置是根据具体情况变化的动点，何处"适当""正确"，何处就是要找的那一点。而朱筱园所谓"恰到好处""恰好地步"的"适中之境"，即"法"之极境，也便是这个"适当的、正确的"的位置，说到底，实际上是对"度"的把握，再深了说就是对作为"普遍艺术和谐观与特定艺术风格论"的"中和之美"艺术自觉。

总而言之，从中国古典诗学史对"诗法"的论述话语来看，诗法居于诗学话语系统的中心，乃其焦点，或者更为准确地说是其本身，因为整个诗学系统就是在谈何为诗、如何作诗、如何做好诗、好诗的标准是什么、什么是不好的，如此等等，说到底这就是"诗法"，广义地说是关于"诗"的学问，狭义地说是形而下的技巧层面的东西，就是诗歌创作中具体如何操作的问题，大到运思谋篇定题、寄托命意，小到声律、结构、修辞、语词，无处不法，从创作主体的修养性情到创作过程的谋篇布局到诗歌鉴赏应遵循的原则，从诗歌本

---

① 张国庆：《中和之美：普遍艺术和谐观与特定艺术风格论》，中央编译出版社 2009 年版，第 15—23 页。

体论、创作论、风格论、批评论无一不在讲"法"，鉴于此，可以说"中国古典诗学史就是中国古典诗法史"。

然而，考虑到诗人的修养学识、性情气质，考虑到个人境遇及其感知能力、操纵语言、驾驭才情的能力，似乎又无法可法，换句话说是具体问题具体分析，这就使得"诗法"问题复杂化，以致出现了像"有法""无法""死法""活法""定法""无定法"这一系列的衍生概念、范畴或命题。统观起来，所谓"诗法"之"法"其实包括两个层面的含义：一是总体方法论；二是具体方法论。也就是说，这两者一个是总体的为诗法则，一个是涉及诗歌局部论述的、技术层面的操作细节，这个意义上，就好像《宪法》这一根本大法之于其他各种法律一样。而所谓的"活法"与"无法"等，其实是指诗法运作过程中对"法"的态度与取向，当然，这有一个前提，就是必须建基于对"法"有深刻认识，并能运用甚至是自由把握的基础上，这才能谈得上"活法"或"无法"，撇开这些来谈，就可能容易把无知当洞见，不得不慎。那么，由此我们可以说，所谓"诗法"，包括"炼字""炼句""炼意""构思""谋篇""定势"等，皆属于诗歌创作初级阶段的问题，而"无法""活法""以人驭法"等，属于诗歌创作高级层面，这一层面，典型的特点就是在"法"的基础上对"法"的超越，即"有定法而无定法"的自由阶段，而这一超越，便是诗歌创作由必然之境走向自由之境的契机与途径，某种意义上，也是诗家对"至法无法"的自觉意识。

二　至法无法：法的重构

康德认为，大自然通过天才替艺术而不替科学订立法规，并且只是在艺术应成为美的艺术的范围内。这一表述的基本含义就是天才是为美的艺术创造法则的人，也可以说，天才的所作所为就是规则，而天赋才能的独创性是构成天才品质的本质的部分。倘若拿中国古典诗学史来比较，就好比诗之于李白，词之于苏东坡。而法规必须是从实践，即便成果，抽象出来的，在这成果上别人可以考验他自己的才能，以便使那个范本不是服务于照样重做而是令人观摩模仿。就是说，人们从"天才"的成果中，找出某些规律性的东西，用于服务于观摩学习。但同时也必须注意另一种情况：一些浅薄的头脑相信，只要他们从一切规律的束缚中解放了，他们就是开花结果的天才了，并且相信，他们骑在一匹狂暴的悍马上会比跨在一匹训练过的马上要威风些。① 这是就规则与创作的关系而言，作家们所面临的问题是"骑在一匹狂暴的悍马上"还是"跨在一匹训练过的马上"，比较中国古典诗学，就是面临着"有法""无法"或"死法""活法"的问题，而在中国古典诗学的总结性表述中，诗家们普遍的选择是："跨在一匹训练过的马上"，驯服它、驾驭它，当狂暴时狂暴，当温驯时温驯，也就是说，"以人驭法"，贺拉斯的表述为："苦学而没有丰富的天才，有天才而没有训练，都归无用；两者应该相互为用、相互结合。在竞技场上想要夺得渴望已久的锦标的人，在幼年时候一定吃过很多苦，经过长期练习，出过汗，受过冻……"② 这话说得很明白，可是，我们也不能忘记另一种情况，那就是"天才"，其对"法"的极度能力，可以让一切"法"变得苍白甚至无用，但这种人却常常是寥若晨星。

"大抵始于有法，而终于以无法为法；始于用巧，而终于以不巧为巧。"（纪昀《唐人试律说·序》）此论可为中国古典诗学对"技巧"认识的完整表述，更为简明的要数"无法而法，乃为至法"（石涛《画语录》），这可以说是中国古代文艺理论家们对"法"的终极思考与表述，可称之为"至法无法"。

"诗法"颇有类于"兵法"，其实本无定法，关键在于"运用之妙，存乎于心"，这不仅是诗家对"诗法"的态度，在具体的创作实

---

① 伍蠡甫、胡经之主编：《西方文艺理论名著选编》上卷，北京大学出版社 1985 年版，第 409—411 页。

② 同上书，第 110 页。

践中，也是他们艺术观念的深沉自觉。但我们也注意到，所谓"运用之妙，存乎于心"，通俗地说，就是各人有各人的用法，随你自己怎么发挥，这一方面说明诗法运用之灵活性，另一方面也带来了一个大麻烦："到底该如何用"仍然是个问题。

而在中国古典诗学中，"至法无法"所针对的范围，一般是古诗声律论、结构上的起承转合以及整体布局的谋划构想等。我们可以看到，中国古典诗学家对"法"的基本态度是：不拘泥于法，超越法，臻于无法。我们也可以看到另一种表述："诗不可以无法，而又不可以滞于法。行乎其所不得不行，止乎其所不得不止。无用法之迹，而法自行乎其中，乃为真法。"① 说"真法"，常常让人联想到某种合规律、合道的东西，但李镆把这种"真法"的主宰者最后归于神明，那就等于白说，也就等于取消了"法"这一概念。实际上，已经有人这样做了："死法为定位，活法为虚名；虚名不可以为有，定位不可以为无。不可为无者，初学能言之；不可为有者，作者之匠心变化，不可言也。"（叶燮《原诗》）初学可以有"死法"，而"活法"则在于"作者之匠心变化"，这样说是有道理的，然而我们接着看"不可言也"，那就等于可以放弃对"法"的言说，只能各自去"悟"了。然而，问题似乎并不那么简单，实际上，"法"仍在被不同人以不同的话语方式言说着。

言及此，我们似乎不能不有这样的疑问：既然"法"不可言说，后人为诗却又谈此不疲，谈得越多，似乎离"诗"的内在精神旨趣越远。那么，在"诗法"诞生之前，或者说，在诗学理论诞生以前，譬如《诗经》《楚辞》《古诗十九首》这些经典又是如何产生的呢？到底是哪些因素决定着诗人的创作呢？这不得不让我们思考，许印芳的话可能引起我们的注意："文成法立，意到笔随，殆不可以平仄求之。"（许印芳《诗法萃编》）我们不妨做此解：创作活动中，作品完

---

① 转引自蒋寅《古典诗学的现代诠释》，中华书局 2003 年版，第 126 页。

成之后其法才现，"意"出而著成诗文，不是仅根据具体的诗法、文法来为诗、为文的。换句话说，就是为诗不是"按图索骥"，循法而成，而是意到笔到，自然成诗，成诗以后，才可从中看出某些诗法，进而总结出某些原则、规律来。

师范曾对自己的学诗、作诗、存诗的人生经历加以叙说，通过如此饱含深情叙述，可以见出他为诗之苦心孤诣。

> 我生五十有九矣。六岁入塾，十二先大人截取入都，出就外傅。十七侍晋宁学署者四年，旋侍天津盬署者十四年，铎剑川者七年，客晋客浙者各二年，令望江者已八年。此四十二年中，晦明风雨则有诗，困厄疾痛则有诗，登山临水、折柳投桃则有诗。盖凡耳之所淫，目之所摄，足之所径，心之所游，无不于诗发之。触景萌拆，随事抒写，无遥吟俯唱之暇，无月煅季炼之苦，轻浅疏率，实有昧于诗人之旨。然家本儒素而身际太平，沐文治之醇酉农（为一字），睹英才之柴立，既不能效班超傅介子立功殊域，挈斗大印系肘后，光垂竹帛，声溢环宇，又不能冠惠文冠簪承明笔，导扬盛化铺张鸿业，与韩愈柳宗元古今媲美。徒挟风尘簿领之躯，屏气鞠躬，低眉墨色，退虞落阱，进恐触藩，即欲嗣诗人讽谕之音，毕虑殚思，镌尘镂棘，匪惟不能，抑亦不敢。故不如吐此由衷之言，或可告无罪于后世耳。（师范《二余堂诗稿》自叙）

首先，他陈述何时或何种境遇作诗，即"晦明风雨则有诗，困厄疾痛则有诗，登山临水、折柳投桃则有诗"；其次，所表现的诗歌内容、题材来源是"耳之所淫，目之所摄，足之所径，心之所游"，皆发于诗；再次，是就创作态度和方法来谈，即"触景萌拆，随事抒写，无遥吟俯唱之暇，无月煅季炼之苦"，如此，便"实有昧于诗人之旨"；进而结合自己"屏气鞠躬，低眉墨色，退虞落阱，进恐触藩"的人生境遇，说即便想要"嗣诗人讽谕之音"又不敢，所以又不得不"毕虑殚思,镌尘镂棘";最后,他的结论是:"故不如吐此由衷之言。"

师范四十二年风晨雨夕的沧桑岁月,娓娓道来,不可谓不沉痛,亦不可谓不洒脱!而在这段饱含深情,又寄予着无限感慨的文字中,我们不仅窥见了他"屏气鞠躬,低眉墨色,退虞落阱,进恐触藩"的人生境遇,也从中了解到他为诗为文的态度与用心。就诗歌创作而言,他"触景萌拆,随事抒写",也就是说,无论何时何地、何情何景,凡遇诗思,想写便写,顺其自然,任真而行,因此"无遥吟俯唱之暇,无月煅季炼之苦",任运随缘;然而,由于现实"屏气鞠躬,低眉墨色,退虞落阱,进恐触藩"境遇之关系,他又不得不"毕虑殚思,镌尘镂棘",极尽雕琢镂刻,言不由衷;这种分裂让他痛苦,所以认为"不如吐此由衷之言,或可告无罪于后世耳",因此,选择"由衷之言",成《二余堂诗稿》。

可以看出,此"由衷之言"便是人生各种境遇下,遭遇诗思、兴会,有感而发、随心而出。不是一味听随"诗法"的指令,而是遵从心灵的声音,可以说这一面是任运随缘、任真而行进行审美创造,亦是基于根柢与兴会的审美创造。联系之前他所谓"诗之道"有二,即"根柢","兴会","根柢本于学问,兴会关乎性情"(师范《簪岩近集》叙),可以说,对于"诗之道"来说,在他看来,根柢学问、兴会性情、由衷之言,一样都不能少,换句话说,就是在具备"根柢学问、兴会性情"这一修养的基础上,任运随缘、任真而行进行诗歌艺术的审美创造,也只能这样,才可能达到"至法无法"这一诗歌创作的自由境界。这就是师范关于"诗法"的终极指向,可以说是对中国古代传统"诗法"论的总结,也是重构。这一看法,较之许印芳、朱筱园,较之当时中原主流诗学,无疑是独特的,即便置于整个中国古代诗学史上,也有其独特的光彩。

第三节 尊唐祧宋与变通独创

对于中原主流诗学的发展历程而言，清代似乎总氤氲着几分迟暮的气息，之于清代云南诗学，却正是它的壮年。然而，由于其后发性，所以在边陲滇地的发展，展现出某种"田园牧歌"式的自然而然：没有呼号、没有叫喊、不流俗、不跟风，除方玉润外，甚至也极少有截断众流、重构历史的雄心，有的只是，尊崇自己的性情，用自己的叙述方式，建构自己的诗学史。

一 尊唐祧宋的诗学观念

> 自古论诗聚讼同，尊唐祧宋互争雄。依人门户终何益，毕竟千秋有至公。（朱庭珍《论诗绝句五十首》其一）

该诗置于朱筱园《论诗绝句五十首》的第一首，可谓朱氏论诗的总论，清代诗歌发展形成不同流派，或尊唐或宗宋又常常各执一端，譬如尊唐的有"江左三大家""岭南三大家"以及顾炎武、黄宗羲、王夫之等；宗宋的有查慎行、厉鹗等；清中叶雍正、乾隆以来，仍可分"格调"说、"肌理"说与"性灵"说三派，"尊唐祧宋互争雄"恰恰道出了诗派迭起、互相争雄的局面，面对派系之争，朱筱园认为各派皆有所长，亦皆有所短，为此，他的诗常常是充分借鉴、综合前人的基础上，努力使自己的见解更为系统和平允，即站在"至公"这一立场，即不依门户、不涉人后尘，要"取长弃短，吸神髓而遗皮毛，融汇众妙，出入变化、别铸真我以求集诗之大成，无执成见为爱憎，岂不伟哉。何必步明人后尘，是丹非素，祧宋尊唐，徒聚讼耶"，（朱庭珍《筱园诗话》）实际上，他自己的诗学理论也是朝着这一方向努力的。此论一则以高屋建瓴之势道出了诗学史的一般情况，同时可以看出他的诗歌的基本态度，即不依傍门户，由此可以看出他对独创性的追求以及为诗乃至治学态度。值得注意的是，在清时期的滇中大地，并非此一人如此。

> 其教人治学也，勿论何种学术，务在悉心研究，独抒见解，尝以作古人应声虫为戒，盖欲穷真理，求真知，博考深思，从新估定价值。既得汉学家实事求是精神，又与哲学家、科学家治学方法暗相符合。（秦光玉《许苔山先生传》）
>
> 乃不揣固陋，反复涵泳，参论其间，务求得古人作诗本意而止：不顾《序》，不顾《传》，亦不顾《论》，唯其是者从而非者正，名之曰《原始》，盖欲原诗人之始意也。（方玉润《诗经原始》自序）

就治学态度而言，"独抒见解""反复涵泳"都显示了独立思考的可贵品质；而"欲穷真理，求真知""实事求是""是者从而非者正""欲原诗人之始意"等，又展示了"求真"的科学认识观念。面对浩如烟海的文学艺术经典，面对纷繁复杂的诗经读解论著，他们不约而同地选择了"求新""求真"的治学态度，这一方面是面对已经相当成熟的诗学遗产的无奈选择，另一方面也反映了一个独立思考的学者的学术自觉。然而，在"复古"的浪潮以及"尊唐祧宋"的诗学观念席卷清代整个学术场时，云南的诗学家们亦不可能不受一点影响。王寿昌《小清华园诗谈》"凡例"称："是编所引诸诗上自汉魏，下至有唐而止，自宋以下无讥焉。"亦足见其倾向性。卷上"总论"二十七则，论诗之要领，仿唐宋诗格之体，而思虑细密过之，然究以综合之功多而独创之意少也。然而，我们也应该明白："一个人若希望自己的思想具有真理性并富有生命力，那么，首先，这些思想本质上必须是他本人的；因为，只有他本人的思想，他才能真正完全地理解它们。读着别人的思想，如同吃残汤剩菜或穿别人扔弃的旧衣一样，很难引起我们的兴趣。"① 所以，变通独创是必须的。

二 变通独创以及对师古的批判

在尊唐祧宋和复古的呼声越来越高时，反抗拟古不化、盲目师古的声音也次第出现，他们主张师心、师我、师性情、师境遇乃至师自然造化，明清时期，该思潮与陆王心学的一度高涨有莫大关系。诗学史上从来不乏宗经复古或尊唐祧宋的诗学观念，从历代诗学家们对这一问题的讨论也可以看出这一观念的基本发展趋势。而在云南，复古观念早在担当已经明确提出，他说："诗以代言，重复古也。为世运关于声歌者，代有明验。苟声歌流而趋下，世运可知。由是操觚者，复古洵为要务。非仅恣吟弄已也。概自汉魏六朝以上，先达言之备矣。姑毋论。余从唐而概之，有初盛中晚。继唐而概之，宋元盛于律，而自成一家言；继宋元而概之，明之高杨，应运而兴，常带宋元习气。至何李崛起，大雅正始，复还旧观。至七子而再盛，有如长江，始于岷蟠，而汇于洞庭。噫，壮则壮矣，安能截其流，而使之不下注哉！于是有好庾鲍而排击七子者出，专以近体为号召，使人易就，一旦辄登坛坫，天下靡然向风，而诗亡矣。世运得不随之。虽然，即不排击，法胜习陈，则又奈之何？当此之时，解人正不易得也。于是云间有唐陈二老，起衰振雅，力挽狂澜。还醇虽有其几，而解人犹不可得，何也？明季作家，大率重才轻养。犹学仙者，知有还丹，而不言火候。自误误人非小，可不慎哉！余滇人布衣，而又衲子，而又亦在尘劫之中。处培塿而干霄汉，则吾岂敢？惟是匡扶运会，大夫皆有其责。"②

担当的诗学观散见于其 27 篇诗文序、跋里，其中尤以"题画

---

① ［德］叔本华：《叔本华论说文集》，范进等译，商务印书馆 1999 年版，第 346—347 页。

② 担当：《担当诗文全集》，余嘉华、杨开达校点，云南人民出版社 2003 年版，第 371 页。

诗"居多,一般都直接或间接地反映其诗学观。其中,其诗学观与审美倾向比较集中体现于其题画诗,比如诗与禅、真与自然、复古与创新等问题都有涉及,也是我们能够比较清晰地窥见其诗学观。首先,他认为,艺术要反映自然,表现时代,但又不能机械复古不加变通,认为:"若要图真便失真,谁知格外有高人。好将刻画都焚尽,潦草堪传顾陆神。"(《题画十一首》)可见,其审美倾向注重神似而非形似,在生活真实与艺术真实之间把握审美对象的状貌风神,追求自然平淡的审美风尚,对诗和画的内容与形式都给出了明确的要求,"将刻画都焚尽",更标识出情感的蕴藉与内敛、色彩的素朴与平淡,随缘自适,听任自然,不矫柔姿态,任真而行,绘画若此,文学艺术亦然。在他看来,魏晋六朝以前,诗论已比较完备,所以其论就唐以下,对唐宋元一笔带过,认为"至何李崛起,大雅正始,复还旧观",接着到七子,他皆大加称赏,尽管如此,在他看来,"壮则壮矣",依然未能使,"截其流"使诗道不颓萎。面对诗道日亡、世道渐衰这一境况,作为边疆一诗僧,他依然挑起"担当",加强自己内在和外在修养,为力挽狂澜尽卑微之力。担当以上"复古"论比较详细,虽则主张"复古",但他又主张艺术要反映自然,表现时代风潮,不能一味机械模仿。他对一味机械师古摩仿者者给予批评,说道:"艳质曾夸旧美人,胭脂不染隔年春。西施虽有倾城色,憔悴多因一效颦。"(担当《嘲临摹古画者》)明代山水画比较发达,然而画家争尚摹仿,能师心独创的不多,担当主张师心独创、任运自然,此诗针对临摹古画者有感而发,然而却道出了文学艺术创作的一般问题,即文学艺术的生命在于变通独创。由于涉及基本的诗学观,所以复古与尊唐祧宋也是云南诗学所讨论的重要问题之一,因此有必要对其进行更全面、更深入的研究,以期展示这一观念在明清云南诗学史上总体特征。然而,伴随着尊唐祧宋的诗学观念、与之比肩而立,并对之进行声讨批判的则是"变通独创",持此论者约略从以下几个方面着手进攻:诗法、性情、有我与无我。

（一）缘于诗法的批判

对清代云南诗学史而言，谈诗法，不能不提许印芳的《诗法萃编》。

许印芳论诗反对模拟因袭前人、亦步亦趋，贵在汲取众长和创新，他说："妙取筌蹄弃，高宜百万层。诗文高妙之境，迥出绳墨蹊径之外，然舍绳墨以求高妙，未有不坠入恶道者。故知诗文不可泥乎法之迹，要贵得乎法之意，且贵得乎法外意，乃善用法而不为法所困耳。"（许印芳《诗法萃编序》）鉴于此，他认为"唐诗有复古之盛，卓然为百代楷模"，皆缘于其诗法不拘一格。而"宋人起而极盛难继，尽翻窠臼，变态百出，观者有'诗到苏黄尽'之叹，而古意浸微。至明七子，倡复古学，矩汉规唐，句摹字仿，遂成伪体，而古意浸亡。夫文章犹《易》道，乘机入化，惟变所适，所谓'法之意'、'法外意'者，悉由法变，而与之相反，即与之相成"。（《诗法萃编序》）所以，他接着得出结论，认为："唐人之诗变而日近乎古，故可法。宋人之诗变而日远乎古，故可借以叁变，而不可奉为专师。明七子守法不变，既不足法，且当引为覆车之戒。"（《诗法萃编序》）以此为旨归，他对拟于成法之人给予批评，说："我朝王文简公（即渔洋山人），取严氏喻禅宗旨，选定《唐贤三昧集》。其所为诗，亦拘守唐格，不知通变，为后世所讥。是皆严氏分唐界宋之说，先入为主，有以误之也。夫七子、文简，其才与学高出寻常万万，而识有未到，贻误终身。前车屡复，后车可鉴矣。学者读严氏书，当知学诗以多读书多穷理为根柢，而取法汉唐，更当上溯雅颂风骚，下览宋金元明以务参其变，以务去陈言、辞必己出为第一义，稍近生涩亦无妨，久而妙造自然，可以成家，颉颃古人。"（许印芳《诗法萃编》）许印芳指出"识"不足的后果，并进一步认为要"务去陈言、辞必己出"，倘能不拘守一家一派门户，亦不拘守一代规格，"妙造自然"，则可望成家。

我们也注意到，许印芳在《诗法萃编》中多次强调"文章犹易道，乘机入化，惟变所适"，"若无新变，不能代雄"，"文章譬诸日月，终古常见，而光景常新，故为灵物"，足见他对变通独创的重视。但他论诗，又是以先秦儒家的诗教为基点，极力标榜《诗三百》，我们可以先看一下其论述线索："诗法莫备于三百篇，一篇用一法，而其体主乎四言，变而为楚骚之《九歌》《九章》，亦一篇一法，其体又主杂言。继之者汉人乐府，众体具而杂言多，诗法亦出奇无穷。……唐诗有复古之盛，卓然为百代楷模。宋人起而极盛难继，尽翻窠臼，变态百出，观者有诗到苏黄尽之叹，而古意浸微。至明七子，倡复古学，矩汉规唐，古意浸亡……唐人之诗变而日近乎古，故可法；宋人之诗变而日远乎古，故可借以参变而不可奉为专师。明七子守法不变，既不足法，且当引为覆车之戒。"（《诗法萃编序》）

观此论述，我们又发现另一线索，从诗法皆备的"三百篇"，到因有复古之盛而为百代楷模的"唐诗"，到"古意浸微"宋诗，继而到"古意浸亡"的明七子，不难发现，这一链条中，"古意"乃其关键词，贯穿于整个论述过程，不能不说许氏在强烈批判尊唐祧宋与复古的同时，一方面极力主张变通独创的诗歌变化，另一方面又将自己置身于"复古"这一大浪潮之中。此线索的另一表述为：要引以为戒的"守法不变"——"可借以参变而不可奉为专师"的"诗变而日远乎古"——"可法"的"诗变而日近乎古"，显然，这一序列是递进的、螺旋式上升的过程，我们甚至也可以看到他对复古和尊唐祧宋分出的品级，他一方面强调复古、师古，一方面又标榜变通独创，并且严肃地标举两者。那么，这两种看似极其矛盾的观念，缘何同时出现于许氏诗学中呢？

在汉代，由于独尊儒术，一直受到儒家重视的先秦诗歌总集《诗》三百篇被官方确认为"经"书，取得了空前的权威。由于儒学的巨大影响，自此之后《诗经》便成了文学方面的楷模而垂范后世。后人又常常认为楚骚和汉乐府因为"去古未远"而尚能得《诗经》之意，故也给予一定的尊崇，于是后人学诗写诗评诗，都以它们为矩式。这样一来，就很容易产生"以古为准"的复古倾向。在许印芳这儿，情况也是这样，但他的复古，并非泛泛的一般的复古，而确切地是与他对《诗经》的尊崇紧密相连的，其"古意"的最高标志，正是至尊的"三百篇"；其复古的终极旨归，正是也仅仅是《诗经》所代表的"古意"。同样，他也对楚骚、汉乐府表示了赞许。显然，崇儒宗经而标《诗》《骚》传统，正是许氏复古倾向的内在精神，然而，许印芳文学修养很深，理论视野开阔，又是一位执着追求诗歌艺术规律而敢于有自己见解的诗论家。因此，当他站在艺术的立场上看问题而有所发见时，他就常常敢于提出与儒家正统诗论并不一致甚或正相矛盾的观点看法。他既强调创新又提倡复古，他站在儒学正统立场上，提倡尊《诗》复古；又站在诗歌艺术的立场上，主张新变，这两种主张，在许氏诗论中并未完全融化统一，清楚地显示出许氏理论的内在矛盾性和不彻底性。还应该指出的是，通观《诗法萃编》，在创新与复古这对矛盾中，前者显然占据着主导地位，因为许氏更多地是站在艺术的立场上对它进行强调。所以整个说来，在这个问题上，其主导面仍然是积极的。①

此论洞见甚深！观此可以"息喙而无争"。

可见，复古论者绝不是一味复古，而是蕴含着新变，反对拟古的思潮也不是一概反对尊唐祧宋、复古师古，而是反对刻意模仿古人，遗神得貌，而失去自己的精神面目。

在学术热情高涨的清代，诗学受时代风潮浸染，显示了鲜明的学术性和实证精神，滇地自然也不例外，而许印芳作为中国古典诗学终

---

① 张文勋、施惟达：《滇文化与民族审美》，云南大学出版社 1992 年版，第 446—447 页。

结时代的一个论者而言，变通独创是他主流的正变观念，却是确定无疑的。

（二）源于性情、有我与无我的批判

历代复古思潮的勃兴，其历史境遇都各有不同，"复古"外衣下大都或多或少地蕴藉着"变古"这一元素，所谓"变古"，简单地说就是革新，就是变通独创。从中国古典诗学史来看，复古也好、尊唐祧宋也好、师古也罢，一般都不是亦步亦趋，图肖形似而遗其神的毕竟属少数，也大多会遭致后人批评，继承优秀传统是应该的，然创新也是必须的，没有前者就失去了源泉，没有后者就失去了发展流变，所以沈德潜说"然泥古而不能通变，犹学书者但讲临摹，分寸不失，而己之神理不存也"（《说诗晬语》），叶燮说"不可忽略古人，亦不可附会古"（《原诗》卷四），看似矛盾的师古与创新，或者尊唐祧宋与变通独创，却恰恰构成了中国诗学发展的内在张力。这种现象，一方面是源自文学艺术和文化内在的"集体无意识"，另外就是生活在不同时空、不同历史境遇、不同大事因缘、不同心性、性情修养的艺术家的自然选择，说到底皆根植于文学艺术发展规律的的内在要求。关于这一点，清代滇人赵元祚有明晰的论述。

> 诗不一人，人不一格。古今不同世，人物不同遇，即一人之身，欣戚荣悴交错于前后者不同情，而欲以操觚之见拟唐拟宋拟诸古人，是自忘其面目而假衣冠于他人也。夫中晚之不可为初盛，犹初盛之不可为中晚也，犹皇古之不可为中天，后世之不可为三代也，犹朝夕之不可强而易也。故昨日之咏是物，非今日之咏是物；是物之感于此处，非是物之感于彼处。诗，非诗有所以诗者也。（赵元祚《我轩诗说》）

这话说得很明白，不同诗人、不同性情、不同时空、不同人生境遇，来"拟唐拟宋拟诸古人"，就是抛弃了自己的性情，以古人之心为心，代古人立心立言，其实是终隔一层，勉强为之，只能陷于优孟衣冠，究其原因，皆源于"昨日之咏是物，非今日之咏是物；是物之感于此处，非是物之感于彼处"，这一认识，颇符合认识论的一般规律，这一层次上，在哲学这一维度上与当代诗学观相接通。

师范的批评颇具真知灼见，他说："时贤言诗则曰：'我宗汉魏，我宗唐宋。'否则曰：'我师陶谢，师李杜。'不识其性情襟抱果无异于陶谢、李杜之性情襟抱与？遭逢阅历果有类于汉魏、唐宋之遭逢阅历与？在心为志，发言为诗。诗者，独造之物耳。"（师范《金华山樵骈枝集自序》）师范开门见山，对尊唐祧宋的复古派给予简洁明晰、铿锵有力的批判，更从内在性情修养与外在遭逢阅历两个维度，得出"诗者，独造之物也"这一结论，强调并高标出诗的独创性这一特征，此论，不可谓不精，亦不可谓不深！然而，我们也应该注意这样一个事实：在中国古典哲学"有情的宇宙观"这一前提下，万物互相感通，那么，人的性情、襟抱，亦有相通之处，这是文学艺术欣赏、批评、接受的前提，此维度倘阙如，那么，不同时空、不同地域与文化的文学艺术就无法沟通了。人的性情是可以融通的，尤其是诗歌中所传达出的真性情，这是人类普遍情感的核心内容，即师范在《弹剑集》自序所说"赋诗者即境以抒情，而读诗者因情以会境"，此论文字简洁干净，语义表达明晰中肯，与刘勰"夫缀文者情动而辞发，观文者披文以入情"（刘勰《文心雕龙·知音》）这一理论可谓异曲同工。值得注意的是，对此番议论，他还现身说诗，以自己的实际遭遇来加以证明。

予年甫束发，即爱为声韵之学，风雨寒暑，羁旅疾厄，有专焉，无或间也。故当其冥心以往则若痴，拍手而吟则若狂。极狂与痴之所形，父师斥之，妻孥笑之，亲旧规之，流俗人讥且讪之，予则一无顾忌。二十年来，所得不下五千首。屡经芟荟，尚余其一。其间即性言情，推襟送抱，凡予之遭逢阅历，罔不于是

乎托。后之览者，或由是而见予之为人，识予之居心焉。（师范
《金华山樵骈枝集自序》）

此番议论，我们不仅可以看出师范氏为诗所给予的内在"性"
"情"以及生命中的"遭逢阅历"，而且也可以看出一个诗人、学者
在为学、为诗生涯中的孜孜以求，以及颇具苍凉意味的喜怒悲欢。

当然，师范对时人论诗"我宗汉魏，我宗唐宋"或"我师陶谢，
师李杜"的批评，并不表示我们批评师范不够融通与辩证，相反，
还要表达对这个活动于两百年前滇地学者的真知灼见的称许。明乎
此，就可以知道为何诗不可一味亦步亦趋、模拟古人，一味以古为师
反倒可能失去自己、失去真我从而失去真诗。那么，究竟该如何向古
人学习呢？清代滇中诗学家主真性情一派是有交集的，即学形而下的
技术层面的东西，而性情则是不可模拟的，必须师心、师目、师华
山、师造化，立足于自己的人生遭际与情感世界，熟知古今诗歌表达
及其变换规律，做自己之诗，而师范把"境"扩大到人生遭逢阅历
层面，却是他的贡献。故此，时人与后人对他亦评价颇高："赵藩
称：'其学无所不窥，故于文亦无所不能，析理之精，纪事之核，致
用也切实，敷情也势婉，长编巨制，固精力弥满，小文短札，亦机趣
别生，正不必曰学某派仿某篇，要自成，其为荔扉之文无它。'可谓
确论。后人也认为：其为文机杼罍发，汪洋恣肆，情趣飘宕，丰神横
逸，意疏通而尽理，辞宏丽而合雅，集中所载举凡赋、疏、序、跋、
论、引、碑文、书放诸体无一不精，为此，孙琪在《序》中誉其
'为滇中十四郡之秀'，固其宜也。"①

当然，师范之外，许印芳从"真实"这一视角切入，对创新、
变通独创的标举也颇值得注意。

---

① 李孝友、张勇、余嘉华编：《云南丛书书目提要》，中华书局2010年版，第302页。

诗文所以足贵者，贵其善写情状。天地人物，各有情状。以
天时言，一时有一时之情状；以地方言，一方有一方之情状；以
人事言，一事有一事之情状；以物类言，一类有一类之情状。诗
文题目所在，四者凑合，情状不同，移步换形，中有真意，文人
笔端有口，能就现前真景，抒写成篇，即是绝妙好词。（许印芳
《诗法萃编》）

诗家题目，各有实境。诗人构思，必按切实境，始能扫除陈
言，独抒妙义。（许印芳《诗法萃编》）

显然，由于一人有一人之性情，大凡事物又各具情状，所以应该
根据具体情状不同，"移步换形""按切实境"，如此才能"扫除陈
言，独抒妙义"，从而铸成"绝妙好词"。故此，其后学秦光玉评之
曰："先生一生精力，多尽瘁于诗，而其教人也，不拘一格。有教以
经学史学者，有教以诗学古文学者，且谓识时务为俊杰，而教以经世
之学者。大抵视诸生性质所近而诱掖之，奖进而裁成之，所谓因材施
教者是也。其教人治学也，勿论何种学术，务在悉心研究，独抒见
解，尝以作古人应声虫为戒，盖欲穷真理，求真知，博考深思，从新
估定价值。既得汉学家实事求是精神，又与哲学家、科学家治学方法
暗相符合。"[1] 观师范其人、其论，秦氏实可谓知之甚深。

从"性情""有我和无我"视角切入对拟古、尊唐祧宋进行批判
的，必须提朱庭珍，那么，在此节的最后，我们就加以详论。朱氏论
诗，颇具近代史学家之眼光，就复古与新变问题，他说道："明七子
论文必秦汉，诗必盛唐，戒读唐以后书，力争上流！论未尝不高也。
然拘常而不达变，取径转狭，犹登山者一望昆仑，观水者一朝南海，
即侈然自足，而不知五岳、四渎、九江、五湖、三十六洞天之奇，天
下尚别有无数妙境界也。则拘于方隅，必不能高涉昆仑之巅，远航大

---

[1]　张国庆选编：《云南古代诗文论著辑要》，中华书局 2001 年版，第 255 页。

海之外，徒自崖而返，望洋兴叹已耳。若近代名流，文集或欠雅洁或苦薄若，诗集贪书卷者多乏剪裁融化之功，主神韵者绝少雄厚生辣之力，又似专法秦、汉、盛唐以后诗文，专读宋以后书者也。降而愈下，又不如取法乎上之为得矣。"（朱庭珍《筱园诗话》）此论恣肆宏阔，对明七子"拘常而不达变，取径转狭"给予强烈批判，对"拘于方隅"之见的所谓"近代名流"加以挞伐，不可不谓之洒脱纵横、不可谓不恣肆宏阔、高屋建瓴。他强调诗要表达"真性情"，以此为基础，认为"诗贵有我"，认为"诗中有我在焉，始可谓之真诗"，说："夫所谓诗中有我者，不依傍前人门户，不模仿前人形似，抒写性情，绝无成见，称心而言，自鸣其天。勿论大篇短章，皆乘兴而作，意尽则止。我有我之精神结构，我有我之意境寄托，我有我之气体面目，我有我之才力准绳，决不拾人牙慧，落寻常窠臼蹊径之中。"（朱庭珍《筱园诗话》）

朱筱园论诗有着极其通达的圆融意识，他融化并整合中国古典诗学思想，"别铸真我"，建构自己的诗学观，有论者对之分析说："这段话说得很洒脱，尽管其背景是现实生活中'积理养气'的我，但诗中之'我'却是极有个性的自我，有独特的精神境界之展现，成为一个极富独创性的具有很高审美意义的'真我'。"① 这认识无疑是符合事实的，但必须指出的是此"真我"就是具"真性情"的"我"，是"不依傍前人门户，不模仿前人形似，抒写性情，绝无成见"的"我"，一句话，是具有独立人格结构、人格精神、自由的、审美的我！

如果到此为止，朱筱园就结束自己的议论，那他便和诗学史上诸如吴乔的"诗中须有人"（《围炉诗话》）以及王国维的"有我之境""无我之境"没什么差别，然而，滇地这位杰出的、颇具思辨头脑的诗论家又向前跨出一步："诗家工夫，始贵有我，以成一家精神气

① 陈良运：《中国诗学批评史》，江西人民出版社 2007 年版，第 582 页。

味。迨成一家言后，又须无我，上下古今，神而明之，众美兼备，变化自如，始无忝大家之目。盖不执我，而自然无处不有真我在矣。"（朱庭珍《筱园诗话》）如果我们联系他"大家""大名家""名家""小家"的议论，就会发现以上论述和与此有呼应，即是说，诗"始贵有我"，"又须无我"，乃是为达到诗歌创作最高成就的"大家"所应具备，"大家"们凭借其臻于极致的性情心智、学术修养、学术自觉，而列于大家之林。大家如海，容纳百川，其境可谓"化境"，此时，"诗人触处会心，贯通融悟，蓄积深厚，酝养粹精，一于诗发之，大小浅深，引之即出，其言有物，自然胜人。释氏所谓大地山河，无非妙谛，即诗家工候纯熟之界也。此乃化境神工，决不易到，亦决不可不到者"。（朱庭珍《筱园诗话》）叔本华说：

> 处于最高层次的精神，其特征是对事物的判断总是依据第一手知识。它所取得的每一项成就都是独立思考的结果；它的每句话都显示了表达思想的杰出才能。这样的精神宛如一个帝王。在知识的王国中，它拥有无上的权威，而较低层次的精神虽然也有它的权威，但这种权威是受命于精神帝王的，因为它缺乏自己独立的特征，这种差异在二者各自的风格中表现得淋漓尽致。①

此"最高层次的精神"，仅仅我们的"大家"才会具有，这个似"精神帝王"的"大家"，其地位至高无上，绝不受命于他人，自由挥洒自己的性情。那么，想要成为臻于圆融无碍、自由挥洒又无不"众美兼备"的"大家""精神帝王"，又当如何呢？为此，他给出了我们两个可行性路径：一是积理养气；二是变通独创。

明中期以来，复古与反复古的对抗处于学术浪潮的中心，前、后

---

① ［德］叔本华：《叔本华论说文集》，范进等译，商务印书馆1999年版，第352—353页。

七子的复古与李贽、徐渭、唐宋派、公安派、竟陵派的心性、性灵，在纠缠不休的论争中定格于明代诗学的中心，而其多彩光影却映照着清代诗学的整片天空，虽然"有清一代之学术，大抵述而无作，学而不思，故可谓之为思想最衰时代"，① 但清代学术注重求实的学风、学术独创性和宏阔的学术史视野，使清代诗学虽不能有截断众流的原创性，但强烈的创新意识以及求真务实的学风，使之对作家、作品的阐释与分析空前的细致深入，清代诗学家对批评当代诗歌的历史感，讨论品评历代诗歌的热情，以及诗学理论建构的自觉意识，其内在精神无疑与现代学术精神相通。

就清代云南诗学家而言，大都承认诗人性情真实的、自然而然的流淌是为诗的不竭动力与源泉，说到底，诗歌的魅人之处不在于做正统思想和古人的"传声筒"，而应该是诗人情感和精神生命的"留声机"。然而我们也应该看到，复古思潮强劲冲击着他们审美创造的阈限，而正确的师古途径应该是认真学习了解文学艺术遗产并掌握其内在精神实质，以此为根基，并将之运用到文学艺术实践，凸显自己的性情心性，既源于古又变古，既有传统精神之精粹，又闪烁着诗人性情的独特光芒。那么，清代云南诗学所谓之"性情"，则不但包括诗人内在心性、性情修养，亦包括建立于此基础之上，诗人对天地万物之性情的独特体认。所以，建基于如此"性情"之上的诗歌，自然散发出不同古今、不同流俗的别样光彩。然而，我们也不能不警惕另一种倾向，"神韵说""性灵说"的流弊正日益显露出来，"肌理说""格调说"应声而起，那么，一种流弊的积习甚深，自有其矫枉必须过正的内因。

清代云南诗学关于诗歌创作的论述，与其诗学观、诗学理想密切相关。对"气""心""性""情""志""意"等的独特体悟，使其

---

① 梁启超：《清代学术概论》，夏晓虹校点，中国人民大学出版社 2004 年版，第 119 页。

对诗歌本体有自己显著的特色，即认为诗歌是主体性情的艺术外显。鉴于此，清代云南诗学家们更加重视主体修养，重视主体的根柢、性情。通过养气、学问等途径，不断提高主体性情、学养。值得注意的是，他们不是刻板地"学"，亦不是空泛地"悟"，而是与自然万物相沟通，与人生际遇相联系，与生机勃勃的生命世界相融通，体现了他们性情、学养所造就的"兴会"功夫。诚然，这需要契机，更需要发现，而契机和发现也正源于其根柢、性情的修养。虽如此，我们也不能忽视清代云南诗学儒家思想影响的显著特征，表现在其诗歌创作上，就是对"性情之正"的普遍自觉。所谓"性情之正"，也就是经儒家思想过滤过的、符合儒家经义的、温柔敦厚的、主文而谲谏的"性情"，这显然和源于主体内在修养的"真性情"不大相同，如果做一个类比的话，前者颇类于宋明理学所云"气质之性"，后者类于"天命之性"。那么，在具体诗歌创作中，此两种主体性情究竟如何外显以及显示的多寡，也就和主体的修养密不可分了。

　　总的来说，清代云南诗学显著特色之一是把根柢、兴会、性情、学问统合起来论述，强调诗法的必要性和重要性，然后又通过"无法"与"活法"等实现对法的超越，从而达到"至法无法"这一诗歌创作的自由境界。而在师古与变通独创之间则更强调后者。总体来看，清代云南诗学重视性情和学养，体现出诗歌是基于根柢与兴会的审美创造这一特征。

第四章

批评的两个向度：
道德批评与审美批评

    与西方文化的重智不同，中国文化富有重德精神，以儒家为代表的重德精神，以仁、孝构成了儒家道德观的基本核心。"人而不仁，如礼何？人而不仁，如乐何？"（《论语·八佾》）在礼崩乐坏的时代，孔子以道自任，以"仁""礼"为核心建立起儒家庞大的礼、乐王国，因此，"仁"也就成为儒家道德思想之本，所以，儒家的"仁"和"性善"（孟子）也属于这一道德原理，那么基于这一思想的判断也是属于道德判断，通常表现为"仁""善""良知"等。这一道德判断有两种表现方式：一是诉诸于直觉；二是诉诸于日常积累的知识、经验。前者主要是直觉判断，后者则包括对日常生活中诗人道德品行的判断，以及文学艺术活动中对是否符合"温柔敦厚""思无邪"等标准的判断。故此，儒家重视"正心"这一修养功夫，也是与其诗学精神紧密相关的。

    在中国文化中，道德不限于艺术、人生这一范围，而是辐射到各个领域，诉诸于政治理想为"德治"，诉诸于经济理想为"不患寡而患不均"，诉诸于文学理想为"文以载道"，在文学艺术活动中，主要是强调"思无邪"和"温柔敦厚"。因此，中国诗学，除却审美批评，另一主要维度就是强调文学社会功能的道德批评。以下将对清代云南诗歌批评中的这两个重要向度进行探讨，即对道德批评和审美批评进行探讨。以下，笔者将从清代云南诗学比较明显的对"温柔敦厚"的推崇与清代云南诗学的叙述动机谈起，接着引入对道德批评和审美批评的探讨与分析。

第一节　对"温柔敦厚"的推崇与叙述动机

从批评论的视角来看，"温柔敦厚"有双重含义：一是从思想内涵上讲它属于道德批评的重要内容；二是作为"特定的艺术风格论"来讲，它又属于审美批评中的"中和之美"。清代云南诗学中，对"温柔敦厚"这两个内涵的议论比较明显，从而使清代云南诗学打上了鲜明的儒家思想烙印。比如道德批评的原则、中和之美的自觉、性情之正的追求，以诗教化的动机等，无一不和"温柔敦厚"相关。

"温柔敦厚"作为儒家诗教最根本的表述影响深远，尤其在诗歌批评中，作为诗歌批评的重要标准之一，不同时代都可以见到它的影子。那么，"温柔敦厚"何以能成为诗教，并与诗歌批评密切相关呢？实际上："温柔敦厚本就是人的一种特定情性，亦本就是一种受到特定规范节制（'以义节之'）的情性，在'发情、中节'这一理论特征上，它的确与《毛诗序》和《中庸》的上述说法是完全一致的。"此外，"温柔敦厚完全有理由也被称之为'中和之美'。只不过这样的中和之美，与作为普遍艺术和谐观的中和之美已有了质的不同。在艺术实践中，这是一种以礼义为内在节制的和柔型的具体风格形态，若以理论的形式表现出来，它便成为一种特定的艺术风格论"。① 由此我们看到，"温柔敦厚"不但指"人的一种特定情性"修养，也指"特定的艺术风格论"。那么，"温柔敦厚"又何以与诗教紧密联系或者就是诗教本身呢？以下议论或能帮我们找到答案。

---

① 张国庆：《中和之美：普遍艺术和谐观与特定艺术风格论》，中央编译出版社 2009 年版，第128—131页。

孔子曰："入其国，其教可知也。其为人也温柔敦厚，《诗》教也。疏通知远，《书》教也。广博易良，《乐》教也。洁静精微，《易》教也。恭俭庄敬，《礼》教也。属辞比事，《春秋》教也。故《诗》之失愚，《书》之失诬，《乐》之失奢，《易》之失贼失烦，《春秋》之失乱。

"其为人也温柔敦厚而不愚，则深于《诗》者也。疏通知远而不诬，则深于《书》者也。广博易良而不奢，则深于《乐》者也。洁静精微而不贼，则深于《易》者也。恭俭庄敬而不烦，则深于《礼》者也。属辞比事而不乱，则深于《春秋》者也。"（《礼记·经解》）

这可以说是把"温柔敦厚"作为"诗教"加以表述的最经典的段落，也是中国古代诗学把"温柔敦厚"作为"诗教"代称的最古老的源头。实际上，在"诗教"发展演变过程中，一些诸如"温柔敦厚""兴观群怨""思无邪""发乎情、止乎礼义"等范畴和命题，也彰显出"诗教"的丰富内涵及其在儒家诗学中的核心位置。那么，"温柔敦厚"假道什么途径与"诗教"对接了呢？这不得不提《毛诗序》，唐代孔颖达《礼记正义》疏曰：

"温柔敦厚，诗教也"者，温，谓颜色温润，柔，谓情性和柔。诗依违讽谏，不指切事情，故云温柔敦厚，是诗教也。

"其为人也，温柔敦厚而不愚，则深于诗者也。"此一经以诗化民，虽用敦厚，能以义节之，欲使民虽敦厚不至于愚，则是在上深达于诗之义理，能以诗教民也，故云深于诗者也。

若以诗辞美刺讽喻以教人，是诗教也。

显然，这里是指诗的教化作用。我们知道，《毛诗序》强调

"先王以是经夫妇，成孝敬，厚人伦，美教化，移风俗"的教化作用，注重"发乎情，止乎礼义"的情感自觉，注重"上以风化下，下以风刺上"的双向互动，更注重"主文而谲谏"的婉曲表达，那么，孔颖达也是在"教化"这一点切入论述"温柔敦厚"即"诗教"的，也只能从这一视角才有可能。"温柔敦厚"是说人的言行趣味、气质性情、道德修养，要经过《诗》的熏染，使之成为温良谦恭、宽厚仁爱、纯正平和的道德主体，得性情之正，换句话说，就是抒发经过儒家道德伦理检阅的性情。但，孔颖达显然意识到了"温柔敦厚"作为诗教可能会有的偏颇，所以又转而强调"温柔敦厚""而不愚"，这见解无疑是深刻的。"温柔敦厚"强调"德"，"不愚"就是"智"，如此，一个"德""智"双全的道德主体粉墨登场。道德的维度，暗示着诗学发展过程中可能对诗造成的戕害，也意味着另一重要维度的阙如，那就是审美，而这恰恰是文学艺术最重要也最应该具备的品质。所以，从"道德"视角出发的诗学批评，让诗本身承受了不能承受之重，因为"文以载道"的传统把它们的叙述由飞扬恣肆、任真而行置换为中正平和、含蓄蕴藉。我们也注意到"若以诗辞美刺讽喻以教人，是诗教也"，这句话显然透露出作为审美风格的"温柔敦厚"的教化作用。

显然，"温柔敦厚"对古代中国的影响是巨大的，尤其是在民族性格和文学艺术活动两个方面。在中国古典诗学史上，或作为伦理原则的主体修养，或作为艺术原则的审美风格，儒家诗教核心内容的"温柔敦厚"一直备受论者青睐。之于文学艺术实践，表现在创作中主要是强调主体的修养性情，表现在诗歌鉴赏中，主要是指对蕴藉含蓄、和柔婉曲风格的欣赏，也就是内容上要求深厚郁笃，风格上要求含蓄蕴藉。细思之，两者在某种意义上又是相通的，即"有温柔敦厚之性情，乃能有温柔敦厚之诗"（朱庭珍《筱园诗话》），此言道出了二者之递进关系。以下从这两个方面展开论述。

一 作为性情修养的"温柔敦厚"

在清代中原诗学中，"温柔敦厚"首先作为诗歌创作主体的性情修养被关注。

> "温柔敦厚，诗教也"。此语将《三百篇》根氐说明，将千古做诗人用心之法道尽，凡刻薄咨啬两种人，必不会做诗。……非胸中有余地，腕下有余情，看得眼前景物都是古茂和蔼，体量胸中意思全是恺悌慈祥，如何能有好诗做出来。（何绍基《题冯鲁川小像册论诗》）
>
> 作诗必先有诗之基，胸襟是也。有胸襟然后能载其性情智慧，随遇发生，随生即盛。
>
> 柳公权云："心正则笔正。"要知心正则无不正，学诗者尤为吃紧。盖诗以道性情，感发所至，心若不正，岂可含毫觅句？（薛雪《一瓢诗话》）

在清代云南诗学中，"温柔敦厚"同样作为诗歌创作主体的性情修养而受到格外的关注，朱庭珍说：

> 温柔敦厚，诗教之本也。有温柔敦厚之性情，乃能有温柔敦厚之诗。本原既立，其言始可以传后世。轻薄之词，岂能传哉！夫言为心声，诚中形外，自然流露，人品学问心术皆可于言决之，矫强粉饰，决不能欺识者。盖违心之言，一见可知，不比由衷者之自在流出也。古今以来，岂有刻薄小人幸成诗家，忝入文苑之理！如阴参军已为宋臣矣，而陶渊明送之，但曰"才华不隐世，江湖多贱贫"，何等忠厚，何等微婉！若出后人手，不知如何浅露矣。少陵哭房琯，送严公，梦李白，寄王维，别郑虔，其诗无一不深厚沈挚，情见乎词，友朋风义，何其笃也！昌黎于

柳州、东野，一往情深。有陶、杜、韩三公之性情，自宜有陶、杜、韩三公之诗文也。（朱庭珍《筱园诗话》）

可以说，倘要"教化"，必先"能化"，"能化"的源泉蕴藉诗中，而诗中之"能化"因子却根源本于"人心"，即根源于人之性情、修养等，而此性情、修养不是泛指，而是特指被"温柔敦厚"这一原则过滤过、检阅过的符合教化旨归的"性情"，必须使人得"性情之正"，这才是符合儒家诗教规范的。因此，主体的性情修养就显得尤为重要，可以说，它是达到教化目的的根源。所以，饱含诗人"温柔敦厚"之性情的诗，在被广泛接受时，才可能用以教化人、影响人，而这教化、影响的心理基础就是"人同此心、心同此理"。简单地说，就是要想使人"温柔敦厚"，须得自己先"温柔敦厚"，表现在作品里也得"温柔敦厚"，这才可能达到教化之目的，几种决定性的因素缺一不可。

清代云南诗学中，也颇多儒家诗教之话语，这表现在本体论、创作论、风格论、批评论等各个方面，有的直接用"温柔敦厚"来表示，有的用其衍生词如"思无邪""性情之正""诗教"来表示，总之，皆为儒家诗教对主体修养要求方面的内容，可以说，清代云南诗学总体看来是儒家的。为了对清代云南诗文论著做一综合考察，现把相关的论述兹录于下，以便统观全局，览其大略。

温柔敦厚，诗教也。即间涉讽刺，要使言者无罪，闻者足戒，方元戾三百篇之旨。（师范《荫椿书屋诗话》）

圣人以诗立教，非徒示人以吟咏之适，实欲使人各得夫性情之正也。故曰："诗三百，一言以蔽之曰：'思无邪'。"又曰："温柔敦厚，诗教也。"虽好贤如《缁衣》，恶恶如《巷伯》，或未免于过情，然于无邪之旨忠厚之意，罔或悖焉。（王寿昌《小清华园诗谈》序）

诗者，志之所之，而志者，情之主，性之迹也。性正而后志正，志正而后思正，思正而后诗正，而后无邪之旨乃可言焉。天下竞言诗矣，顾取而读之，究茫然不知其志之所在，而遑问其性情。窃深惧夫无邪之旨之久不明，而圣人以诗立教之意之终古晦昧而莫或讲也，因于小清华园谈诗时，稍微引其端倪，发其旨趣，且取古人及唐人诗类而系之，以为初学揩式。俾童子读之，庶几涵泳之下，悠然有以得其性情之正，而不至流为放辟邪侈之归。（王寿昌《小清华园诗谈》自叙）

著论从心阐，千秋考镜深。无邪源乃正，辨古鉴于今。格律宗风雅，才思自毅沉。展篇中有会，绮靡得规箴。（王寿昌《小清华园诗谈》二首其二）

子建此书，抗志立功，不徒以文人自命。且夫有德而后有言，忠节如陶杜，虽处穷约，文章必传。若无忠节，纵能立功，且能立言，人亦唾骂耳。学者不可不勉哉！（许印芳《诗法萃编》）

诗以道性情，无人不知，且无人不言之矣。然自人人知之而性情之旨晦，人人言之而性情之真愈消。子孝臣忠弟恭兄友，男女有别，朋友有信，此性情之正也。（师范《触怀吟》序）

若其为用，可以兴，可以观，可以群，可以怨，迩事父，远事君，且并多识于草木鸟兽之名，则夫子教人学《诗》之旨，又无过此数言之详且尽焉，然其要则总归之以"思无邪"一语。吾人学《诗》，诚能守此一言以为之宰，然后本《舜典》数言奉为矩矱，自能八音克谐，用之邦国，用之郊庙，无施不可。（方玉润《诗经原始》）

我们发现，"诗教"，或作为主体修养，或作为批评标准，或作为指导思想，或作为精神旨归，以各种方式被反复言说，然而，重视主体的性情修养却是"温柔敦厚"诗教的内在逻辑，也就是说，没有这一点，达到教化的目的则显然是值得怀疑的。虽然，"诗教很重视诗歌的政教伦理意义和现实社会功能，这里则要强调指出，诗教并未由此而走向对诗人情性胸襟之抒发的彻底否定（例如它丝毫也没有'作文害道'之类的意思或倾向），它恰恰是由此而与'诗言志'的传统相结合，走向了对主体发抒其情性胸襟的大力肯定，并进而对主体的'为人'予以高度重视，提出了明确具体的要求。只不过这种肯定、重视与要求，仍受到儒家伦理道德观的有力制约，打上了它的鲜明印记。"① 可以说，被儒家"温柔敦厚"的诗教筛过的"性情"，其残留物就是与"性情之正"比肩而立的"真性情"。

可以说，清代云南诗学是儒家诗学的一个缩影，或者也可以说，它"受儒家思想的影响既深且广"（张国庆《云南古代文学理论概览》），或者直言它根本就置身于儒家诗学框架之内，不过是置诸于"清代云南"这一特殊的时间阈限和地理区域而存在。然而这样说并不意味着抹杀其个性和创造性，相反，在其中，我们能看到独特的精神闪光。

二　作为批评标准的"温柔敦厚"

作为特定艺术风格的温柔敦厚，在诗歌批评中，常常作为一个重要的原则或标准而存在，批评家们拿着这把尺子来衡量文学艺术，其标准一般不是审美的，而是功利，具体地说，就是儒家那些社会功能、道德伦理、诗教内容等。所以我们也可以从他们所欣赏的作家、作品中，得以见出他们的审美趣味、价值尺度或批评标准等。

统观云南古代诗文论著，我们会发现一个有意思的现象，那就是云南的诗家们对杜甫的称赏，比如：

> 何谓深？曰：少陵之"夜阑更秉烛，相对如梦寐"；暨"喜心翻倒极，呜咽泪沾巾"，情之深也。"不为困穷宁存此，只缘

---

① 张国庆：《中国古代美学要题新论》，中央编译出版社 2010 年版，第 107 页。

恐惧转须亲",意之深也。"天明登前途,独与老翁别",味之深
也。(王寿昌《小清华园诗谈》)

工部诗诚高矣,而何至字字皆书,句句皆史?且工部当日下
笔时,又何必字字皆书,句句皆史?(严廷中《药栏诗话》)

夫诗之作,岂徒以青白相媲、骈丽相靡而已哉,要中存风
雅,外严律度,有辅于时,有补于名教,然后为得。杜子美诗人
冠冕,后世莫及,以其句法森严,而流落困踬之中,未尝一日忘
君民也。孔子曰:"诗三百,一言一蔽之曰'思无邪'"。(陈伟
勋《酌雅诗话》后跋)

……少陵扩而大之,变而通之,植骚雅之干于对偶声律之
间,用法甚严,取境甚宽,运之以纵横排戛之笔,行之以浑浩流
转之气,游刃有余,无施不可。全集中得诗百七十首,单章优
矣,连章尤胜;平调美矣,拗调尤奇。自有七律以来,此老开出
特地乾坤,千百世当奉为矩蠖。(许印芳《诗法萃编》)

古今句可法者,如少陵"五更鼓角声悲壮,三峡星河影动
摇"……皆雄浑高壮,气势凌跨一切,又复确切老当,情中有
情、诗中有我,既非空声,亦无用力痕迹,真大手笔也。(朱庭
珍《筱园诗话》卷三)

以上所引,约略可以见出云南诗家们对杜甫的尊崇,王寿昌以杜
诗阐释什么是"深",陈伟勋从句法与"不忘君"来称赏杜甫"诗
人冠冕,后世莫及",许印芳从对偶声律、用法、取境、运笔等认为
"此老开出特地乾坤,千百世当奉为矩蠖",而朱庭珍在《筱园诗话》
中更是对杜诗方方面面加以学习、借鉴、称赏,他把杜甫归入"波
浪接天、汪洋万状、鱼龙百变、风雨纷飞"的"大家"之列,在论
及"咏物诗最难见长"时,说杜甫是"大手笔",更称杜甫《登楼》
为"千古杰作、实至名归"。朱庭珍何以对杜甫如此称赏,究其原
因,杜甫和他的"诗须有我""又须无我""真我"等诗法主体论以

及其审美理想相契合。

那么，整体来看，云南诗学家们称赏杜甫，又是为什么呢？我们仍不得不从"温柔敦厚"的"诗教"谈起。张国庆先生概括出诗教的五个特征。

第一，高度重视文学的现实意义、社会功能，有浓厚的政教伦理色彩。

第二，上接"言志"传统，在一定前提下肯定并要求诗歌要着重表现主体的胸襟情怀，由此更涉及主体的"为人"问题。

第三，婉转曲折，含蓄蕴藉，意在言外，韵味深长。

第四，借重比兴。

第五，强调诗歌艺术风格的温润和柔。①

我们知道，杜诗"沉郁顿挫"，气象宏阔，境界壮阔，但其所体现的温柔敦厚的诗学精神与诗教的特征比较贴合，即他关心国家兴衰，风俗民情，天伦之乐等，也就自然与政教诗教一脉相通。加之杜甫诗又不止于此，还表现了人生际遇中人之为人的"真性情"，也就是说，前者与云南诗学儒家特性密切相关，后者又显示了文学艺术的本质特征，这恰和清代云南诗学家们的审美心理结构暗合。当然，批评的声音依然存在："三百篇中，其性情亦甚不一，而总归于无邪，故虽里巷之歌谣，皆可为万世之典训。自时厥后，以代而衰，遂至流为放辟邪侈而不可止。间有贤者崛起其间，各树骚坛之帜，而往往不能无偏倚驳杂之弊……其余诸贤，亦各有弊。惟杜少陵性情真挚，忧国爱君之意盎然与楮墨之间，犹有诗人遗意，但多忧伤感愤，拟诸三百，实为变风变雅，终非盛世之音。若韩昌黎以唐代名儒，性情颇得

---

① 张国庆：《中和之美：普遍艺术和谐观与特定艺术风格论》，中央编译出版社 2009 年版，第 132—147 页。

其正，故篇什之间每吐德音，然以文笔为诗，往往不免过于豪放。要之，古来作者，各有短长。学者贵取其所长弃其所短，驯而至于温柔敦厚之归，则《雅》《颂》之音，庶可复睹耳。"①

可见，王氏一面欣赏杜甫"性情真挚，忧国爱君之意盎然与楮墨之间"，一面又批评他"多忧伤感愤""实为变风变雅，终非盛世之音"，即便韩愈也被其批评"文笔为诗""往往不免过于豪放"，总之就是他所说的有"偏倚驳杂之弊"，排除极度情感的表达，并欲将之纳入"诗教"一统，殊不知对于天才来说，任何框框都是徒劳的。生在古典诗学末世的王寿昌，其审美趣味如此，亦可见胸次之一斑了。然而，"文学艺术本是一片生机勃勃色彩丰富的海洋，那各具异彩、各有风姿、从四面八方奔腾而来的万千江河溪流是它生命的源泉，它最不能容忍单一雷同，因为那将彻底夺去它生命的源泉，夺去它的光彩与生机，最终陷它于死地"。②

诗学批评，既要温柔敦厚，符合诗教观念，又要符合艺术的审美标准，怎么办？两者可以整合统一吗？张国庆先生说："在诗歌（文学）领域中，要大力倡扬儒家的礼义忠孝，就当然不能否定而是要积极肯定诗歌的现实意义、社会意义和伦理意义，并肯定是符合于'性情之正'的主体情志的抒发。同时，既然是要通过诗歌来倡扬礼义忠孝，就当然应该充分注意并发挥诗歌的某些重要艺术特性。直率粗豪地公然违背礼义忠孝、情性之正固然不行，直率粗豪地宣讲礼义忠孝同样不行，因为那样做只会令人生厌。必须借助文学以情动人的特性，既抒真情，又蕴深理，同时出之以委婉含蓄、优柔不迫的艺术表现，这样，在诗歌所创造出的一种浓厚的艺术氛围之中，读者就很容易受到诗情诗理的打动从而与之产生真正的共鸣。"③ 这见解无疑

---

① 张国庆选编：《云南古代诗文论著辑要》，中华书局2001年版，第28页。
② 张国庆：《中和之美：普遍艺术和谐观与特定艺术风格论》，中央编译出版社2009年版，第151页。
③ 同上书，第148页。

是深刻的。也就是说，不但要"抒真情，又蕴深理"的内容，而且也要"委婉含蓄、优柔不迫"的艺术表现，这样才能打动人，从而产生审美共鸣，这显然与中和之美是相通的。但无论如何，"温柔敦厚"的诗教，给不能以自由意志行事的人太多压抑和痛苦，所以文学史上哈姆雷特的犹豫、醉翁之酒、项庄之剑也就不难理解了。

三 以诗教化：清代云南诗学的叙述动机

所谓"骏马秋风塞北，杏花春雨江南"，地域空间的差别不仅在社会文化生活中表现出来，也表现在文学艺术和文学批评中。对于清代云南诗论家来说，其叙述动机除了阐发诗学观念，另一个重要的目的就是"以诗教化"。其不同于中原主流诗学之处在于：它不是主要强调通过接受而起到的教育、感发作用，大多是寄希望于创作主体自身修养的提高，如前文所述的根柢、学问、性情、养气等，皆为其所重，并将之运用到诗歌创作中。主要表现是：

其一，在尊王崇圣这一前提下，以"温柔敦厚"的诗教统帅叙述，有时甚至不惜借神怪力量加以证明。

（父亲）尝戒范曰："吾辈干事读书，俱不可任天而弃人。予幼时，性颇钝。年十四，汝祖父以应试卒于楚郡。无叔伯昆弟之助，因自思舍此案头物终无以报吾亲。奈日夜呻唔，旋得旋失，遂虔祷于所供大士，并作一疏焚之炉中。甫就寝，见一人持刀启胸提予心，三洗之而去。醒后汗淫淫在，胸鬲问且犹负创痛。自是心境豁然，日有进机。予之得以承先启后，弗坠家声，皆由神佑。然亦非予之积诚，无以致此。汝其识之！"（师范《荫椿书屋诗话》）

这种貌似"灵异记"的故事，叙述起来却像煞有介事，并附之以"然亦非予之积诚，无以致此"，足见信之弥笃，很是有趣。相似的情形还出现在赵士麟的论述中，他以形象的比喻对主体修养得以完善的过程："夫文之切于斯世者，譬犹星辰之于天，须眉之于人，初无所预然，而有之则天象修而人形妍，无则昼夜乖舛而容仪陋劣矣。今欲为文，必反其虚骄之气，发愤择术，直诋辞章为淫言，葩藻为宿秽，期于铲削刊落，以径趋乎道德之途。旋转如乾坤，辉映如日月。"（赵士麟《文论》）

其二，作为传道、授业、解惑的叙述主体身份，启示后学："余非能诗者也，亦非知诗者也，何有诗话？……抑尝窃附作者，不过以抒写己意，为朋侪及子侄辈示教耳，非敢云诗也。"（陈伟勋《酌雅诗话》）曹仓评价其师王寿昌《小清华园诗谈》时说道："深而求之，文人学士皆可得其指南；浅而求之，即里师童蒙亦可资为课诵。"（王寿昌《小清华园诗谈》跋）

此外，许印芳汇编《诗法萃编》亦欲"为初学批郤导窾，索引探赜"为己任。朱庭珍说："一秋杜门养疴，惟与药炉经卷相伴，甚苦岑寂。郡中同人偕及门二三子，日载酒过从，争问诗法于余。愧无以副诸君厚意，乃以笔代口，述予见闻所及，为诗话四卷付之，各录一通，用塞其请。虽落语言文字之迹，然度迷津者必假宝筏，识歧途者莫如老马，姑导先路，未始非学者金针之度也。夫无上妙谛，贵心契于言外，拈花微笑时，悟彻三昧，讵复有法可说哉！要所能言传者略尽于是，区区之心亦略尽于是矣。"（朱庭珍《筱园诗话》）

这话说得很是明白，此编"用塞其请"教人学诗法，"姑导先路"，即相当于提供基础教材，满足同乡、同侪、后学的求知欲、探究欲。朱氏更把做此编时状况、心境加以叙说："时省围正急，壁垒密于布棋，日夜鏖战，枪炮声震天地，自官吏以迄搢绅先生意气闲暇，谈诗自若。予更围炉著书，几忘身在危城也。朔风宵鸣，一灯如豆，摊卷泚毫，苦心淫思，岂非膏以自煎，香以自残耶？"（朱庭珍《筱园诗话》）身陷危城、朔风猛烈，而能围炉著书、苦心淫思，如膏自煎、如香自残，至"三易其稿"乃成，亦足见叙述主体"为文之用心"何其深。

其三，作为"教化之儒"的政治和文化双重自觉。

> 兴学校，敦礼节，建塔以补形胜，士有长誉之如恐不及。每岁捐数百金，以资书院诸生，而时考其学之进退，亲为讲论辨析，如是者不倦。……凡在望江前后八年……能提倡风雅，宏奖人才。……以文字就正者，自士大夫一至山人墨客，所在皆是也。①

师范不仅有作为"王者之儒"的担当，更有作为"教化之儒"的自觉，他"亲为讲论辨析"，"提倡风雅，宏奖人才"，为官为师，皆有政治与文化的双重自觉，颇有汉代循吏风范。

此外，王寿昌"以朱程道统自任"，被嘉庆盛赞"是一正经念书人"；陈伟勋"授徒严守宋儒规条，以穷理尽兴为宗，即贵游子弟不稍宽"，所以门下多出人才；严廷中"为山东莱阳姜山丞，甫下车，见其文教不兴，即建立官学，捐廉为诸生膏火，按课校文"；（缪尔纾《严廷中传》）许印芳"其教人也，不拘一格。有教以经学史学者，有教以诗学古文学者，且谓识时务者为俊杰，而教以经世之学者。大抵视诸生性质所近而诱掖之，奖进而裁成之，所谓因材施教者是也"。（秦光玉《许苪山先生传》）可见，明清云南诗论家，无论作为"王者之儒"还是"教化之儒"，皆有自我身份意识的深沉自觉，为人为文，皆不失一个儒者"温柔敦厚"之儒家本色。当然，谈诗教不可以忘记道德这一维度，尤其对于清代云南诗学而言，大多仍是"事君事父""思无邪"等内容，就像许印芳所言："若夫说诗以教学人，《虞书》'言志'后，孔子之训'事君事父'、'兴观群怨'、'温柔敦厚'、'知道'、'无邪'，卜子之训'吟咏性情'、'主文谲谏'，

---

① 张国庆选编：《云南古代诗文论著辑要》，中华书局 2001 年版，第 21 页。

孟子之训'以意逆志'、'论世知人'，是皆词约义精，为千古说诗之祖。"（许印芳《诗法萃编》）其地域化儒学形态的形成，影响是多方面的。然而我们文中议论已经不少，在此不赘述。

其四，作为道德卫士，匡扶世道人心。

> 诗话虽只论诗，然苟归雅正，则兴感之易，有裨世道人心不少。余观诗话、杂说行于世者多矣，惟能持正论者为上乘。有宋宰相陈俊卿序黄常明先生《碧溪诗话》云："作诗固难，评诗亦不易。酸咸殊嗜，泾渭异流。浮浅者喜夸毗，豪迈者爱道警，闲静之人尚幽渺，以至嫣然华妩无复体骨者，时有取焉，而非君子之正论也。夫诗之作，岂徒以青白相娸、骈丽相靡而已哉！要中存风雅，外严律度，有辅于时，有补于名教，然后为得。杜子美诗人冠冕，后世莫及，以其句法森严，而流落困踬之中，未尝一日忘君民也。孔子曰：'诗三百，一言以蔽之曰"诗无邪"。'以圣人之言观后人之诗，则醇醨不较而明矣。"余因阅诸家诗话，时出已意，窃附其间，或又得诗，以题其后，零碎草稿，不觉成编。爰即以《酌雅》名之，大意在抵排异学，黜落淫辞。而凡有益于世道人心者，亦各因所触而推衍其说。至如吟风弄月等词，苟其有得于比兴之意，有合于风雅之旨者，亦取而附焉。总兢兢奉夫子"思无邪"之一言以为矩范而已矣。（陈伟勋《酌雅诗话》后跋）

要之，"以诗教化"是清代云南诗学叙事的主要动机，对一方风化颇有影响。清代随着地方志的发达，云南诗学开始兴盛，并且有诸如《筱园诗话》类高质量的著作出现。观其大要，其叙述目的大致有三：一是记录保存同时代人的诗歌；二是儒家诗学视域下，对诗学史上的问题进行重新阐释与再思考；三是指导时人、后学的诗歌创作。不可否认的是，"以诗教化"当仁不让地成为清代云南诗学叙述的主要动机。

第二节 诗歌批评中的道德批评

作为儒家诗教核心的"温柔敦厚"，使人得"性情之正"，成为温良谦恭、宽厚仁爱、纯正平和、温润如玉的道德主体，这一精神投射到诗歌鉴赏中，就很容易使批评家抛开审美判断而流于道德判断，即是说，不是判断诗歌"美或不美"，而是判断"善或不善"。

那么，诗歌批评中的道德批评何以可能呢？

文字学家考证，"道"本义是指"道路"，"德"的含义是指"人的具体行为"，"与巡视、选择道路的行为有关"。① 《说文解字》云："德，升也。"段玉裁注云："升当作登"，与走路的行为有关，释"道"为"所行道也"可见，两者本身并无善恶之分。走路乃人体本有能力，根据甲骨文"德"的字形来看，郭沫若释为"从直从心"，② 应该是没有问题的，而"直"又"从十从目"，也和人的眼睛密切相关，即"道"与"德"皆与"目"相关，而作为生命机体之一的"眼睛"就成为与"道""德"密切相关的东西，其依据是原始思维中所持有的"人体式"的隐喻。③ 通过这一考察和民间语文的分析发现，"道"与"德"的本源义都与汉语中的"直"有关系。

那么，该怎样理解"直"呢？不妨用当时民间语言来考察。

或曰："以德报怨，何如？"子曰："何以报德？以直报怨，以德报德。"（《论语·宪问》）

---

① 张持平等：《殷周宗教观的逻辑进程》，《中国社会科学》1985 年第 6 期。
② 郭沫若：《郭沫若全集》历史编卷 1，人民出版社 1982 年版，第 336 页。
③ 参见［意］维柯《新科学》，朱光潜译，人民文学出版社 1987 年版，第 180 页。

可以看出，孔子赞成原始时代"以直报怨"的观念，与孟子"杀人之父，人亦杀其父；杀人之兄，人亦杀其兄"（《孟子·尽心下》）遵循相同的原则，这说明原始儒家赞同本能的道德观念，反对老子"以德报怨"的"伪善"原则，这似乎也和"温柔敦厚而不愚"的诗教观念一脉相承。由此可见，原始伦理学遭遇文明时代遇到了双向选择，即："以德报怨"还是"以直报怨"？选择前者是基于"脑"的功利伦理学，服从文明道德，遵循"伪善"原则，后者则基于"目"的直觉伦理学，服从先验道德，遵循"直觉"原则。有学者分析道：

> 从某种意义上说，原始道德是一种直觉伦理学，文明道德则是一种功利伦理学。前者的基础是人的直觉，"直心"，这也就是俗谓的"良知"。……而后者的基础则是知识和思维，也即俗谓的"经验"。……所以说文明人的道德行为不是依据直觉，而是依据某种知识范式或经验类型，当然这其中也可能有与良知相一致处，比如以英雄人物为榜样，但其目的却不是满足良知，而是满足人在社会中的荣誉感，这就使文明人的道德感经常靠不住，因为不是发之于内心，而是发自经验类型，那么他就既可能依照英雄范式，也可能依照非英雄的、大众的范式，"多一事不如少一事"。①

从"道""德"文字结构都从"目"来看，"目"即便是原始道德的生理基础，由"目"到"脑"的转换，则意味着原始伦理道德（直觉为其生理基础）被置换为文明道德（理性和知识为其基础），其转换契机是原始伦理道德在文明进程中，饱受磨难而所做的必然选择。这就意味着，当道德不再遵从"直觉"，而遵从各种原则、规范时，它便越来越背离其原始本意，显示出道德与历史二律背反的特

---

① 刘士林：《中国诗性文化》），海南出版社 2006 年版，第 108 页。

征。那么，"目"与"脑"的嬗递，包蕴着直觉、感悟到理性、经验的迁变，之于诗歌批评，也就意味着审美与道德双重标准的此消彼长。

至此，我们就不难理解中国古代诗学史上常常面临的批评标准和原则，何以总纠缠于道德与审美之间，一面是伦理规范下文明道德的冲击与限定；一面是直觉基础上对原始道德的渴望与回归，这就使得道德批评伴随整个中国古典诗学的发展历程，如影随形。至此，中国诗家们所遭遇到的问题是"怎么办"。儒家给出了诗性伦理学最高境界的表达："喜怒哀乐之未发，谓之中；发而皆中节，谓之和。中也者，天下之大本也；和也者，天下之达道也。致中和，天地位焉，万物育焉。"（《礼记·中庸》）蕴藉于内，它是一种恰到好处的伦理直观；散发于外，它又处处符合伦理道德规范，内与外，直觉主义和功利主义达到最完美的和谐，这种和谐表现在诗歌艺术上，就是"温柔敦厚"的诗教自觉。

据此，以下从道德批评的两种主要表现形式，即诉诸于直觉的判断，诉诸于日常积累的知识、经验的判断加以分析。前者主要是直觉判断，后者则包括对日常生活中诗人道德品行的判断，以及文学艺术活动中对是否符合"温柔敦厚""思无邪"等标准的判断。

倘若按照批评标准审美、思想的二分法，道德批评属于思想批评；倘若按照批评标准真、善、美三分法，道德批评属于"善"。道德通常分为两种：作为日常行为规范的道德；合乎儒家伦理规范的道德。在文学艺术批评中，一般有两个指向：对创作主体道德的判断；对作品所反映出的道德思想、精神旨趣的判断。对于批评家而言，其道德标准、道德观念之于文学艺术的批评就显得尤为重要，甚至起决定作用，因为那是判断作品价值的重要尺度和依据。

韩愈所谓的道德为："凡吾所谓道德云者，合仁与义言之也，天下之公言也。老子之所谓道德云者，去仁与义言之也，一人之私言也。"（《原道》）显然，韩愈所言之"道德"，其内核为"仁"

"义"，明清云南诗歌批评中。滇儒所持道德观念约略与此相类，也就是以儒家"温柔敦厚""思无邪""性情之正"等为批评标准。陈伟勋在其《酌雅诗话》自叙中说："余非能诗者也，亦非知诗者也，何有诗话？顾尝服膺'思无邪'之一言，以为是千古言诗极则。外圣人之言，舍性情之正而言诗，必非佳诗。故尝持此意以论列风雅。首正者，莫如邪说。邪说者，一释教，一淫辞是也。浮屠之说，圣人之世无之。惑世诬民，莫此为甚。程子谓当如淫声美色以远之，不尔则骎骎乎入于其中，痛切甚矣！"陈伟勋论诗力斥袁枚、郑板桥，认为有碍名教。其自叙表明，他以"思无邪""圣人之言""性情之正"为标准，论诗以是否有益于世道人心为标准，把其所谓"淫辞""邪说"排除在外，"总使归于风雅，有补诗道，无蠹人心"。①

那么，清代云南诗学中，道德批评又是如何体现的呢？以下从道德批评作为诉诸于直觉的判断以及诉诸于日常积累的知识、经验的判断两个方面，加以列举详说。

至若古今淫书，不下数十百种。士大夫所同好者，莫如《西厢》、《聊斋》、《红楼梦》。是三书者，余尝比之于妓馆之污，不解其何以脍炙人口如此。昔有余杭同年，盛赞"《聊斋》不可不读"者，余亟为辨之，因著《辟蠹令》一篇，论淫书之蠹人心者甚悉。夫芳草美人，《离骚》托兴，其意在于爱君。三百篇中，淫风不一，圣人未之删者，欲以惩创人之逸志，亦以观列国之盛衰。其必法《韶》舞而放郑声者，正以其淫也。如《卫·硕人》一篇，形容至"手如柔荑，肤如凝脂"等句，可谓揣摩入神，抑思其诗固何为而作，其用意果何在耶！……杜固诗中之圣，虽颠沛中不忘苍生社稷，所以可传。太白天才，东坡大才，乐天逸才，诗已为人间绝唱。但乐天、东坡多赠妓忆妓之

---

① 张国庆选编：《云南古代诗文论著辑要》，中华书局 2001 年版，第 74—75 页。

作，未免脂粉。窃欲于二公诗集中去此等篇以全其美，少年人或鄙笑之，老成人未必不称善也。更如元之杨廉夫，诗才冠世。张士诚吴时，东南名士多归之，所不能致者，惟廉夫一人，是其人品高卓为何如。而多置姬妾，载与俱游，至为《香奁八体词》，题目已多鄙亵……故于此篇，既以辟异说诸篇弁诸首，即以论瞿存斋所载《莺莺传》一段次其后，庶几合程子"淫声美色以远之"之意，亦得夫子"一言以蔽之"之旨。其余如嘲风月，弄草木，随诗人意兴所到，但有流丽而出于端庄，婀娜而含于刚健者，俱不必弃去总使归于风雅，有补诗道，无蠹人心而已。

"余谓《莺莺传》，乃淫书也。自有此书，世之年少读书人迷溺不少。后世复演为剧，于是村夫俗子及妇孺无知，胥感此而不禁淫心也。自来才子，言行多雅驯，况见之著述以误后人，以污名教如此传者，悉诗书中罪魁也。宜禁而焚之久矣，又从而表彰之，何哉？为之诗曰：'晚唐长庆间，才子元微之。素有《莺莺传》，复制《会真诗》。其言实鄙猥，奈世多贪痴。但见读书人，观之为意移。恍已遇洛神，忽若来西施。心猿复心鹊，不禁纷交驰。此传将千年，贻误乃如斯。比之作俑者，厥罪何能辞。愿并异端书，焚使俱灰飞。'"

乾隆间，钱塘袁太史子才枚，诗学敏妙，固应为本朝一大家，其才亦不减曹子建。一时声名，倾动天下，有由然也。惟性爱红裙，喜为狭斜之游，至门徒中有殊色者，且渔猎而狎昵之。此其一己之嗜欲，亦孰从而禁之者。乃至形诸歌咏，传诸笔墨，付诸枣梨，欲天下人皆知之而竞艳之。郑、卫风行，廉耻道丧，害义伤教，莫此为甚，而犹欲以骚坛一帜自命，为风雅之宗，吾不知其何可也。①

---

① 张国庆选编：《云南古代诗文论著辑要》，中华书局 2001 年版，第 74—105 页。

陈氏"授徒严守宋儒规条，以穷理尽性为宗"，[1] 以崇名教，辟淫辞、邪说为己任，认为"释教""淫辞"皆为"邪说"，《西厢》《聊斋》《红楼梦》皆为"淫书"，并将之"比之于妓馆之污"，不解此三书何以脍炙人口，指斥其迷溺人心、"惑世诬民，莫此为甚"，诉诸于直觉进行道德判断；他又批评"乐天、东坡多赠妓忆妓之作，未免脂粉"，所以欲将此类作品去掉以全其美；批评杨维桢"多置姬妾，载与俱游"，以致为多鄙亵的《香奁八体词》；指斥《莺莺传》惑溺误人，乃"污名教"之"罪魁"；评价袁枚，也主要是以日常生活经验为标准的道德判断，言其"廉耻道丧，害义伤教，莫此为甚"，言辞颇为激烈。

总之除了人身攻击，陈氏就是要剔除"人之为人"这一维度，也就是说，在他看来，文学艺术中，表现情欲是应该被批评或者说被禁止的，他的处理办法是：一是远离"淫声美色"，以得"思无邪"之旨，将诸如"嘲风月，弄草木，随诗人意兴所到，但有流丽而出于端庄，婀娜而含于刚健者，俱不必弃去总使归于风雅，有补诗道，无蠹人心而已"，即是说，将具有这些风格、特点的作品，悉数纳入整合，一并统摄入儒家伦理道德、行为规范的框架之下，从而使之"归于风雅，有补诗道，无蠹人心"；二是像《西厢》《聊斋》《红楼梦》《莺莺传》这些被他列为"淫书"的，应该被"禁"并且要"焚使俱灰飞"，即禁止并且烧掉它。这不仅是原则上禁止，更是从物质上消灭，其识见之迂腐、趣味之偏狭，实乃诗话中所罕见！其自叙如此，卷中所论大多斤斤于伦理道德观念。然而，"行文尚平和，议论亦不务苛刻，末多以己诗作论断，于有清一代诗话中可谓创体也"。[2] 当然，其评论也不乏对传统诗学中个别概念、范畴、风格的很好发挥，尤其表现在对陶诗的评论上："陶诗淳厚古茂，太

_____

① 周钟岳等纂：《文苑传》，《新纂云南通志》卷 234，云南人民出版社 2007 年版，第 112 页。

② 蒋寅：《清诗话考》，中华书局 2007 年版，第 546 页。

初之音，诗与人均堪不朽。"（《酌雅诗话》自叙）其所谓不朽之太初之音"，其实就是对"古风"的赞赏，对素朴的、自然美的欣赏；再如他对"理趣"的发挥，如：

> 其诗语语理趣，不可枚举。姑即数处言之，如："倾身营一饱，少许便有余"，可谓守分知足也；"众鸟欣有托，吾亦爱吾庐"，大有万物得所气象也；"欢言酌春酒，日暮天无云"，鱼跃鸢飞，并无纤毫障翳也；"既耕亦已种，时还读我书"，日用行习常此，无损无加也；"不赖固穷节，百事当谁传？朝与仁义生，夕死复何求"，是实有所得，为天地不虚生之人也；"及时当勉励，岁月不待人"，终日乾乾，自强不息也……诗味皆从理道中流出。（陈伟勋《酌雅诗话》）

显然，陈氏所欣赏的是不为理障、不加雕琢、自然呈现的审美风格，这里其所谓"理趣"跟宋诗中有不同，是指大自然鸢飞鱼跃、花开花落、云卷云舒、生机勃勃的万物的"存在"，是一种向自然无限敞开的自由状态，是"诗"与"哲"的融合无迹，换言之，是美的状态。

对于陈伟勋而言，审美批评与道德批评，这两个看似相悖的标准，却在他身上实现了奇妙的融合，"他实际上接触到了审美主体经由极高的道德境界走向极高的审美境界这样一个颇为重要的美学问题。在他看来，在陶渊明那儿，极高的道德境界与极高的审美境界得到了很好的统一，而正是这种统一，成就了陶诗那语语理趣、诗味流溢的特点与优点。陈氏的这一见解，揭示诗中理趣与道德修养、美学修养的内在联系，相当独到而深刻。就整个中国古代文学理论史来看，也实不多见"。[①] 这意味着在这一点上，陈氏实现了从遵循现实生活的道德向理想的、超越性道德的审美提升。

---

① 张国庆：《云南古代文学理论概览》，《楚雄师范学院学报》2002 年第 4 期。

我们再看其他相关议论：李易安词足与李后主比肩。予尝戏谓："使易安得配后主，可称词君词后。"一老儒作色曰："此等失节妇人，虽有数篇佳句，亦何足取？"（严廷中《药栏诗话》）"此等失节妇人，虽有数篇佳句，亦何足取？"在诗学史已有记录中，这恐怕是李清照遭遇到的最严厉、最刻薄的批评，几近乎人身攻击而非真正的批评！这显然是诉诸于接受主体直觉的判断，是日常生活中的道德而非艺术批评中儒家所讲的伦理道德。

由此可见，道德批评俨然凌驾于作家、作品之上，似乎批评家们更具道德上的优越感而比别人更高明；他们以读者的道德导师自居，低估读者的道德或审美鉴赏力，从而对作家、作品做出先行判断。其以自己的道德水准、以独断的姿态判定作品的善、恶、生、死，就好像享有终审权的法官一样，将作品判定为"淫书"，贴上文明时代道德的标签。看看《西厢记》《聊斋志异》《红楼梦》《金瓶梅》《水浒传》的遭遇，就会发现文学史上每一次禁书、焚书的背后，都绰约着道德主义的影子。但，我们必须知道的是，文学艺术的本质特征应该是审美的，而不是道德的，舍此一点，艺术将不再是艺术，而沦为伦理道德的"传声筒"。

第三节　诗歌批评中的审美批评

"审美批评"属于理性概念，胡塞尔认为："彻底的深思本身同时即是批评，它起着进行原初阐明的作用。在此，这种阐明具有一种新的意义形态的特性，而并非仅是对一种先前已经确定的和划分清晰的标记之充实。"[1] 因此，审美批评是对象化的反思量，存在性的意义量。就清代云南诗歌批评而言，对象就是清代云南诗文论著里的诗

---

① ［德］胡塞尔：《形式逻辑和先验逻辑》，李幼蒸译，中国人民大学出版社 2012 年版，第 10 页。

歌批评。

　　从形式和内容上看，清代云南诗文论著"除了兼收云南地方诗人诗作并予以论说评赏以外，云南古代诗话完全与中原古代诗话一脉相承。在内容方面各部著作常有自己的侧重点。有的偏重于以诗话的形式来保存滇中的诗人诗作，如檀萃《滇南诗话》、袁嘉谷《卧雪诗话》；有的偏重于记载滇中诗人的断篇、轶文、掌故，品评滇中诗人诗作，如师范《荫椿书屋诗话》；有的偏重于对汉文学史上的诗人诗作进行广泛的评论，如陈伟勋《酌雅诗话》、严廷中《药栏诗话》、由云龙《定庵诗话》；有的在品评历代诗人诗作的同时，更注重文学理论问题的探讨，如王寿昌《小清华园诗谈》、许印芳《诗法萃编》、朱庭珍《筱园诗话》等。当然，各部著作既有所侧重，却又常常程度不等地兼含有上述多个方面的内容。从文学理论的角度看，《酌雅诗话》《小清华园诗谈》《诗法萃编》《筱园诗话》等的价值更高一些。其中尤其是《诗法萃编》和《筱园诗话》，不仅可视为云南古代文学理论的冠冕，即使置诸整个中国文学理论史上，也称得上是富有特色的佳作"。①

　　不过，依现代学术视野审视，与《诗法萃编》和《筱园诗话》多从创作论角度出发论述诗歌、评鉴诗歌不同，《荫椿书屋诗话》和《药栏诗话》虽然没有体系性、思辨性的评鉴，但在存在和意义转换上却契合无间，这也在一定程度弥补了其理论上的单薄。也即在诗话作者的叙述里诗人生命本身凸显了诗歌的审美意义。因此，除了看似外在体系性强，以孔、孟心传之学为己任，实则审美批评占篇幅大部分的《小清华园诗谈》外，清代云南诗歌批评中的审美批评大都体现于《荫椿书屋诗话》《酌雅诗话》和《药栏诗话》中，而在《诗法萃编》和《筱园诗话》中，审美批评的上位概念所占比重并不大，多是下位概念。因此，文章论述依据基本建立于此五部书话之上，涉

---

　　①　张国庆选编：《云南古代诗文论著辑要》，中华书局 2001 年版，第 1 页。

及后二者时，亦侧重于下位概念在上位概念的体现。

审美批评虽属理性概念，是反观，但自身结构具有次第性。它首先应是一种情感评价，就是诗歌带给欣赏者的审美愉悦，强调的是一种超功利的性质，属于直觉判断。从这一点上来讲，审美批评应该是文学艺术的首要批评。另外，审美批评才有镜像化的回溯化的定位。也即，诗学中的审美批评是在对诗歌审美体验的基础上进行的美的分析，由此构成对诗歌的审美判断，可以说，审美价值是文学艺术创造的基本任务。

审美批评与道德批评对举，后者属于思想批评，主要是以儒家诗教的道德标准判断诗歌的功用、价值、意义等；前者主要是艺术批评，也就是审美批评，主要是就诗歌的意境、风格、语言、风骨、情采等作出审美的判断。与道德批评判断一个作品"善或不善"不同，所谓审美判断，主要是判断一个对象美或不美，就像康德在谈"美的分析"时所说："不是把［它的］表象凭借悟性连系于客体以求得知识，而是凭借想象力（或者想象力和悟性相结合），连系于主体和它的快感和不快感。鉴赏判断因此不是知识判断，从而不是逻辑的，而是审美的。"① 从这一论述来看，审美判断应该是主观的，依据心灵这一尺度，是直觉判断，和主体的审美心理结构密切相关，是无利害的；此外，也存在一个经验主体，根据先在的经验的、逻辑的标准判断，这可以是客观的，属反思判断。对于审美批评而言，只要夹杂着利害感于其中，或者说对批评对象有所偏好，就不能进行很好的判断，或者用康德的话来说就是这个判断是"不纯粹"的，所以必须对对象抱有一种平淡而冷静的态度，以便在欣赏中也做个评判者。尽管如此，仅作审美欣赏，无疑是主观的，但作为审美批评，毫无疑问也不能不承认客观标准。

① 伍蠡甫、胡经之主编：《西方文艺理论名著选编》（上），北京大学出版社1985年版，第367页。

既然审美批评是批评者在文学艺术审美体验基础上进行的美的分析，进而对之作出审美判断，是文学艺术的首要批评标准以及其他诸如道德批评、社会文化批评的基础。那么，这就涉及审美标准的问题，它是衡量文学艺术价值的尺度，是进行审美批评活动必须首先解决的问题。

清代云南诗学家们主要的审美标准又是什么呢？

一　以"真"为美

在诗学批评中，"真"属于存在体验，是"善"和"美"的基础，没有"真"，也就没有"善"和"美"。在古代文论中，"真"有时用"信""实""诚"等来表达，与"伪""假""虚妄"等相对；其内涵与外延包罗甚广，在中国古典诗学中，常用以表征情感、象意、言辞、情景和艺术等的真实，其用语如"真""真意""真气""真性情""真精神""真诗"等。在清代云南诗文论著中，以"真"来论的很多如：愈浅愈真，宛然唐人声口。（《荫椿书屋诗话》）此诗摹写翔实，点缀生动，题本奇器，诗能肖题，不求奇而自奇矣。（《诗法萃编》）诸诗历奇险之地，写难状之景，各肖其地，佳处全在真切。（《诗法萃编》）是以诗贵真意。真意者，本于志以树骨，本以情以生文，乃诗家之源，即诗家之先天。（《筱园诗话》）吴渊颖歌行，真意真气皆苦不足，惟繁称博引堆垛典故……非作者也。（《筱园诗话》）之所以如此，正如王国维在《人间词话》中所言："境非独谓景物也。喜怒哀乐，亦人心中之一境界。故能写真景物，真感情者，谓之有境界。否则谓之无境界。"（王国维《人间词话》）

自然，"真"不仅仅是"信"与"诚""真景物"和"真感情"的问题，还涉及"写真"。这与摹写生活真实不同，而接触到了"艺术真实"。在清代云南诗学中，以"真"为美，更是被普遍认同的"美"的标准。譬如：

仆面目在忘思、罗隐之间，文章亦与面目相似。然是自己面目，非如兰陵王、狄武襄辈戴面具吓人也。

诗以真胜。有时随口说出，亦足动人，真故也。

至性至情语，似易而实难。或以浅目之，非知诗者也。袁子才先生《病中赠内》云："千金尽买群花笑，一病才征结发情。"《送女还吴》云："好如郎在安眠食，莫带啼痕对舅姑。"此种真挚语，在唐惟香山，在宋惟放翁耳，近代诸公集中不多见此。（严廷中《药栏诗话》）

诗有三真：言情欲真，写境欲真，纪事欲真。（王寿昌《小清华园诗谈》）

士人奉身入世，须有倜傥不群之概，才处处见真精神。若猥琐龌龊，志气卑靡，未免余子碌碌也。（陈伟勋《酌雅诗话》）

诗如人，真者传，不真者不传。……己有己之真，人有人之真；一日有一日之真，一物有一物之真，无容假也，无容袭也。（刘大绅《论诗（一）》）

这构成了理解阐释诗歌意境的基本框架。云南古代诗文论著的作者在一般意义上特别强调隐喻在诗文之中的真我，如刘大绅认为真我既能呈现个体差异性，也和某一个体内部的变化有关，因此，真我也许可以理解为差异性本身，然而差异性本身却成为共同向往的诗歌意境的前提。这其中所隐含的问题才是根本性的，才是需要阐释的。

严廷中论诗以"真"为标准，强调真性情、自己面目，大致是对情真意切，真情实感等的称赏。他把诗中之"真"分为三种：情真、境真、事真，其中"境真"较有创建。刘大绅论诗，特别强调隐喻在诗中的"真我"，不同人各有自己之"真"，每一天、每一事物皆有其"真"，不可蹈袭，很是注重不同主体、不同变化着的客体之间"真"的差异性。此外，尚有徐进《觉庵诗草》自跋云：

虽然，余诗固自有真我在焉。陈言务去，不事剽窃，此我之自好也。知人论世，称物平施，此我之大公也。留连光景，自写生灵，此我之境界也。往来酬唱，语必征实，此我之品格也。善善恶恶，毫无假贷，此我之予夺也。不作鄙俚语纤巧语浮滑语谐谑语、诡异及粗犷语、艰深及理障语，此我之戒律也。以我之性情为我之吟咏，未识海内吟坛究谓我诗如何。倘承摘谬指疵，自应虚怀听命，欲璞成器，端赖它山。（《滇文丛录》卷43）

此可谓文如其人、人如其文，诗与人合一的典范。他罗列了自己"陈言务去，不事剽窃"的为诗态度、"知人论世，称物平施"的批评精神、"留连光景，自写生灵"的创作境界、"往来酬唱，语必征实"的学术品格、"善善恶恶，毫无假贷"的认真坚持，拒绝写"鄙俚语纤巧语浮滑语谐谑语、诡异及粗犷语、艰深及理障语"，标榜诗中有"真我"，即所谓"以我之性情为我之吟咏"，并真诚希望有人"摘谬指疵"，从而谦虚地接受之，"文如其人"自是千古"文心"使然。徐氏"求真"之精神可嘉，然而，经过了以上"大手术""大淘洗"的诗，不知其审美品格所剩几何。

若以深刻而论，应数朱庭珍《筱园诗话》。只是在《筱园诗话》中，对"真"论述的逻辑线索不甚明晰，篇幅极少，偶尔涉及，连草蛇灰线也称不上。但若仔细体认，在明清思想文化背景下，朱的论述颇具创见。朱庭珍在《筱园诗话》卷四中提出：

体物之功，铸局之法，断不可少。此须沈心入理，于经史诸子推求研究，又于古大家集尽力用一番设身处地反复体认工夫，又于物理人情细心静验，始能消除客气，不执成见，以造精深微妙之诣，得渐近于自然。……客气主事，不能深究古人隐微……譬之无根之水虽暴，其涸可立而待，何足恃乎！

咏物诗最难见长。……而不废议论，不废体贴，形容乃超超玄著，刻划亦落落大方，神理俱足，情韵摇深……

　　可知诗家工夫，始贵有我，以成一家精神气味。迨成一家言后，又须无我……盖不执我，而自然无处不有真我在矣。

朱氏认为，诗家应从有我到无我，不执我才会达到真我。我与物，天与人，要"体贴"，须消除客气——执我属偏于主观侧的客气，如"且念头放失，多因私欲客气之动而始"；执物属偏于客观侧的客气，如王阳明的"私欲客气，果一物乎？二物乎"。① 虽然诗话里没有提出执物之说，但多处论述了执物的弊病，如"浅而且拙，粘滞已甚"，"后代不以神遇而以貌求，宜其日远也"，等等。在《筱园诗话》里，朱氏借用王阳明《传习录》中"客气"一词表述自己的诗学观，给诗话增添了一份存在论的意味。

毫无疑问的是，对"真"的自觉追求与欣赏，显然与诗家诗学观密不可分，清代云南诗学家们认为诗歌是主体性情的艺术外显，是基于根柢与兴会的审美创造，建立于此基础之上的创造，显然是表达诗人的"真性情"，而"真性情"也恰恰是诗歌中"真"的前提和基础。

二　以"清"为美

古典诗学中，意境是情与景、意与境的和谐统一，浑然一体，强调某一范畴或意境往往能显示出诗人潜在的价值立场与审美判断。整体来看，清代云南诗学所涉及的理论范畴与中原主流诗学趋向一致，但是，我们也明显可以看出他们对某些范畴的偏爱，譬如"清"作为独立的批评范畴受到特别的偏爱和精细阐释。清代云南诗学史中，比较集中而具体谈"清"的是王寿昌，他说：

---

① 　王阳明：《传习录》，沈顺葵译注，广州出版社 2006 年版，第 126 页。

诗有四清：心境欲清，神骨欲清，气味欲清，意致音韵
欲清。

此论述比较全面，从"心境"到"神骨"到"气味"到"意致
音韵"，涉及主体修养、诗歌音韵、风貌等方面的内容，也就是说，
从主体性情到其外显之状貌都不可少。然而，什么是"清"呢？他
接着说：

何谓清？曰：如谢希逸（庄）之"夕天霁晚气，轻霞澄暮
阴。微风清幽幌，余日照青林。收光渐窗歇，穷园自荒深。绿池
翻素景，秋槐响寒音。伊人倘同爱，弦酒共栖寻"。（《北宅秘
园》）

暨沈云卿之"独游千里外，高卧七盘西。山月临窗近，天
河入户低。芳春平仲绿，清夜子规啼。浮客空留听，襄城闻曙
鸡"。（《夜宿七盘岭》）

任翻之"楚国多春雨，柴门喜晚晴。幽人临水坐，好鸟隔
花鸣。野色连空阔，江流接海平。门前向溪路，今夜月分明"。
（《春晴》）

张燕公之"空山寂历道心生，虚谷迢遥野鸟声。禅室从来
尘外赏，香台岂是世中情？云间东岭千重出，树里南湖一片明。
若使巢由同此意，不将萝薜易簪缨"。（《邕湖山寺》）

杨司业（巨源）之"白鸟闲庭栖树枝，绿尊仍对菊花篱。
许询本爱交禅侣，陈寔人传有好儿。明月出云秋馆思，远泉经雨
夜窗知。门前长者无虚辙，一片寒光动水池"是也。（《题贾巡
官林亭》）

王寿昌用列举法解释"清"并且不加任何分析，他所想要表达
的"清"的实质实际上是极其模糊的，其内涵似乎我们也无法明确

把捉，但通观他所举之例，"清"应该是诗歌的一种境界，和"静"
"寂""幽""虚""空"等不无关系，既是诗境，又似禅境：空山无
人、水流花开，清澈明净、虚室生白。此境就如朱庭珍所云"如太
华秋晓，苍翠横空；滇池春晴，烟波澄练"。绍先天更是从诗歌本体
发生学的角度做出阐释："古无得真气而能以诗名世者，英华易泄
也。而真气全聚于秋。秋气者，天地之清气也。其气清，斯其性灵，
其神远，其行亦殊绝。故动则戾于时，即因而塞于遇。夫至戾于时塞
于遇，而后本其生平之政治谋猷与所历之名山大川风土人情，发为咏
歌，而语言遂妙于天下。"在他看来，秋气乃天地之清气，此时，天
高地迥，气清、性灵、神远，此情景使人的"行"亦"殊绝"，所以
容易"戾于时塞于遇"。他显然不仅仅是写"名山大川风土人情"的
诗情画意，而更多是强调"政治谋猷"在"戾于时塞于遇"之命运
中所激发出来的政治自觉。

　　我们知道，诗人的思想内容并不是生活世界内容的还原剂，但诗
人的生活世界无疑却反映着甚至决定着思想发生的背景、视域和想象
力。清代诗学对"清"的描述性阐释大都和"游"有关，但其游历
空间却主要是在云南。在《王虞门明府遗诗》序中，师范将楚地山
川风物与虞门相较说："虞门家祝融峰下，其云霞之变幻，林壑之葱
蔚，金光瑶草之诡丽，赜见饫闻，无不可于诗乎泄之，宜其超然拔俗
如是矣。"如果把师范所云之地方风物与王寿昌所列举之诗比较，我
们不难发现一些共同的东西，这就是地方性物景在诗歌中的呈现，以
及在此基础上对某种境界的喜好与偏爱。这种共同的东西可以和朱庭
珍的有关论述相印证，朱庭珍虽不满杨慎论诗集矢于六朝初唐，但还
是忍不住摘出杨慎佳句，五言如"凉风天末树，明月海边楼"，七言
如"岭上闻猨孤枕泪，壁间见揭故乡情"，"江山平远难为画，云物
高寒易得秋"，"渴虹下饮玉池水，蜺日平分苍岭霞"，认为皆可玩也
（玉池、苍岭皆在大理）。又举杨升庵《郊行》云："山田迭楼梯，水
田界棋局。白鹭时飞来，点破秧针绿"；又说"山城昨夜黄梅雨，开

遍金钗石斛花”，朱庭珍赞这些诗“皆善写风土，恰是滇西之景”。

可见，地方性的山川景物、风土人情，对诗人的思想有很大影响，表现在诗歌创作中，就是在意象的选择、意境的构造诸方面，无一不打上地域性的烙印。滇地奇异的山川风物，奇特的自然风貌，无疑是清代云南诗学偏爱“清”这一范畴的物质基础，也就是说，云南独特的地方景观潜在规定了其诗学在意境上对“清”范畴共同的审美取向。他表现为澄澈明净的光影、空寂清朗的物景、以绿为主的色调以及幽然宁静的主体心境等，与“静”“寂”“幽”“虚”“空”等有莫大关系。其中更突出的是超然拔俗的价值暗示，它明显不同于中原地区的恬淡退隐，而是像绍先天所言，是在政治谋猷“戾于时塞于遇”之际所做出的无奈选择，这一点，在担当的诗作中更能见出。

假如把清代云南诗文论著放诸现代知识谱系中，我们就要考虑审美意义的生成和语言、存在、自我、他者的关系。“意义是通过众多的模糊不清的方言（而不是仅仅通过直截了当的对话）显身于生活之中——显现于可见与不可见、已言说与在言说、共时与历时……显现于个人躯体与‘世界的肉身’之间。”[1] 我们知道，语言不是孤岛，就如自我不是孤岛一样。我们是共在的，这种共在不同于海德格尔的基础论共在，而是伦理化、生活化的共在。“人同此心当然就是这种共在的表现，人是在与他人共享这个世界中存在的。”[2]

所以，当一个诗话作者面对同一地域的诗人，并且是相闻、相识、相知时，孟子的“知人论世”就会转化为一股感性的力量。同是天涯沦落人，相逢何况又相识。感之兴之是必然趋向。这一点，在《莳椿书屋诗话》和《药栏诗话》中较为明显，如：同年杨栗亭，以书卷为性命……又七言云：“凉月一天荒驿白，好花三径故园黄”虽

---

[1]　冯文坤：《翻译与意义生成本体论研究》，四川人民出版社 2014 年版，第 295 页。
[2]　陈来：《仁学本体论》，生活·读书·新知三联书店 2014 年版，第 88 页。

未能尽绝依傍，然较之托迹宋元者，相去不知几许也。（《荫椿书屋诗话》）鲍觉生先生（桂星），一代文人，于予尤有知己之感。在都门曾以诗集赐观，惜未存录。先生下世后，官贫子幼……诗云："曲径少人行，风吹绿萝短。携琴选幽石，落日忽已晚。……"（《药栏诗话》）

当然，与胡塞尔在论述"批评"时提出的科学意义上的"真实性"和"非真实性"不同①，清代云南诗话作者在面对诗人的肉身介入世界却过于逼仄而表现于诗的语言时，他们会以牺牲审美的代价换来风化的纯净。如：同里金式昭先生，立品端方，接人和粹，设帐三十载。癸未谒选，改教回滇，卒于新郑。……屈处原多伸处少，一拳半握待人猜。生平境况，都被此诗道尽。又，《于景忠庵夜坐》有句云："代仆晨炊冰结瓮，觅薪夜坐雪堆庐。"虽一时真事，终嫌寒苦之态逼人。（《荫椿书屋诗话》）

换言之，在清代云南诗话里，清，虽属于文本审美层面，是诗人生命风格化的表达，但更和儒家的"中庸"有诸多关联。因为，我们活在"日常"的世界里。

三 "中和"为美

中国古代诗学批评，游走于审美批评与道德批评之间，面临着的虽然不是非此即彼的选择，但在诗歌批评实践中，批评家们的选择从来不是毅然决然，在这一逻辑节骨眼上，儒家给出的回答是："致中"和。其云："喜怒哀乐之未发，谓之中；发而皆中节，谓之和。中也者，天下之大本也；和也者，天下之达道也。致中和，天地位焉，万物育焉。"（《礼记·中庸》）"致中和"意味着内容和形式之间的完美贴合，蕴藉于内是一种恰到好处的伦理直观，发散于外又处

---

① 参见［德］胡塞尔《形式逻辑和先验逻辑》，李幼蒸译，中国人民大学出版社2012年版，第10页。

处符合伦理道德规范，这就是关于"中和"的诗性直观，表现在文学艺术的审美批评中，它常以"温柔敦厚""思无邪""含蓄蕴藉"等的面目出现，被称之为"中和之美"。

"中和之美"有两种理论类型，即："以《礼记》为代表的作为一种富含辩证精神的普遍的艺术和谐观的中和之美，以'儒家诗教'（温柔敦厚）为代表的作为一种特定的艺术风格论的中和之美。"① 诗教的核心内容是"温柔敦厚"，"温柔敦厚"也被称为"中和之美"，主要是就审美风格而言。

清代云南诗学中两种形式的"温柔敦厚"：一是作为性情修养；二是作为"批评标准"。这两种形式的"温柔敦厚"都是"中和之美"生成的重要元素，前者是基础，后者是表现，缺一不可。可以说，在儒学教育逐渐兴盛的元明至清，具备较高儒学修养的知识阶层逐渐成为文化生产的物质力量，所以，在他们的文化、精神产品中，透露出或者传达出儒家诗教的经义是可以理解的。实际上，这种影响是广泛而深远的，看看清代云南诗文论著就可以清楚地了解这一点。为了论述的连贯性与完整性，以下先引文后加以论述，引文如下：

> 诗有四能四不可不能：能放不可不能收，能入不可不能出，能呼不可不能应，能即不可不能离。（王寿昌《小清华园诗谈》）
>
> 若夫说诗以教学人，《虞书》言志后，孔子之训事父事君，兴观群怨，温柔敦厚，知道无邪；卜子之训吟咏情性，主文谲谏；孟子之训以意逆志，论世知人，是皆词约义精，为千古说诗之祖。（许印芳《诗法萃编》）

清代云南诗论家，作为诗教源沐之下的"道德主体"自不必说，

---

① 张国庆：《中和之美——普遍艺术和谐观与特定艺术风格论》，中央编译出版社2009年版，第17页。

然，从诗的"四正"到"六要"，到所谓"千古说诗之祖"，无一不在谈"事父事君"、"兴观群怨"、"温柔敦厚"、"主文谲谏"等儒家诗教内容，就审美风格来论，便是对"中和之美"的尊崇与热情。从"五不可失""五可五不可""四能四不可不能"来看，他则又强调把握"度"，体现一种中正平和、不偏不倚、恰到好处的创作态度，说到底是对儒家"中和"之美的重视。而对于许印芳而言，诸多风格中，他还是更称赏"含蓄"与"沉着"，其言"其深造之境有二：温厚微婉，则有含蓄之美；刻挚切至，则有沉着之美"，故其偏爱沉着含蓄，派斥"痛快而好露好尽"的诗风，更能体现对中和之美的自觉追求。

然而，清代云南诗学家，并不因尚好一种风格而完全拒斥另一种风格，也不因为地处荒远而目光拘囿一隅，实际上，他们的审美风格是多元的，就像袁嘉谷所云："天下大矣，滇一隅耳。顾滇人有诗，滇诗有人，往往多师为师，发性灵而掩众长，奉杜、韩为正宗，兼擅今古名大家之美，石淙、禺山先开斯径，苍雪、南园、荔扉、丹木、筠帆、菊君继。"① 正是由于这种"多师为师"的学术自觉，故能"兼擅今古名大家之美"，从而成为颇具特色的存在。

清代云南诗歌批评中的审美批评主要表现在以上三个重要方面。这既是诉诸于审美直觉的判断，也是诉诸于日常积累的知识、经验的判断，二者并行不悖，只是后者在审美批评活动中呈现转识成智的面目。就三者地位的艺术层面而言，儒家诗学观"中和"如同佛教中的第八识阿赖耶识，而"真"与"清"的位置譬如前七识。"……阿赖耶识与前七识为非一非异的关系，《大乘密严经》说：'藏识为因，生于诸识'……"② "中和"就像大海，"真"与"清"则是大海之上诗人生命之风吹起的浪花。各有其势，也各有其形。对诗话本身而

---

① 袁嘉谷：《袁嘉谷文集》卷1，云南人民出版社2001年版，第639页。
② 陈兵：《佛教心理学》（上），陕西师范大学出版总社2015年版，第60页。

言，在清代云南诗文论著中，存录性质的诗话，常以"真"为美，多以存在体验为出发点，包容甚广；纵览性质的诗话，常以"清"为美，多以文本出发点，着眼风格；理论性质的诗话，常以"中和"为美，多游离主体与文本间，立足诗法和教化。

　　总而言之，清代云南诗学中道德批评的两种主要表现形式：一是诉诸于直觉的判断；二是诉诸于日常积累的知识、经验的判断加以分析。前者主要是直觉判断，后者则包括对日常生活中诗人道德品行的判断，以及文学艺术活动中对是否符合"温柔敦厚""思无邪"等思想内容的判断。审美批评则主要表现在以"真"为美、以"清"为美、"中和"为美三个重要方面。清代云南诗学一面呈现了道德批评的焦虑，一面又展示了审美批评的自觉，二者并行不悖，共同构成了清代云南诗学批评的主要话语。

结　语

　　中国古典诗学在不断地对古典的回视中完成自己的建构，地域性的清代云南诗学亦是如此。可以说，清代云南诗学是中国古典地域性诗学的一个缩影。一方面要朝向古典，一方面要朝向当下，清代云南诗学家透过历史的脉络和现实的境遇试图介入诗与现实的关系之中，这不是诗学的重建。但是，似乎只有通过历史的通道，才能达到诗歌的内在肌理。诗之为诗，而不是现实的充盈感，是清代云南诗学家创作过程中意识或无意识的起点。

　　在对传统诗学观念的观照中，清代云南诗学家认为他们获得了诗的纯粹性和结构性的样本。

　　首先，清代云南诗学对诗歌本体的讨论趋于细致化、具体化。比如对"气"的阐述。从师范到朱庭珍，我们可以看到他们对"气"本体的思考越来越深入，论述越来越细致、具体。他们注意到"气"之于诗的重要作用，而"养气"就像诗人涵养的水源。加之创作主体的主观能动性，诗歌的风貌虽承"气"而来，却呈现不同的风格。在诗歌、主体和客体三者关系上，朱筱园的"气"分为"客气"与"真气"，从而把品评诗歌的依据移到了内在性上。清代云南诗学对"心"本体的直接讨论并不多，主要表现在对"情""志""性情""真性情"等的论述中，也就是对"心"本体的探讨被置换为"情""志""性情""真性情"等的探讨，主要是从主体的性情、修养方面来谈，而性情、修养抑或学养也恰恰是清代云南诗学家所重视的重要内容，而重视性情和学养也是清代云南诗学的显著特征。清代云南诗学家对诗歌认识的深入性还表现在诗、主体性与古典的关系上。很多时候，在清代云南诗文论著里，似乎把诗和主体性依附在了古典本体这一神话般的躯体之上。主体的自由被圈在传统的限度之内。当然，这里的古典已经不是一般意义上毫无生气的古典，而是有现实维度关怀下的古典。

其次，就创作而言，比之师古面目下的"伪体"，清代云南诗学家自然也重视变通独创。万物情状的不同、人生境遇的变化、性情修养的殊异，无一不昭示着诗歌创作的因人而异。清代云南诗学继承了儒家的传统，对道家和佛家，关注较少。创作论上也是如此。个中原因，除了前述所说的仕宦之途和儒家教育之外，还有两方面不可不提：一是时代学术思潮的影响①；二是诗家对现实的忧患。

在形式美学方面，对诗格、诗法的讨论是清代云南诗学的重要内容，其中蕴含了滇云诗歌创作及表达的深入探讨。此探讨全面阐述了字句、音韵、声律、格律、意境、用笔、起承转合、命意谋篇等内容，我们可以看到，其中出现频率较高的关键词就是"有定法""无定法""死法""活法"以及"至法无法"等。他们注重"法"，但更重视对"法"的超越，表达了他们的总体诗学观，具有近代辩证的、变通的特征和更为宏阔的、开放的理论视野，这些议论可以说代表了滇云诗格、诗法理论的最高水平。

再次，就诗歌批评而言，由于受儒家诗学思想的影响，"温柔敦厚"成为其主流审美风格，这在诸多诗家们的论述中可以看到。但这并不意味着他们排斥或放弃别的风格，相反，他们的审美趣味表现了多元的特征，这从王寿昌的《小清华园诗谈》可以明显看出，例如对"奇""曲"

---

① 清代云南诗家大都生于乾嘉至光绪年间，如师范、王寿昌、许印芳、朱筱园、王崧、严廷中等。清朝康熙年间至乾隆十八年，一派朱子气象。之后则由倡理学转变为崇尚经学，再经嘉庆、道光，国运衰变，宋学又起。详可参见陈祖武、朱彤窗《乾嘉学派研究》，人民出版社2011年版；王汎森《中国近代思想与学术的系谱》，吉林出版集团有限责任公司2011年版。

"秀""逸""清""瘦""豪宕""俊爽""明净""沈雄"等的欣赏。即便如此，总体来看，"温柔敦厚"仍当仁不让地成为其主流审美风格。因此，诗歌批评中的道德批评便成为其显在的批评话语，或者说，成为被普遍关注的批评标准。当然，由于同时标举多元的审美风格，所以审美批评也是与道德批评并行不悖的重要批评维度。

最后，从诗歌功用上讲，清代云南诗学对言志、抒情、以诗教化的论述与前代的差别并不大，但由于其地域的独特性和社会文化发展的后发性，滇人论诗的功能更强调"以诗教化"和"教人诗法"的特性，诗歌"遣兴娱情"的功能却明显地被削弱了。

总体看来，清代云南诗学最突出的特点是认为：诗歌是主体性情的艺术外显，是源于"根柢"与"兴会"的审美创造。就诗歌批评而言，道德批评和审美批评共同构成了清代云南诗歌批评的主要话语。

行文至此，对清代云南诗学的价值进行判断，似乎成了一个不得不说的话题，这也是大家普遍关注的一个问题。对此，我们不能仓促或者盲目地下结论，以免因为自己的无知产生错误的判断；也不能因为对这一研究对象的热爱或厌恶，而失去了价值判断的尺度，必须抱以冷静而审慎的态度，既不能拔高也不能贬低，它是什么就是什么，实事求是还它以本来面目。笔者的思路是，倘要看它价值如何，首先得看它叙述了什么、叙述动机何在以及是否完成这一动机、客观上造成了什么影响等问题。对此，我们可以透过各家对清代云南诗学单篇的或总体的评价，见其一斑。

就单篇批评而言，各家均有论述，下面以陈良运先生《中国诗学批评史》中的论述为例。

论诗的审美创造比较系统的，要数朱庭珍的《筱园诗话》。这部诗话的理论价值，庶几可与叶燮的《原诗》相并列。①

① 陈良运：《中国诗学批评史》，江西人民出版社 2007 年版，第 581 页。

综观朱庭珍的《筱园诗话》，这评价应是符合事实的。

其次是蒋寅先生对清代云南诗学的评价，以他评王崧《诗说》为例，云："诗说分上、中、下三篇，上篇泛论诗与乐之关系，中篇论春秋时诗与乐之关系，下篇略论采诗、编诗与礼乐兴替之迹，要旨皆缀合经传常谈敷衍成文，殊无新见也。"评王寿昌《小清华园诗谈》，云："此书前诗格，后诗选，于清诗话中体裁颇异。……卷上'总论'二十七则，论诗之要领，仿唐宋诗格之体，而思虑细密过之，然究以综合之功多而独创之意少也。"评严廷中《药栏诗话》云："其论诗主旨追踵随园，推崇至情至性语，风格则主柔，论诗史见解通达。"评陈伟勋《酌雅诗话》，认为个别论述之迂腐，为诗话中所鲜见："然卷中所论……而斤斤于伦理道德观念、出处行藏，惟不及诗艺而已。行文尚平和，议论亦不务苛刻，末多以己诗作论断，于有清一代诗话中可谓创体也。惜文字每流于冗长，为清末由云龙所诟病。"评朱庭珍《筱园诗话》云："卷一以阐述诗学基本观点为主，对前人之说多所发挥，亦有匡正。卷二评论历代诗家、诗作、诗论，推重沈德潜而贬斥袁枚，卷三、卷四摘句论诗，皆具体作诗技法。其持论通达平正，文字详密，于是非分寸之辨，剖析极细，有叶燮《原诗》之风，书中论通变亦颇发挥叶氏之说。言诗之境界分大家、名大家、名家、小家、诗人五等，发挥严羽之论，于晚清宋诗风流行之际独倡唐风，标举最上乘，有针砭时风之功，为由云龙《定庵诗话》所称赞；于创作则倡积理养气与炼气、炼识，博采众长，而又自成我之意境寄托、我之气体面目。所述虽无甚创见，然有综合古今之长，深化传统命题，集前人诗论大成之气象，于清诗话亦不多见。"评许印芳《诗法萃编》云："体例洵为完备，于诗话丛书中尤有独创性，堪称今人编纂古代文论资料之前驱。许印芳论诗以古为宗，于六朝诗论之演进，时或有保守见解；然论及唐宋以来诗学流变与得失，皆能明其大端。放其跋语揭示作者论诗宗旨，每有发明；指摘其偏颇失误，议论持平，使学者不为方隅之见所蔽。"评袁嘉谷《卧雪诗话》云："其于诗也，则上至六朝，下及明清诸家，浏览涵泳，各得其奥，故其论诗皆有精意，不屑拾前人牙慧。而存近人诗，亦以其所知者精审而存之，无有循情滥收之弊，大体亦是，惟录诗精审尚有所歉焉。所举人物多称字号，时过境迁，令后人无从考索。"①

　　蒋寅先生指出清代云南各家诗话之长处与不足，可谓眼光独到，见解深刻，他对《筱园诗话》《诗法萃编》《药栏诗话》等予以称赏，对颇多"迂腐之见"的《酌雅诗话》也加以适当评价，其看法可说公允。此外，我们也可以看到诸如《荫椿书屋诗话》和《卧雪诗话》等，这样的著作大多记录时人、乡贤的诗作并予以评价，体现了清代云南诗学较为明显的地域性特征。

　　再次是黄霖《中国文学批评通史》中对方玉润《诗经原始》的评价，云："不过，必须指出，方玉润的《诗经原始》尽管在摆脱《序》、《传》的桎梏，用文学，心理学的眼光批评诗经的道路上做出了可贵的努力，比之晚明孙镛、锺惺等人的评点更为系统、严谨、详密，但他的经学思想还是相当浓重，很难完全摆脱旧传统的沉重束缚。"其中，他也评了朱庭珍《筱园诗话》，云："《筱图诗话》论述的范围相当广泛，从诗歌本质到具体技法几乎都一一论及。作者似乎有对前人诗论作一总结的意图，但由于才力不足，未能达到圆满的境地，不少观点也只是承袭前说。不过，从总体来看，它不失为一部有分量的诗话，值得我们重视。"②

　　以上是诸家对清代云南诗学个别篇目的评价，最后，我们来看张国庆先生从整体上对云南古代文论所做出的评价。

---

① 参见蒋寅《清诗话考》，中华书局 2007 年版，第 460—674 页。
② 黄霖：《中国文学批评通史》（七），上海古籍出版社 1996 年版，第 237—246 页。

　　云南古代文学理论的确是有着较为丰富的内容，有着自己一
定的特色，也有着值得称道的理论成就的。云南作为一个少数民
族众多的边疆省份而能孕育出具有如此规模与质量的古代文学理
论，实属难能可贵。云南古代文学理论是中国古代文学理论的一
个有机组成部分，它的存在，丰富了中国古代文学理论的宝库，
它理当在后者中占有一席之地。迄今为止它在相当程度上被忽略
的状况，应当得到改变。笔者相信，对它进行进一步的发掘、整
理和更深入的研究，不仅对于更好地认识它本身的意义与价值，
而且对于更加全面地认识整个中国古代文学理论，都将是很有意
义的。①

　　以上所引，基本上囊括了当代学者对明清云南诗学的评价，我们
也可大致窥见清代云南诗学之一斑。他们或单篇或综论无疑都有着自
己独特的体会和识见，尤其在对朱庭珍的评价上，大家颇有共识。

　　总体来讲，清代云南诗学仍不出儒家诗学的范围，并在这一框架
下，对诸如"气""真""诗法""性情""根柢""学问""温柔敦
厚"等进行讨论，虽不能截断众流、别开宗派，但又不乏变通独创
的诗学成果，它不但是中国古典诗学的一部分，许多地方亦是接着
讲。至少它有几个比较明显的贡献：一是关注区域性文学现象；二是
记录了彼时诗歌创作；三是培养了地方意识；四是塑造了一批有影响
的知识分子；五是教人以诗，催生了区域性的文学现象。清代云南知
识阶层以道自任，主动承担"诗教"这一传统，不仅提升了个人修
养，而且对当时及后来的云南社会、文化、经济等都有广泛而深刻的
影响，以致产生了不少在近代史上有影响的人物，从这一意义上讲，
儒家诗教之于滇云大地，功莫大焉。

　　考察清代云南诗学总体特征不难知道，虽然清代云南诗学具有明

----

　　①　张国庆：《云南古代文学理论概览》，《楚雄师范学院学报》2001 年第 4 期。

显的后发性与速成性特征，但无论从本体论、创作论、风格论还是批评论来看，清代云南诗学有对中原主流诗学的合理继承，也不乏独立的思考与见解，是滇人诗性智慧的结晶。它虽比不上中原主流诗学的博大精深，甚至也没有中原主流诗坛的群星灿烂，但其价值却不容忽视。可以说，清代云南诗学是中国古典诗学的一部分，也是其必要补充，诗学的地方性叙述话语恰恰是中国诗学的重要构成元素，实际上，也正是多区域性、多重的叙述结构共同构建了中国诗学的总体。无论如何，在中国古典诗学史上，清代云南诗学自有其存在价值，也是地域性诗学颇具特色的存在。

参考文献

图书文献

1. 陈良运：《中国诗学批评史》，江西人民出版社 2007 年版。

2. 陈良运：《中国诗学体系论》，中国社会科学出版社 1992 年版。

3. 担当：《担当诗文全集》，余嘉华、杨开达校点，云南人民出版社 2003 年版。

4. 丁福保辑：《历代诗话续编》，中华书局 1983 年版。

5. 丁福保辑：《清诗话》，上海古籍出版社 1978 年版。

6. 方玉润：《诗经原始》，李先耕校点，中华书局 1986 年版。

7. 丰家骅：《杨慎评传》，南京大学出版社 1998 年版。

8. 龚鹏程：《汉代思潮》，商务印书馆 2008 年版。

9. 郭绍虞编选：《清诗话续编》，富寿荪校点，上海古籍出版社 1983 年版。

10. 郭英德等：《中国古典文学研究史》，中华书局 1995 年版。

11. 何文焕辑：《历代诗话》，中华书局 2004 年版。

12. 姜广辉：《走出理学——清代思想发展的内在理路》，辽宁教育出版社 1997 年版。

13. 蒋寅：《古典诗学的现代诠释》，中华书局 2003 年版。

14. 蒋寅：《清代文学论稿》，凤凰出版社 2009 年版。

15. 蒋寅：《清诗话考》，中华书局 2007 年版。

16. 蓝华增：《诗论》，云南人民出版社 2010 年版。

17. 蓝华增：《云南诗歌史略》，云南人民出版社 1988 年版。

18. 雷磊：《杨慎诗学研究》，中国社会科学出版社 2006 年版。

19. 李贵生：《传统的终结——清代扬州学派文论研究》，复旦大学出版社 2009 年版。

20. 李孝友、张勇、余嘉华编：《云南丛书书目提要》，中华书局 2010 年版。

21. 梁启超：《中国近三百年学术史》，东方出版社 1996 年版。

22. ［美］刘若愚：《中国的文学理论》，田守真、饶曙光译，四川人民出版社 1987 年版。

23. 刘师培：《清儒得失论》，中国人民大学出版社 2004 年版。

24. 刘小兵：《滇文化史》，云南人民出版社 1991 年版。

25. 陆韧：《变迁与交融——明代云南汉族移民研究》，云南教育出版社 2001 年版。

26. 马积高：《清代学术思想的变迁与文学》，湖南出版社 1996 年版。

27. 马曜主编：《云南简史》，云南人民出版社 1983 年版。

28. 潘树广、黄镇伟、包礼祥：《古代文学研究导论：理论与方法的思考》，安徽文艺出版社 1998 年版。

29. ［日］青木正儿：《清代文学评论史》，杨铁婴译，中国社会科学出版社 1988 年版。

30. ［德］叔本华：《叔本华论说文集》，范进等译，商务印书馆 1999 年版。

31. 苏石：《兰茂评传》，云南人民出版社 1997 年版。

32. 孙秋克：《明代云南文学研究》，云南人民出版社 2010 年版。

33. 谭祖安、戴美政：《杨一清评传》，云南人民出版社 2007 年版。

34. 王俊义、黄爱平：《清代学术与文化》，辽宁教育出版社 1993 年版。

35. 王瑶主编：《中国文学研究现代化进程》，北京大学出版社 1996 年版。

36. 邬国平、王镇远：《清代文学批评史》，上海古籍出版社 1995 年版。

37. 吴宏一：《清代诗学初探》，学生书局 1986 年版。

38. 吴兆路：《中国性灵文学思想研究》，文津出版社 1995 年版。

39. 吴枝培：《中国文论要略》，南京大学出版社 1994 年版。

40. 伍蠡甫、胡经之主编：《西方文艺理论名著选编》，北京大学出版社 1985 年版。

41. 萧华荣：《中国古典诗学理论史》，华东师范大学出版社 2005 年版。

42. 杨念群：《儒学地域化的近代形态：三大知识群体互动的比较研究》，生活·读书·新知三联书店 1997 年版。

43. 叶燮：《原诗》，霍松林校注，人民文学出版社 1979 年版。

44. 余虹：《中国文论与西方诗学》，生活·读书·新知三联书店 1999 年版。

45. 余嘉华：《古滇文化思辨录》，云南教育出版社 1997 年版。

46. 袁嘉谷：《袁嘉谷文集》，云南人民出版社 2001 年版。

47. 云南文史研究馆编：《云南文史论集》，云南民族出版社 1994 年版。

48. 张福三主编：《云南地方文学史》（古代卷），云南人民出版社 1997 年版。

49. 张国庆：《〈二十四诗品〉诗歌美学》，中央编译出版社 2008 年版。

50. 张国庆：《中国古代美学要题新论》，中央编译出版社 2010 年版。

51. 张国庆：《中和之美——普遍艺术和谐观与特定艺术风格论》，中央编译出版社 2009 年版。

52. 张国庆选编：《云南古代诗文论著辑要》，中华书局 2001 年版。

53. 张文勋、施惟达：《滇文化与民族审美》，云南大学出版社 1992 年版。

54. 张文勋、郑思礼、姜文清：《许印芳诗论评注》，云南教育出版社 1992 年版。

55. 张文勋：《张文勋文集》，云南大学出版社 2005 年版。

56. 张文勋主编：《云南历代诗词选》，云南人民出版社 2002 年版。

57. 云南文史研究馆编：《南园漫录校注》，张志淳、李东平校注，云南民族出版社 1999 年版。

58. 赵敏俐、杨树增：《二十世纪中国古典文学研究史》，陕西人民教育出版社 1997 年版。

59. 周钟岳等纂：《新纂云南通志》，云南人民出版社 2007 年版。

论文文献

1. 蔡镇楚：《诗话研究之回顾与展望》，《文学评论》1999 年第 5 期。

2. 陈良运：《论〈筱园诗话〉的诗学价值》，《思想战线》2003 年第 3 期。

3. 谷方：《学派与中国文化》，《中国社会科学》1988 年第 4 期。

4. 何世剑：《论朱庭珍对严羽诗学的接受》，《探索与争鸣·理论月刊》2008 年第 1 期。

5. 何世剑：《朱庭珍"杜诗学"综论》，《广西师范大学学报》2008 年第 1 期。

6. 何世剑：《朱庭珍〈筱园诗话〉之"诗法"说》，《南昌大学学报》2004 年第 1 期。

7. 何书岚：《清代的诗学批评价值论》，《重庆科技学院学报》2010 年第 3 期。

8. 胡建次：《中国古代文论中的"活法论"》，《云南大学学报》（社会科学版）2008 年第 5 期。

9. 胡建次:《中国古代文论中的情景论》,《新疆大学学报》2006 年第 3 期。

10. 蒋寅:《至法无法:中国诗学的技巧观》,《文艺研究》2000 年第 6 期。

11. 朱志荣:《论中国古代文论研究的现代性》,《云南师范大学学报》2008 年第 6 期。

12. 刘方喜:《清诗学之主导及其知识清理——〈清代诗学主潮研究〉》,《云南大学学报》(社会科学版)2005 年第 1 期。

13. 陆韧:《论明代云南士绅阶层的兴起与形成》,《云南师范大学学报》2007 年第 1 期。

14. 孙秋克:《明代宦滇作家群考论》,《云南民族大学学报》(哲学社会科学版)2008 年第 6 期。

15. 孙秋克:《明代云南府宦游作家行实创作考论》,《昆明学院学报》2009 年第 1 期。

16. 陶应昌:《杨慎与明代中期的云南文学》,《云南民族大学学报》(哲学社会科学版)1998 年第 1 期。

17. 徐萍:《清代滇人学者朱庭珍的〈筱园诗话〉及诗法主张》,《云南民族大学学报》(哲学社会科学版)2008 年第 1 期。

18. 砚孙、乘潮:《李贽离滇的年代及其在滇时期的一些活动》,《学术研究》1963 年第 7 期。

19. 杨开达:《海天波浪翻银屋,一缕焉能掣巨鳌——论兰茂的论诗诗》,《云南师范大学学报》1997 年第 3 期。

20. 杨开达:《论朱筱园〈论诗绝句五十首〉》,《云南师范大学学报》1994 年第 6 期。

21. 杨开达:《赵藩的文艺思想》,《云南师范大学学报》2003 年第 6 期。

22. 杨恬、杨开达:《论袁嘉谷的〈卧雪诗话〉》,《云南师范大学学报》2002 年第 6 期。

23. 余嘉华：《杨慎描绘云南的诗歌》，《学术探索》1996 年第 3 期。

24. 张国庆：《云南古代文学理论概览》，《楚雄师范学院学报》2002 年第 4 期。

25. 张文勋：《中国古代文论在现代文艺理论中的通融与转换》，《思想战线》2001 年第 3 期。

后　记

2009 年 9 月，我有幸继续师从张国庆教授攻读博士学位，并于 2012 年 6 月顺利毕业。如今，窗外的红叶喧闹成一片深秋的狂欢，冷风乍起，秋雨缠绵，恍惚间已然走过四年！犹记那年春天，亮晶晶的阳光照在怒放的樱花上，满城落花在三月微风里恣肆飞飚，而我正朝夕不辍写着毕业论文……

本书也正是由博士论文修改而成。四年间，导师张国庆教授一直希望我能够完善论文，早日付梓，其谆谆教诲，令我不胜感激。几年来，我曾断断续续修改，也曾想着完善之后能有机会出版，不料时日流转、琐事缠身，竟延宕至今！适逢 2016 年度云南省哲学社会科学成果文库和学术著作出版项目资助，本书才得以出版。虽如此，仍有诸多瑕疵，希望各位专家学者对本书不足及疏漏之处给予包容并批评指正。

诚惶诚恐付梓之际，首先要感谢云南省哲学社会科学规划办，感谢导师张国庆教授多年来的悉心指导、教诲，无论是学术或人生，他都给了我莫大的关心、支持和帮助。其次要感谢中国社会科学出版社的郭沂纹老师、张湉老师，她们为本书的顺利出版给予了极大帮助，无论是修改、校对、编辑和设计都不辞辛苦、竭尽心力。再次要感谢段炳昌、王文光、王卫东、谭君强、李森、冯良方等老师一直以来的培养和指导；同时，感谢已故杨光汉教授八年时光里的关心和帮助，就像花之馨香，看似无迹，却无处不在！此外，感谢孙兴义、刘炜、杨园、窦薇、陈志刚、朱供罗、李国新、王欢、祝云珠、马倩如、赵欣等同门的关心和帮助。更感谢云南民族大学各学院、部门的领导、老师、前辈和朋友的关心与支持，是他们让我感受到来自同事的力量。

感谢给我挫折和磨难也给我欢乐、惊喜和幸福的生活，是它让我懂得成长，也是它教会我遇到困难不退缩，学会迎接挑战、直面并超越困难，无论对学术或生命，始终保有一份原始的敬畏与自觉。

特别感谢我的父母及亲人，是他们多年的鼓励、付出与守候，才让我得以安心完成学业，让我在无数次的十面埋伏时不觉得孤单！

特别感谢我已故的祖父母，是他们让我学会无论在什么样的境遇都怀抱一颗积极乐观、与人为善的温暖之心！

> 我从夏天走过
> 途经万木凋零
> 我看到云漫天飞卷
> 裹挟着隐隐的绝望
> 微笑着抵达
> 一个人的
> 春暖花开

谨以本书，献给曾经不言说的岁月，以及明朗天空下可爱的美好时光！

李潇云
于雨花湖畔